日下 力［著］
早稲田大学文学学術院教授

平家物語転読《へいけものがたりてんどく》

何を語り継ごうとしたのか

笠間書院

平家物語の主な登場人物

「天子摂関御影」(宮内庁三の丸尚蔵館蔵)
「承安五節絵」[模本](早稲田大学図書館蔵)

清盛(きよもり)
[天子摂関御影]

重盛(しげもり)
[天子摂関御影]

宗盛(むねもり)
[天子摂関御影]

維盛(これもり)
[承安五節絵]

経正(つねまさ)
[承安五節絵]

忠度(ただのり)
[承安五節絵]

重衡(しげひら)
[承安五節絵]

はしがき

本書は、二〇〇四年九月から二〇〇五年一月まで、毎月一回、「国文学研究資料館・連続講演」としてお話したものをまとめたものです。

書名の「転読」は、初回の冒頭で説明しておりますように仏教用語。「真読」がお経を省略なしで読み通すのに対し、要所要所を読誦《どくじゅ》して全体を読んだことに代える、略式の読経《どきょう》です。『平家物語』の全章段は百九十余、ここで取りあげたのは三十七。うまくいきましたか、どうでしょうか。

毎回、フロアーいっぱいの聴衆の方々の熱意にあおられて、というより、まちがいなく無謀な〝転読〟の試みゆえでしょう、十分、二十分と超過いたしました。それを刈り込んで一書にしましたので、言葉足らずの面があろうかと思いますが、よろしく文意をお汲み取りくださいますよう。

本書では、金剛峯寺の国宝『仏涅槃図《ねはんず》』を利用させていただいたほか、何人かの登場人物の絵姿を新たに収めました。出典は、十四世紀半ば過ぎの作品かとされる宮内庁三の丸尚蔵館蔵の『天子摂関御影《みえい》』、MOA美術館蔵の鎌倉期作という重要美術品指定作品、承安《じょうあん》元年（一一七一）の新嘗祭《しんじょうさい》を描いた、原作は平安期と考えられる早稲田大学図書館蔵の模本『承安五節絵《ごせちえ》』です。ご協力いただいた所蔵機関に、深く感謝申し上げます。

本書には、まったくの新説が含まれています。論文として公にしようと思いながら、時間的余裕がなく、ここで初めて開陳することになりました。第二章の「6 虚構」、第四章の「8 一の谷合戦の虚実」がそれです。専門家の方には、せめてそこだけでもお読みいただけたらと存じます。

講演では、物語本文《ほんもん》を、新日本古典文学大系『平家物語』（岩波書店刊）を用いて提供いたしましたが、ここでは割愛し、かわりに、扱った章段中の印象的な一句を、各章の扉に掲げることにしました。笠間書院で本書を担当してくださった大久保康雄さんのサジェストによります。

講演全体をお世話いただいたのが、国文学研究資料館教授の田渕句美子氏でした。閉講のご挨拶で、物語と歴史と現代の三点を結ぶ講演だったとおまとめいただいたのは、わが意を得たりという思いがして、大変うれしく存じました。

私事にわたりますが、私の長兄陽は、ベトナム戦争の従軍記者として現地に赴き、行方不明となったままです。佐渡にある実家の寺を継いだ次兄は、そのことを、新たに鋳造した梵鐘の銘に刻みました。戦国時代、上杉景勝による佐渡攻略の際に、寺の梵鐘が奪い去られ、また、祖父の時代には、大砲の材として供出させられた事実とともに。兄の文は、平和を願うべきお寺の鐘が、三たび戦争の犠牲にならないようにと念ずる言葉で結ばれています。その兄も、この講演の最終回を前に亡くなりました。ささやかながら本書を、次兄敏舜にささげることをお許しください。

二〇〇六年一月

日下　力

平家物語　転読　何を語り継ごうとしたのか　◆　目次

はしがき

第一章●乱世を生み出す心――鹿《しし》の谷事件………I

1 盛者必衰――物語の冒頭 2　2 物語の隠蔽――清盛出家の虚構性 10

3 悪行のはじめ――摂政基房と資盛の衝突事件 16　4 野心――鹿の谷事件の由来 26

5 過分――清盛と西光、いずれか 34　6 訓戒――清盛にした重盛の説得 40

7 怨念の行方――俊寛の死 46

〈本章で読む章段〉

巻一「祇園精舎」・「禿髪《かぶろ》」・「殿下乗合《てんがののりあひ》」・「鹿谷《ししのたに》」

巻二「西光被斬《きられ》」・「教訓状」・「烽火之沙汰」

巻三「僧都死去」

第二章●人間の描出――以仁王《もちひとおう》事件………55

1 発端――以仁王の本心 58　2 武勇の誉れ――物語の最初の合戦場面 63

3　プライド――謀反の導火線　75　4　人物像の凝縮――知盛との対比で作られた宗盛像　79
5　戦いの楽しさ――創られた場面　86　6　虚構――東国と西国、対比された人物像　96
7　歴史の体験――表現を支える素材　101
〈本章で読む章段〉
巻四「源氏揃《ぞろへ》」・「信連《のぶつら》」・「競《きほふ》」・「橋合戦」・「宮御最期」

第三章●それぞれの生――都落ちのドラマ……111

1　落ち行く者と残る者　114　2　夫婦の別れ――維盛の都落ち　123
3　恩情――宗盛の性格　134　4　高次なるものへの志向――歌を愛した忠度　137
5　我にもあらぬ姿――経正の都落ち　143　6　暗雲の旅立ち――都に残った頼盛一族　149
7　記憶すべき日――寿永二年七月二十五日の記憶　163
〈本章で読む章段〉
巻七「主上都落」・「維盛《これもり》都落」・「聖主臨幸」・「忠度《ただのり》都落」・「経正《つねまさ》都落」・「一門都落」・「福原落」

第四章●戦いの現実——一の谷合戦の酷……167
1 東国武士の功名心——開戦の端緒 169　2 奇襲・だまし討ち——坂落とし 180
3 見下す目——忠度と東国武士の価値観の差 185　4 背信——重衡の不運 189
5 勝者の不幸——熊谷直実の苦しみ 193　6 自責——未熟な少年たちの死 197
7 男と女の心のみぞ——小宰相の入水 202　8 一の谷合戦の虚実 209
9 戦いの現実——宗左近の詩 220
〈本章で読む章段〉
巻九「三草勢揃《みくさせいぞろへ》」・「一二之懸《かけ》」・「二度之懸《かけ》」・「坂落《さかおとし》」・「越中前司最期」・「忠度最期」・「重衡《しげひら》生捕」・「敦盛《あつもり》最期」・「知章《ともあきら》最期」・「落足《おちあし》」・「小宰相《こざいしやう》身投《みなげ》」

第五章●終局と残映——語りつがれたもの……225
1 伝わった言葉——今わの時のたわぶれごと 228　2 生への執着——生き残った宗盛 234
3 勇者の最期——能登守教経 239　4 戦乱の終結 246
5 処刑される親子——宗盛父子 251　6 不条理への問いかけ——犯した罪を背負う重衡 260

7 鎮魂の祈り――建礼門院の死去 271
〈本章で読む章段〉
巻十一「先帝身投《みなげ》」・「能登殿最期」・「内侍所都入《ないしどころみやこいり》」・「大臣殿被斬《おほいとのきられ》」・「重衡被斬《きられ》」
灌頂巻《くわんぢやうのまき》「女院死去《にようゐん》」

付録

『平家物語』関連歴史年表……281
◆皇室系図……285
◆平氏系図……286
◆源氏系図……287
参考文献……288

第一章● 乱世を生み出す心——鹿《しし》の谷事件

本章で読む章段

巻一「祇園精舎」
　諸行無常の響きあり
「禿髪《かぶろ》」
　この一門にあらざらん人は
「殿下乗合《てんがののりあひ》」
　世の乱れそめける根本は
「鹿谷《ししのたに》」
　頸《くび》をとるにしかじ
巻二「西光被斬《さいくわうがきられ》」
　入道殿こそ過分
「教訓状」
　心おのおの執《しふ》有り
「烽火《ほうくわ》之沙汰」
　進退《しんだい》、これきはまれり
巻三「僧都《そうづ》死去」
　生き身なれば

今回の連続講演の題は、「『平家物語』転読」とさせていただきましたが、まず、その「転読」という言葉からお話しなければいけないでしょうね。

お経には、ずいぶん大部なものがございまして、『大般若経《だいはんにゃ》』などは六百巻もあります。それを全部ノーカットで読むのを「真読」と言いますが、それは大変なことです。そこで、ポイントだけを読んで、全体を読んだことにしてしまう、それを「転読」と言うんですね。

「だーいはんにゃきょうー、だーいいっかーん」と言いまして、その第一巻のタイトルを読みあげ、それで一巻全体を読んだことにする。ちょっとずるいんですけどね。で、お坊さんは、折り本になっているお経を、パーッと開きながら持ち上げまして、「だーいはんにゃきょう、だーい何かーん、何々ー」と言いながらまた閉じて、ぽんと脇に置く。それを繰り返していくわけで、見ているとなかなかおもしろい。私もそれにならいまして、ポイント、ポイントを読んで全部読んだことにしてしまおうと、……その意味で「『平家物語』転読」という題をつけたというしだいです。

さて、今日は「乱世を生み出す心」というタイトルにしました。乱世は好ましいものではありませんが、結局、それは人の心の中から生まれるもの。人間がいて、心があるから、乱れたり、戦争があったり、逆に平和になったりする。そういうところに『平家物語』がどういうふうな目を向けているのか、そこらあたりを第一回目としてお話しできればと思っています。

1　盛者必衰《じょうしゃ》——物語の冒頭

皆さんよくご存じの、「祇園精舎の鐘の声、諸行無常の響きあり。沙羅《しやら》双樹の花の色、盛者《じやうしや》必衰のことわりをあらはす」、そこから入っていくことにしましょう。

祇園精舎はインドにありまして、お坊さんたちが集団生活をし、お釈迦様が教えを説いていたという大きな寺院。中には建物がいろいろございました。その一つに特殊なお堂があって、そこの鐘を「祇園精舎の鐘」と申します。まず、その「鐘の声」、どんな音色だと思いますか。皆さん、大体、あの除夜の鐘をイメージなさる、ゴーンという……。実は、そうではありません。お経に書いてあるところによりますと、決してそんな音色は出ないはず、「頗梨《はり》の鐘」と書いてありますから。

資料の①②を見ていただきますと、「頗梨」という言葉が見えてきます。①の『祇園図《ぎおんず》経』では四行目に、「頗梨の鐘は無常堂の四隅《すみ》に在り」。②の『栄華物語』では、一行目に、「祇園精舎の玻璃珠《はりしゅ》の鐘の声」。「はり」の字が違ってますけど、いずれでも同じ。では、頗梨というのは何なのか。そう、ガラスです。あるいは水晶です。そうしますと、ゴーンとは鳴りっこないですよね。しかも、鳴る時は決まっていました。病におちい

【資料①】祇園図経・下

西の塞《さい》を無常院と名づく。中に一堂あり。……院に八鐘《しょう》あり。四つは白銀にして、四つは頗梨《はり》なり。銀の鐘は院の四角に在り。台を起こして之を置く。頗梨の鐘は無常堂の四隅《すみ》に在り。銀の鐘四口《く》は各《おのおの》重さ十万斤《きん》、形須《しゅ》弥《み》の如し。……

其《そ》れ頗梨の鐘は形腰鼓《ようこ》の如し。鼻に一金毘《こんび》倫《りん》あり。金の獅子に乗り、手に白払《はくふつ》を執る。……

【資料②】栄華物語・音楽の巻

かの天竺の祇園精舎の玻璃珠《はりしゅ》の鐘の声に、
諸行無常　是生滅法《ぜしようめつぽう》　生滅滅已《しようめつめつい》　寂滅為楽《じやくめついらく》
と聞こゆなれ。やまひの僧、この鐘の音《ね》を聞きて、みな苦しみ失せ、あるひは浄土に生まるなれ。

ったお坊さんが亡くなる時と……。

　祇園精舎の中の西方に、無常院と称される、建物群の収まった一画がございました。さらにその中に、無常堂というお堂がありました。資料①をあらためて見てみましょう。無常院には八つの鐘があったとありますね。四つは白銀、四つは頗梨。銀の鐘は「院の四角に在り」。建物群の収まっている一画の四隅です。そこに高い建物を作って、――「台を起こして」はそういう意味でしょう――鐘を安置してある。それはすごく大きく、重さが「十万斤《きん》」、六十トンもあったらしい。京都の知恩院にある鐘、十人あまりの人で鐘つき棒を引いて打つあの鐘は、約七十トンといいますから、あれくらいあったということなんでしょう。形は、世界の中心にある須弥山《しゅみせん》という山に似る。そんな大きな白銀の鐘が無常院の四隅にあり、問題の頗梨の鐘は、無常堂という特別な建物の四隅にありました。

　頗梨の鐘は、「形腰鼓《ようこ》の如し」と書かれていますね。というと、我々のイメージするお寺の鐘とは形が違う。腰鼓とは、胴の部分が細くなっている鼓。首にかけて前につるし、両手に持った棒でたたく、あれですね。そういう腰鼓の形をしているのが、祇園精舎の鐘です。その形状からして、屋根の四隅からつり下げられていたのではないでしょうか。②に「玻璃珠」と、たまを意味する「珠《い》」の字が使われているのも示唆的です。

　無常堂が特別というのは、重病におちいったお坊さんたちを収容するところだからです。そのお坊さんが亡くなる時に、四隅の鐘が、カランコロンでしょうか、鳴りだすんです。鐘の先端に取っ手がありまして、そこに「金毘倫《こんびりん》」がいて金の獅子に乗り、白い払子《ほっす》を持っているとありますね。金毘倫は金毘羅《こんぴら》と同じでワニのこと、払子は禅宗の僧が持っているあれ。その金毘倫が、お坊さんの命が終わろうとする時に、ふっと手に持った白い払子をあげる。そうすると、自然に鐘が鳴りだす、というわけです。これが祇園精舎の鐘でした。

その頗梨の鐘は、②にありますように「諸行無常　是生滅法《ぜしょうめつぽう》　生滅滅已《しょうめつめつい》　寂滅為楽《じゃくめついらく》」と聞こえたと言います。意味するところは、この世は諸行無常、これが生滅の法則というもの、その生滅世界を断ち、離れてしまえば、静かにして安楽な世界が待っているというもの。病の僧はそれを聞き、苦悩が除かれてあの世へと旅立つ。「諸行」というのは、これも間違って理解されている方が多いんですが、存在を意味します。行いではありません。この世に存在するもの、形あるものも形ないものも、有機物・無機物すべて、一定の状態であり続けることはない。消滅し、生成し、転変する。人の目に見える範囲は限られたもの、見えないところで一瞬たりとも物事は進行をやめない。草や木も、宇宙も、人の心や国も、みな無常。息を引き取ろうとする僧の存在自体、無常の象徴でした。だから、「諸行無常」と鐘は響くのです。

よく「無常感」と書かれる方がいますが、これも間違い。今、お話しましたように、この世界全体のあり方を無常と見るのですから、一つの世界認識の方法。従って「無常観」と書くのが正しく、感情の「感」を当てたのでは、まったくニュアンスが違ってきてしまいます。それから、生まれることも、無常なんですね。卵子と精子が絶えず動き回ってドッキングし、細胞が次々増えて赤ん坊として生まれてくる。これもすべて無常の一現象です。ということで、冒頭の一文だけでも、いろいろ認識を改めていただけたのではないでしょうか。

「沙羅《しゃら》双樹の花の色、盛者《じょうしゃ》必衰のことわりをあらはす」については、まず、お配りした涅槃図《ねはんず》を見ていただきましょう。横たわっているお釈迦様のベッドの東西南北に、二本ずつの沙羅の木が描かれております。頭の方が北で、手前が西です。これが沙羅双樹。二本対になっているから双樹なんですね。根はつながっていて、どれも高さは五丈、約十五メートルあったといいます。

困ったことに、「沙羅双樹の花が咲きました。どこそこの寺にあります」と説明をされたりすることがよくある。それはあり得ない話。沙羅双樹というのは、あくまでもお釈迦様が亡くなった跋提河《ばだいが》という河のほとりにあった二本対の沙羅の木のこと。日本では、公園なんかに植えられるナツツバキを沙羅といいますが、

国宝　仏涅槃図《ねはんず》［金剛峯寺蔵］

インドの沙羅は大木、高さが三十メートルに達するものもあるそうで、ナツツバキとは比べ物になりません。青白い木肌をした常緑樹で、花は淡い黄色、葉は光沢のある、先のとがった楕円形《だえん》だそうです。お間違いなさらないように。

その沙羅双樹、お釈迦様が涅槃《ねはん》に入った時に、悲しみのあまり、東西と南北の双樹がそれぞれ枝と枝を寄せ合わせ、ベッドの上を覆うように樹木同士が合体し、同時に、葉っぱから、花から、木の幹まで、全部白く変色して白い鶴のようになったといいます。教典には、このように木全体の変化が描写されていますけれども、「沙羅双樹の花の色」と、日本人は描写の対象を「花」に凝縮しました。これはちょっと示唆的です。短詩型文学を好む日本人というのは象徴性にたけていて、花の色という、小さなものの変化に、お釈迦様が死んだことの哀《かな》しみを託しているんですね。インド人は発想がでっかい。花だけではない、葉っぱも、木の枝も幹も、白く変わったとする。発想の違いをものがたっているようで、示唆的だなといつも思うんです。

では、「花の色」で示されたお釈迦様の死は、何をあらわすのか。それが次の問題です。『平家物語』は「盛者必衰のことわりをあらはす」とし、さらに、「おごれる人も久しからず」と続けていましたね。さて、お釈迦様は「盛者《じょうしゃ》」でしたか。「おごれる人」でしたか。考えてみれば、違いますよね。元の身分は王子でした。王子という権力の地位を捨てて、この世にはなぜ四苦《しく》があるのか――「生老《しょうろう》病死《びょうし》」の四つの苦、人はなぜこの世に生まれてきて、年老いて、病を受けて死んでいくのか――その四苦がなぜあるのかということに悩んで、修行生活に入ったのでした。むしろ盛者であることを捨てた男であります。ところが『平家物語』は、盛んなる者は必ず衰えることわりを示すものとして、お釈迦様の死を語るのです。どうも、おかしい。

資料をちょっと見ていただきたい。③から⑥まで、『今昔物語集』『本朝文粋《ほんちょうもんずい》』『保元《ほうげん》物語』、そして謡曲です。前の二つは、『平家物語』が作られる以前の文献であります。『今昔物語集』は、お釈迦様が死ぬ時に残した言葉を伝えていますが、初めは『平家』と同じように、「盛りなる者は必ず衰ふ」と言っておきながら、すぐ「生じぬる者は定めて死ぬる事也」と言いかえております。発展させております。生まれてきたものは死ぬのが定め、という無常の現実をストレートに語る一句に、です。それの方が「盛りなる者は必ず衰ふ」より、お釈迦様の最後の言葉、究極の教えとしてはふさわしくないですか。お釈迦様自身だってこの世に生まれてきたからには、無常の法則に従い、姿かたちを変え、結局、死を迎えざるを得ないのだと自ら語る……。

次の『本朝文粋』。「生者必滅《しやうじやひつめつ》、釈尊いまだ栴檀《せんだん》の煙をまぬかれず」とあります。「盛者必衰」ではなく「生者必滅」、『今昔』のあとの方の言葉と一致しています。「栴檀の煙」というのは、お釈迦様を荼毘《だび》にふしたときの煙で、においのいい栴檀の木が遺体を焼くのに使われたといいます。「まぬか

【資料③】今昔物語集・三
仏、涅槃《ねはん》に入らんとして衆会《しゅうえ》に告げ給へる語《こと》・第二十八
汝、当《まさ》に知るべし、我、今、涅槃に入らんとす。盛りなる者は必ず衰ふ、生じぬる者は定めて死ぬる事也。

【資料④】本朝文粋・十四（和漢朗詠集・下）
生者必滅　釈尊未《いまだ》レ免二栴檀《せんだん》之煙一　楽尽哀来

【資料⑤】保元物語・上（金刀比羅本）
釈迦如来、生者必滅のことわりを示さんと沙羅双樹の下《もと》にして仮に滅を唱へ給ひしかば、

【資料⑥】謡曲・道成寺
それ祇園精舎の鐘の声は、諸行無常の響きたり、沙羅双樹の花の色は、生者必滅の理《ことわり》なり。

れず」ですから、無常の法則から誰だって逃れられないと言っているわけです。

そして『保元物語』。「金刀比羅本《ことひら》」とカッコ内に書きましたが、このテキストは実は『平家物語』が社会的に広まったのちに書かれたもの、『平家物語』以後です。読んでみますと、「釈迦如来、生者必滅のことわりを示さんと沙羅双樹の下《もと》にして仮に滅を唱へ給ひしかば」とあります。やはり「生者必滅」であります。

もっとはっきりしているのは、謡曲の「道成寺《どうじょうじ》」です。「それ祇園精舎の鐘の声は、諸行無常の響きたり、沙羅双樹の花の色は生者必滅の理《ことわり》なり」――。明らかに『平家物語』を踏まえていながら、「盛者必衰」の部分を「生者必滅」と言いかえている。お釈迦様の死を語るのには、「生者必滅」と言う方が一般的だったからでしょう。『平家物語』は、あえて違う方を選んだのです。

なぜそうしたのか、分かりますね。「盛者必衰」にしなければ、清盛のことが言い出せない。生まれた者は誰でも死んでいくでは、おごり高ぶった清盛に結びつかない。普通とは違う言葉の選択をしたことで、次の「おごれる人も久しからず、ただ春の夜の夢のごとし。たけき者も遂にはほろびぬ、ひとへに風の前の塵に同じ」という文面への流れが、スムーズにできています。そして、乱世は、まさに「おごれる人」「たけき者」の心のおごりから生み出され、それ故、彼らは滅んでいったと見通している。「盛者必衰」という言葉を選んだ段階からして、すでにその先を読んでいたということがお分かりいただけるかと思います。

2　物語の隠蔽《いんぺい》――清盛出家の虚構性

さて、物語の内容、まず「禿髪《かぶろ》」という章段を見てみましょう。ご存じではないでしょうか、十四、五歳の少年を集めまして、おかっぱ頭にし、赤い服を着せて市中に放つ。平家の悪口を言う人物のことを聞きつけるや、すぐその家に押し寄せて財産を没収、縛りあげて六波羅に連行したという。わざと目立つようなかっこうをして、道を練り歩いていたわけですから、一種の恐怖政治をやったということなんでしょう。

この「禿髪」については、ある研究者の方がおもしろいことを言っています（水原一氏）。六波羅というところは、鴨川に面していて、清水寺に行く坂があり、それから、鳥辺野《とりべの》という火葬場がございました。近辺には、河原で生活する河原者や、坂に住む坂の者、いわゆる非人《ひにん》と言われる人たちが大勢いたんです。河原とか坂というのは誰の所有地でもなく、一種の治外法権地帯、住むのに都合がよかった。仕事はといえば、鳥辺野で遺体が焼かれてお葬式があった時などに、道を掃除したりする、清めの役というのをやりました。そして、お葬式のあった家に出向き、「清めをしましたから」と言って金品をもらう。そんなことで生活をしていたのですね。

でも、彼らにはプライドがあったんですよ。東大寺につながる奈良坂にも非人がいて、清水坂の非人を訴えた鎌倉時代の文書が残っていますが、その中で、我々のする仕事は由緒正しき清めだと、そんなふうに書いていたりします（『鎌倉遺文』）。しかも、集団組織を作っていて、けっこういい生活をしていた。『今昔物語集』の話なのですが、あるお坊さんがいい生活をしたいと思って、清水の観音に祈ったら、「坂の途中で出会った女性にプロポーズしなさい」との夢のお告げ、そのとおりにしたら結婚できた。女性宅で生活を始めてみると、ずいぶん豊かにしている。物を持ってくる来客が多い。おかしいなと思って観察していたら、父親は非人のボスだったという……。

ある研究者のおもしろい説というのは、そういう人たちの子弟、子供たちを、清盛は意図的に集めて使用人にし、彼ら先住民の生活を保障してやることで、六波羅の地の囲い込みに成功したというのです。鋭い指摘ですね。なるほどと、ついうなずいてしまいます。

それから、「禿髪」の章段には有名な言葉がございました。清盛の妻時子の弟に当たる平時忠《ときただ》の言葉で、「この一門にあらざらむ人は、皆、人非人《にんぴにん》なるべし」。そう、「平家にあらずんば人にあらず」とよく言われるあれです。おごり高ぶっている言葉の代表でありました。「人非人」というのは、本来、仏教で天や竜、夜叉《やしゃ》など、人ではないのに姿を人に変えて、お釈迦様の説法を聞いたと言われるたぐいを指します。本当は、それが正しい意味。しかしここでは、一人前の人ではないという意味で時忠は使っているんですね。禿髪の話にしましても、時忠の言葉にしましても、まさに盛者としてのおごれる姿を端的にものがたっているものに他なりません。

ところで、この章段の最初、「清盛公、仁安《にんあん》三年十一月十一日、年《とし》五十一にて、病に冒され、存命の為に」出家して、そのおかげで天命を全うすることができたと紹介されていますね。その「十一月」は、うそなんです。正しくは二月。十一月に変えてしまっております。このことは、意外と大きな意味を含んでいます。

また、資料の方、⑦を見ていただきましょう。そこに清盛の出家に関するさまざまな事の経緯が正しい日付で記してあります。仁安三年は一一六八年。その二月二日に発病、病気は「寸《す》白《ばく》」。お腹に寄生するサナダムシのことです。九日には「危急」におちいり、十日には、滋子《しげこ》と時忠が見舞いに来る……。

滋子については、⑧の人脈図を見てください。時忠は先ほど出てまいりましたが、その妹に滋子がおります。彼女は後白河院の后《きさき》で、高倉天皇の母。やがて高倉のもとに清盛の娘の建礼門院徳子が輿《こし》入れする、こういう関係です。院は、彼女を非常に愛しておりました。

その滋子と時忠が見舞いに来た翌日の十一日に、清盛は妻の時子と一緒に出家を遂げている。十五日には、熊野参詣をしていた後白河院が、一日予定を早めて急遽《きゅうきょ》帰ってまいります。ここが重要です。一日早めたんです。しかも、自分の御所に行く前に、六波羅の清盛屋敷に直行したのであります。そして、何と翌日、東宮すなわち高倉への譲位が決定され、新帝の「践祚《せんそ》」の儀式は三日後の十九日。さらに驚くべきことに、翌月の三月二十日には

【資料⑦】清盛出家と高倉帝即位
仁安三年二月二日　発病、「寸白《すばく》」
九日「危急」
十日　滋子・時忠、訪問
十一日　清盛・時子、出家
十五日　後白河院、熊野路より一日早く帰京、
　清盛邸へ
十六日　東宮へ譲位決定
十九日　高倉帝践祚《せんそ》
三月二十日　高倉帝即位、滋子皇太后宮
＊物語の表現
「仁安三年三月二十日、新帝、大極殿《だいこくでん》にて御即位あり。この君の位につかせ給ひぬるは、いよいよ平家の栄華とぞ見えし。」（巻一・東宮立《だち》）
＊清盛の経歴
仁安元年十一月十一日内大臣
　同二年二月十一日太政大臣
　同三年二月十一日出家

即位式が行われる。

　ふつう、即位式が譲位の一か月後に行われるなんてことはありえません。半年とか一年たってからです。「践祚」というのは、あとを継ぐ意で、その儀式は早めに行いますが、位についたことを天下に知らしめる即位式は、準備万端を整えてから行います。それを二月十九日に続けて三月二十日にやった、一か月と一日。こんなに急なことは、特例中の特例です。

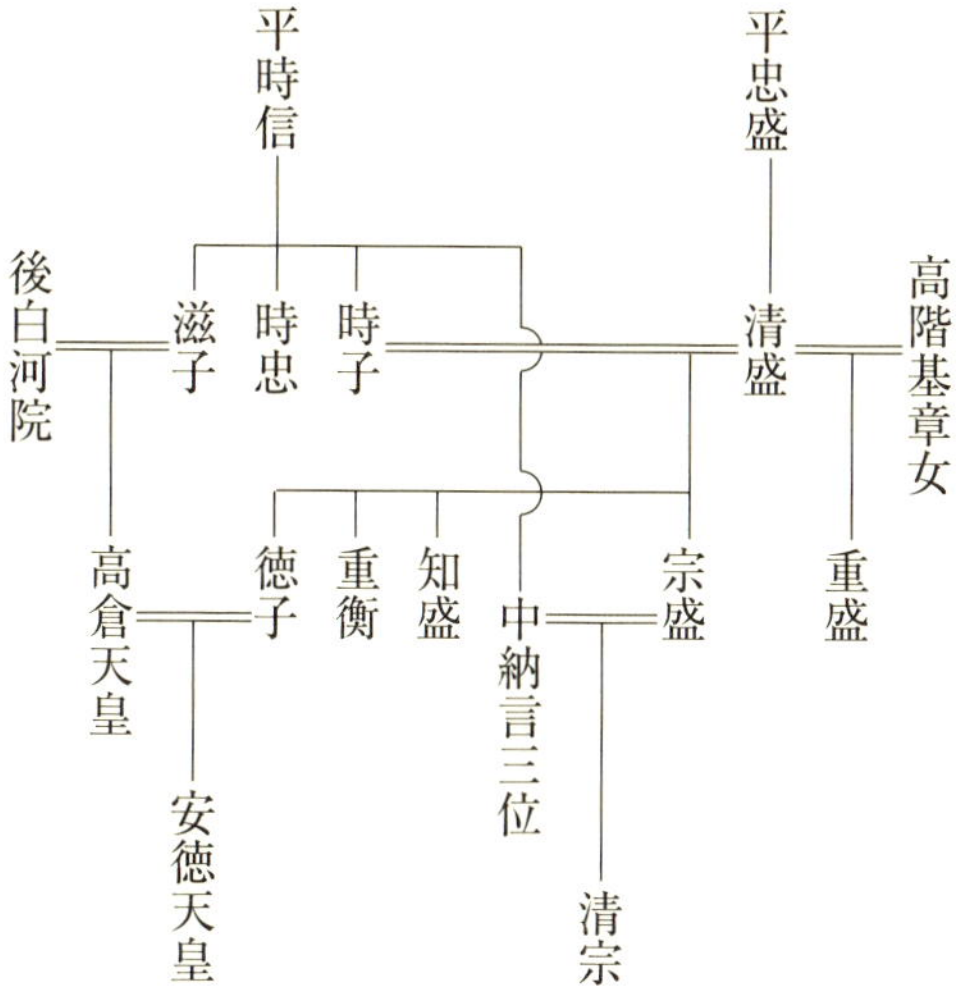

【資料⑧】平家内人脈図

　即位式には費用がかかります。幾つもの国に分担させまして、おまえの国は何を負担しろとか、こっちの国は何を出せとか、そういうことをやって、やっとできるんです。一か月の間にそんなことは、通常、できっこない。いかに後白河院が特別なことをしたか。特別なことをしたのは、清盛の病が「危急」の状態にあったからでしょう。清盛の目の黒いうちに、その甥《おい》に当たる高倉さんの即位を実現する。それをがむしゃらにやってのけたのが、後白河さんだったんです。

ところが、『平家物語』の方は、清盛の出家を十一月に移してしまいました。そして、高倉の即位は即位で、三月のこととして別に書くんです。二月に践祚して、三月二十日に即位したと。

資料⑦のあとの＊印の「物語の表現」というところを見てください。「仁安三年三月二十日、新帝、大極殿《だいこくでん》にて御即位あり。この君の位につかせ給ひぬるは、いよいよ平家の栄華とぞ見えし」、こう書いてあります。これもそうですね。清盛は死にそうでした。栄華を口にするどころではなかった……。

ある貴族は日記の中に、「この人夭亡《えうばう》の後、いよいよ以って衰弊《すいへい》か」、つまり清盛が死んだら、世の中ますます悪くなるだろう書いています（『玉葉《ぎょくよう》』）。この時代、清盛は相当に人望があったんでしょうね。彼が世を支えていると思われていたらしい。それはそのはず、保元《ほうげん》の乱、平治の乱は、彼の活躍によっておさまったんですから。まだ清盛の実力に対する信頼があった時代でした。後白河院も、その功績に報いるために高倉即位を早めたのに違いありません。

でも、物語の場合は、まるで清盛の出家と高倉の即位とが無関係であるかのように扱い、高倉さんが即位したことによって、「いよいよ平家の栄華とぞ見えし」というふうに語ってしまう。そのことによって、どういうことになるか。本当は、後白河院と清盛とは、大変仲のよい蜜月時代があったんです。まさにそのことをものがたるのがこの一連の経緯、それを消し去ったのですから、ふたりの蜜月時代の存在を隠蔽《いんぺい》したに等しい。

『平家物語』をこれから読み進めていきますと、後白河院と清盛との間には最初から深い溝があり、後白河さんは、余りに勝手なことをやる清盛を、いつかこらしめてやろうと思っていたが、なかなかそのチャンスがなかった、というふうに語られていきます。意図的に、ふたりの疎遠な関係を描く方法をとる、それが物語でした。高倉即位が清盛出家に連動するものであった事実経緯など、作者にはまったく意識されていなかったんじゃないかと思います。それよりも、清盛のおごりに対する、後白河院も含めた人々の反感を描くことの方が大切だったのです。

それでは、物語はなぜ、清盛の二月の出家を十一月と間違ってしまったか。あるいは、あえて間違えたのか。「清盛の経歴」という⑦の次の＊印を見てください。彼の経歴をたどっていきますと、仁安元年十一月十一日に内大臣になり、同二年二月十一日に太政大臣になって、同三年二月十一日に出家。日付が十一日、十一日、十一日。月が十一月、二月、二月。似ていますね。どうも間違いの元はここだな、と私は思っています。清盛の経歴を抜き書きしていって、混乱してしまったのでしょう。『平家物語』のテキストは多くありますが、全部間違えております。高倉即位を「いよいよ平家の栄華とぞ見えし」と語るのも、全部同じ。原作の段階から、そう書かれていたのに相違ありませ

天子摂関御影［宮内庁三の丸尚蔵館蔵］

ん。

さて、こんなふうにして、実は現実と物語とは巧妙に切り離されております。物語はやはり物語の世界を、独自に創っているんですね。

3 悪行《あくぎょう》のはじめ——摂政基房と資盛の衝突事件

次に「殿下乗合《てんがののりあい》」という章段、清盛の傍若無人ぶりを語るお話に進んでみましょう。「殿下」は摂政《せっしょう》・関白のこと。「乗合」というのは、相方が乗り物に乗ったまま道で出会ってよけきれず、騒動を起こしてしまった場合なんかに使う言葉。都の道幅というのはけっこう広くって、朱雀《すざく》大路《おおじ》は八十四メートルもありましたし、狭い小路ですら、十二メートル幅。でも、それは、道の両側にある築地《ついじ》の中心から中心までの距離です。築地沿いに溝があったりして、実際に牛車が通れるのは小路の場合、七メートルほど。すれ違うのにうまくできなくって衝突事件を起こす、ということがよくありました。「殿下乗合」は、摂政の一行に清盛の孫が無礼を働いた事件を語ります。

最初の出だしのところ、「世の乱れそめける根本は、去《いん》じ嘉応《かおう》二年」と書いてありますね。一一七〇年のことでございました。ということは、先ほどの清盛出家から二年後。事件を起こした人物が、直ちに紹介されています。「小松殿《こまつどの》の次男、新三位《しんさんみ》中将《ちゅうじやう》資盛卿《すけもりのきやう》」——「小松殿」は、清盛の長男の重盛《しげもり》のこと、屋敷の名前からそう呼ばれていました。その子供の資盛、時に十三歳、狩に出かけた帰りでした。大内裏の北方にいい狩場がありまして、そこでの鷹狩《たかがり》、十月とありますから初冬、「雪ははだれに降ったりけり」と書いてございます。一日さんざん鷹狩をしまして帰ってきたのは夕闇の迫るころ、路上で内裏に向かう摂政基房《もとふさ》の行列に出くわす。

当然、資盛の方が下馬《げば》の礼をしなければならないところ、摂政のお供の人から忠告を受けたにもかかわらず、日ごろからの思いあがりがありました。「あまりにほこりいさみ、世を世ともせざりけるうへ」、連れていた連中はみな二十歳前の若者ばかり、礼儀作法をわきまえた者がいない。「一切《いっせつ》下馬の礼儀にも及ばず、かけやぶって通らむとするあひだ、暗さは暗し、つやつや入道の孫とも知らず」、その次がおもしろい、「また少々は知つたれども、そら知らずして」、資盛たちを馬から引きずり下ろし、なぐる、けるの乱暴に及んだ。――相手が資盛とわかっていながら、この際とばかり、知らんぷりを決めこんでやっちゃったのもいたというわけ。憎まれていたんですね。その場の雰囲気が生き生きと伝わってくる文面です。

資盛は、はうはう我が家に帰ってまいりますけれども、おやじの重盛ではなくして、おじいさんの「相国《しやうこく》 禅門《ぜんもん》」に訴えます。「相国」は太政大臣の中国式呼称、「禅門」はお寺に入らない在俗の出家者をいいます。孫の話を聞いた清盛は、烈火のごとく怒り出す。「入道、大きにいかって、「たとひ殿下《てんが》なりとも、浄海」――これは清盛の出家名です――浄海の周辺に関しては、つまり私の身内に関しては、遠慮なさるべきであるのに、幼い者に恥をかかせたのは恨めしい。こういうことからして、人に軽んぜられることになる。殿下に後悔させないでおくわけにはいかない。「恨み奉らばや」なんて言葉を吐いております。要するに、仕返しをしてやろうという。

それを聞きました重盛、こちらの方が大人でございました。「重盛卿、申されけるは」、いやいや、恥をかいたのは致し方ないこと、ライバルの源氏に辱《はずかし》められたのならいざ知らず、わが子ともあろう者が愚かな振る舞い、殿下に失礼したよしをこちらから申し入れることにしよう、などとを言った。重盛と清盛との性格の違いが、うまく描き出されています。

さて、その後、どうなったか。入道相国は、「小松殿には仰せられもあはせず」、息子の重盛に相談もしないで、勝手に、「片田舎《かたいなか》の侍《さぶらい》どもの、こはらかにて」――無骨で――「入道殿の仰せより外は、またおろそしき事なしと思ふ者ども」――要するに、清盛の命令がこの世で一番恐ろしいと思ってい る連中。殿下であろうと、天皇であろうと関係ない、清盛さんが一番えらいと思っている田舎侍。そういった連中を呼び集めまして、来る二十一日に、まちがいなく殿下は宮中に出向く、それを待ち伏せして供人《ともびと》の髻《もとどり》を切って「資盛が恥すすげ」と命ずる。文中に、摂政の宮中出仕理由が、「主上《しゆしやう》御元服の御さだめの為」とありますね。「主上」は高倉天皇です。高倉天皇が、来年、元服をするので、その元服の儀式に伴う人事、だれが何をやり、だれにどういう恩賞を与えるか、そういうことの決定をする会議があったんですね。それに出席するための出仕だったのです。それを待ち伏せして、仕返しをしろと言ったことになります。

一方、殿下基房の方は、そんなこと知るはずもなく、いつもよりきれいに身繕《みづくろ》いをいたします。宮中には摂政・関白などの泊まる特別な部屋がありまして、それを「直廬《ちよくろ》」といいますが、そこに泊まるつもりで、身だしなみを整え出かけていった。ところが、待ちうけていたのは「ひた甲《かぶと》三百余騎」、——「ひた甲」は鎧《よろい》を身につけ、完全武装している意。基房の一行は、鎧なんか身につけているはずはありません。それを襲い、前後からいっせいに鬨《とき》の声をあげる。摂政のお供の前駆《ぜんく》と御随身《みずいじん》たち、彼らも「けふをはれと装束《しやうぞ》い」ていましたが、その連中を馬から引きずり下ろし、なぐったり、けったり。そのあげく、「一一《いちいち》にもとどりを切る」と書いてあります。髻《もとどり》を切られては、烏帽子《えぼし》をかぶることができなくなる。大変な恥辱を与えたのでした。

天皇は烏帽子をかぶったまま寝るというのは、知っていますか。宮中に「夜の御殿《おとど》」という寝室がありまして、天皇は東枕に寝るんですね。東の方にあるのは、三種の神器《じんぎ》の中の天照大神《あまてらすおおみかみ》の依代《よりしろ》の鏡、八咫《やた》の鏡。それを安置している建物が東側にある（温明殿《うんめいでん》）。で、天照大神に失礼をしてはいけない、髻を見せてはいけないというので、烏帽子をかぶったまま寝る、というわけです。

それから、有名な藤原行成《こうぜい》という書のうまい方、それと歌人の藤原実方《さねかた》とが天皇の前でけんかしまして、実方が持っていた笏《しやく》で行成の烏帽子をたたき落とし、髻を人目にさらさせてしまった事件がありました。天皇は激怒して、「しばらく歌枕《うたまくら》を見てまいれ」、歌に詠まれた名所を見てこいと言って、実方を陸奥の国へ流罪《るざい》にしてしまった、そんなお話がありますから、いかに髻が大切だったか、お分かりいただけるでしょう。

髻を切られた男たち、烏帽子をかぶれなくては、当分、人前にも出られない。その中に、世間にちょっと知られた男がいたのですが、彼の髻を切る時、これはおまえの髻と思うなよ、おまえの主人のものだと思えよ、と言い含めて切ったとあります。幾ら何でも摂政の髻を切るわけにはいきませんから。それにしても、ひどいことをしたものです。

基房の乗っていた車もめちゃめちゃにされてしまいました。襲撃した田舎侍たち、最後にまた「悦《よろこび》の時をつくり」、意気揚々と引き上げてきました。清盛はほめて一言、「神妙《しんべう》なり」と言ったという。彼ら、まるで戦争ごっこをやっているみたいですね。相手は無防備なのにもかかわらず、こちらは完全武装、鬨《とき》の声をあげて襲い、鬨の声をあげて凱旋《がいせん》した。

鬨の声というのは、これもよく誤解されているのですが、「エイ、エイ」と、まず大将が言います。次に後ろに控えた武士たちが、左から右に「オー」と言うんです。そう決まっていました。軍勢が多ければ多いほど、「オー」の声が長く続く、左から右へ。「鬨」を「鯨波」と書く表記がございますが、それはそうした声のあげ方から来ているのだろうと思います。この時も、「エイ、エイ」、「オー」とやったんですね。田舎から来ていた連中、腕がなまって退屈していた、やることがないから。だから、この時とばかり発散をしたのです。先に、片田舎の侍《さぶらい》どもで、清盛の仰せ以外恐ろしいものはないと思っている連中、という表現がありましたね。それがうまく生きている。なるほど、田舎から来て何か事あれかしと待っていた連中だったからこそ、大げさな合戦のまねごとなんぞしたんだろうと、納得できることになります。

仕返しの成功で清盛は喜んだのでしたが、重盛は逆。狼藉《ろうぜき》を働いた武士たちを勘当し、我が子の資盛を伊勢の国に追放したため、人々はその態度を賞賛したというお話になっていきます。この章段の最後の結びの一句は、「これこそ平家の悪行《あくぎやう》のはじめなれ」——印象的な言葉です。この、おごり高ぶった盛者の行為がさらに高じていって、さまざまな反発を買い、やがて一門の滅亡にいたる、そのことを暗示するものと言えるでしょう。

しかし、ここでまた考えていただきたい。基房が宮中に行く目的は何であったかというと、高倉天皇の元服式の準備のための会議でありました。高倉さんはこのとき十歳。清盛のやったことは、大切な大切な甥《おい》にあたる天皇の大事な式典のための会議を、だいなしにしたことになる。実際にそうなりました。宮中で待っていた人たち、摂政がなかなか来ないので見させに人を遣わしたところ、道がもう大変なありさま、基房さんは邸宅に帰ってしまったあと、そういう情報がもたらされたのです。結局、その日の会議はお流れになってしまいました（『玉葉』）。はたして清盛は、そんなことをやるでしょうか。病気で命が危ぶまれた時、後白河院がわざわざ即位を早めてくれた天皇、その天皇の元服式に支障が起きかねないようなことをですよ。

また資料を見てください。⑨の「『愚管抄』の語る重盛」です。「小松内府《こまつだいふ》」——これは重盛のことで、重盛は「いみじく心うるはしくして」、心の立派な方で、お父さんに謀反心があると見て、早く死にたい、「とく死なばや」などと言っていると世間には伝わったが、どういうわけだったのか、お父さんがしろと言ったわけではなくして、「不可思議の事を一つ、したりしなり」。それがこの事件だった、と

【資料⑨】『愚管抄』の語る重盛
この小松内府《だいふ》は、いみじく心うるはしくして、父入道が謀反心あると見て、とく死なばやなど云ふと聞こえしに、いかにしたりけるにか、父入道が教へにはあらで、不可思議の事を一つ、したりしなり。

書かれています。首謀者は清盛ではなく、重盛だったと。この『愚管抄』の作者の慈円は摂関家の出身、基房の腹違いの弟に当たります。それが言っているんですから、間違いなさそうです。

さらにもう一つ、『玉葉《ぎょくよう》』という日記の記述が参考になります。その日記は、基房の弟で慈円の同母兄になる九条兼実《かねざね》の書き残した膨大なもの。それによりますと、最初の乗り合い事件が起こったのは七月でした。十月ではない。そして、資盛はその時、正しくは十歳。しかも、女車に乗っていた。狩に行ったのではないんですね。その女車が基房の車と出会い、道をよけなかったか、よけたけど、うまくいかなかったのか、結局、乱暴狼藉《ろうぜき》されてしまったのです。基房の方は、自分の随身たちがやったものですから、重盛に対して申しわけないと思ったようで、乱暴狼藉を働いた連中を全部、重盛の屋敷に送り込んで、「どうぞ適当に処分してください」と申し入れたという。ところが重盛は彼らを送り返してきた。どうも怒っているらしい。基房は仕方なく、自分で随身たちを勘当した。それが七月三日と五日のことだったと、兼実は記しています。

続いて十六日のこと、基房がまた出かけようとしたとき、途中に武士が集まり、待ち構えているという情報が入ったのであります。基房の随身たちをからめる目的という。人を派遣してようすをうかがわせると、そのとおり。そこで、基房は出かけるのをやめたのでした。そして、十月二十一日まで飛びまして、この事件が起こったわけです。事件後の三十日、清盛は別荘のあった福原、今の神戸ですね、そこにいたらしいのですが、そのもとへ院の使者が差し向けられ、三日後に帰ってきますが、何事かといぶかしがられています。十二月には、重盛が、嫡男維盛《これもり》の右少将昇進と引き換えに大納言を一時辞任していますから（『公卿補任《くぎょうぶにん》』）、事件の事後処理が院と清盛との間で相談され、その結果、そうなった気配があります。『玉葉』は重盛がやったと明記してはいませんが、まずそうに違いない。物語は、重大な人物のすりかえを行ったことになる。

では、なぜ重盛がやったのかという動機の問題であります。これも物語がついに語らなかったことでありますが、今度は先ほど見た「平家内人脈図」を、もう一度見てください。すぐ分かりますように、重盛の母親だけが違っておりますね。高階基章《たかしなもとあきら》の娘と清盛との間にできたのが重盛です。あとの兄弟は、徳子も含めまして、時子と清盛との間にできています。

そして、この嘉応二年という年、一一七〇年がどういう年であったかと申しますと、⑩を見ていただきましょう、重盛が病気をしております。それは仁安三年、一一六八年の春から、嘉応元年、一一六九年つまり前年の冬にかけてと推測されます。というのは、当時の記録類を見てみますと、この期間だけ出仕記録がなく、一方で重盛の病気を伝える記事が幾つか出てまいります（『兵範記《ひょうはんき》』等）。この期間は病の床にあって、仕事をしていなかったと想像されます。

その間に何が起こっていたか。仁安三年春といえば、清盛の出家が二月、高倉さんの即位が三月でした。重なっています。分かるでしょうか、重盛が病気の間に、弟の宗盛や知盛の方に風向きが変わっていくのであります。新しい天皇の母親は、弟たちの母の妹なんですから。清盛はこの時、命も危ぶまれる病気でした。一族の中に家督《かとく》相続に関する問題、軋轢《あつれき》が起こっていたかも知れ

【資料⑩】
重盛病臥＝仁安三年（一一六八）春〜嘉応元年（一一六九）冬

ません。すでに重盛の母は亡くなっており、他方、時子は健在。どうしても、弟たちの方に有利に物事は進んでいったでしょう。

四年ほどあとのことなのですが、当時の平家一門内の力関係を示唆する日記の記事があります。熊《くま》野《の》参詣に出かけていた貴族が、今日はいい夢を見たと喜んで書きこんだ記事、それは平家の三人の方々が夢に現われ、種々の物を奉ったというもの。熊野神社は三社ありますから（本宮・新宮・那智）、三人はそれにもなぞらえられるということなんでしょう。その三人とは、滋子・清盛、そして宗盛でした。重盛ではない。社会的評価の中で、宗盛こそが平家の跡取りだと認知されていたことを、この記事はものがたっている（『吉記《きっき》』）。重盛はおもしろくなかったでありましょう。

彼の病気が治ったのが嘉応元年の冬、事件が起こったのは翌年の七月。想像できるのではないでしょうか、彼の内面。おれをばかにするのか。平家の嫡男はおれなのに、摂関家の連中まで軽んずる。弟の宗盛たちの方ばかりをちやほやして。そういう思いがあったに違いない。病気が治って貴族社会に復帰してみれば、彼を取り巻く雰囲気は一変していたのです。

やがて、十月になります。新帝の元服式が日程にのぼってきて、徳子の入内《じゅだい》も話題になってきたでしょう。元服式は翌年の正月、徳子入内は十二月でした。徳子の方が六つ年上でしたが、元服が行われればそうなると、重盛の目にはもう見えてしまっていたでしょう。ますます自分の立場が悪くなる。おもしろくないです。そうした鬱屈《うっくつ》した感情から、一種の嫉妬心から事件は引き起こされた。人間の心理なんて、今も昔もそんなに変わりはしない。重盛には、動機が十分あったと思われるのです。

それを物語は、清盛を傲慢《ごうまん》きわまりない人間にしたてあげて、やりもしないことをやったことにし、「悪行のはじめなれ」と語る一方、事件の張本人の重盛を、常識をわきまえた賢人に創り上げてしまった。うまいですよね。清盛と重盛の性格の違いを凝縮して表現するための一つの駒《こま》として、この事件を使ったわけです、主役を変えて。

ついでに、平家と摂関家との姻戚関係についても、知っておいていただきましょう。基房は摂関家の次男で、長男は基実《もとざね》でした。清盛は、その基実に十歳の自分の娘、盛子を妻合《めあ》わせるんですが、何と十一歳で夫に死なれ未亡人になっていました。この事件があった四年前です。基実の嫡男基通《もとみち》はまだ六歳、そこで義理の母という立場の盛子が、摂関家の荘園を全部管理する、実質的には平家が経営するところとなっていたのです。後日、基通のもとにも、清盛は完子という自分の娘を輿《こし》入れさせます。まさに政略結婚。物語には、平家の都落ちの際、基通が平家と同行しようとして思いとどまった話がでてきますが、それほど親しい関係が長男一家とはできていたわけです。しかし、基房とはそうした関係がなかった。だから、重盛も手を出しやすかったということが言えるかもしれません。

では、「これこそ平家の悪行のはじめなれ」と語った直後に、「其比《そのころ》」として語りだされていく鹿《しし》の谷事件の方へ読みすすめてまいりましょう。

4 野心――鹿の谷事件の由来

そのころ、ある人物が内大臣の左大将から太政大臣になることになった。太政大臣になりますと、武官を兼ねることができなくなる決まりでした。文官と武官――文官のトップが太政大臣、武官のトップが左大将。太政大臣になると、今まで大将《だいしょう》を兼務していても辞めなければいけなくなる。文官と武官のトップの兼務禁止です。結果的に文官のトップが最上位となりますから、シビリアンコントロールの形ができていたことになります。そのことによりまして、左大将のポストが空きました。そこで、いろんな人たちが我こそは手を上げた。その一人が新大納言――新任の大納言たる藤原成親《なりちか》という人。鹿《しし》の谷事件を起こした張本人であります。

物語には、「院の御気色《ごきしょく》よかりければ」と、左大将を希望した理由が語られています。要するに後白河院の近臣だったのです。目的を達成するために、彼は石清水《いわしみず》八幡に百人の僧を籠め、真読の大般若経を七日間読ませたとあります。最初にお話した転読に対する真読ですね。しかし、八幡の神の使者たる鳩《はと》が三羽、食い合って死ぬなんて変なことが起こりまして、占いをさせてみると「臣下のつつしみ」、つまり臣下たる者が行動を慎まなければならないという忠告が示される。暗に成親の行動を批判したものでした。

ところが、「新大納言、これにおそれもいたされず」、今度は自ら賀茂神社へ七夜、通います。七日目の夜の夢に歌で示された神の意向は、冷たいものでした――「さくら花　賀茂の河風うらむなよ散るをばえこそとどめざりけれ」。「さくら花」は当然、成親のこと。あなたが散っていくのを止めることなんかできませんよ、という意味。にもかかわらず、「新大納言、なほおそれをもいたされず」と物語はさらに続けます。彼はある聖《ひじり》を賀茂神社に送り込んで、大杉の洞《ほら》の前で秘法を行わせるのですが、その杉に雷が落ちて火事騒ぎとなり、結局、聖は追放される羽目となる。「この大納言、非分《ひぶん》の大将《だいしやう》を祈り申されければにや、かかる不思議も出で来にけり」と批判的に書かれていますが、「非分」は身分不相応の意。「おそれをもいたされず」という言葉が繰り返されていましたから、醜い野心、野望のほどが強調されていたことはお分かりでしょう。

結果はどうなったか。そのころの叙位《じょい》・除目《じもく》というのは、上皇や天皇、摂関の意向も反映されず、すべて平家の一存であったと文面にありますね。人事は平家の意のままというわけです。そして、重盛が大納言と右大将を兼務していたんですが、彼が左大将に移る。「左に移りて」――、新たに空いた右大将の地位には、次男宗盛が中納言の役職にいながら、何人もの先輩を飛び越して昇格したというしだいです。兄弟で左右の大将を独占。大変なことをやってのけました。左大将と右大将に兄弟でなった例は、過去になくはありませんが、いずれも時期がずれてのこと、同時になったのは、有史以来初めてでした。この時、重盛は四十歳、宗盛の方は九歳違いで三十一歳でありました。

新大納言はその結果を見まして、憤懣《ふんまん》やるかたなく、こう言う。同じく候補にあがっていた徳大寺や花山院《かさんのいん》家の人たちに先を越されたのなら、家柄も上で致し方のないところ。「平家の次男に超えらるるこそやすからね」。平家の次男に負けたのは悔しい。――実は成親も四十歳だったんです。重盛と同い年。九歳年下の中納言に過ぎない宗盛に後れをとったのは、確かにおもしろくないはず。そして、「平家をほろぼし、本望《ほんまう》をとげむ」と思い至ったというのであります。

彼の父は、中納言にまでやっとなった人、その末の子でありながら、位は正《じょう》二位、官職は大納言にまであがり、実入りのいい国――これを「大国《だいこく》」といいますが、その国守に何度もなり、一族も繁栄していて、「何の不足に、かかる心つかれけん」、「天魔の所為《しょい》とぞ見えし」と書いてありますね。人の心をたぶらかす天魔のなせるわざかと思えたというわけです。しかも、成親は、一一五九年の平治の乱のとき、謀反人の藤原信頼《のぶより》にくみしたため「既に誅せらるべかりしを」、殺されるところであったのを、「小松殿」――重盛がさまざまに申して、間を取り持って、首を継いでやったのに、「その恩を忘れて」と続いています。心が狂っている、とでも言いたげな気分が伝わってきます。

実は平治の乱の時の彼は、処刑されるほどの罪科を問われたかどうか、非常に怪しいんですね。『愚管抄』も、「深かるべき者ならねば、咎《とが》もいとなかりけり」と書いています。主犯の信頼は鴨川の河原で処刑されましたが、成親は解官《げかん》すればそれで済むくらいの罪だったはずなのであります。でも、物語は、重盛との関係を強調するために、重盛がいろいろ取りなして命を救ってやったのに、平家を滅ぼそうとするとは恩知らずの行為と言っています。

そこでまた関係図を見ていただきましょう、⑪です。重盛は成親の姉妹の経子と結婚していますね。妹に当たります。さらに、二人の間にできた清経《きよつね》は、成親の娘と結婚をしている。加えて、重盛と先妻（官女）との間に生まれた長男の維盛《これもり》――光源氏かと言われるほどの美男子だったようですが、それがまた美女で名高い成親の娘、新大納言局《つぼね》と一緒になっている。そして、平家嫡流最後の人物と言われる六代《ろくだい》、物語の終末部で、この六代が切られて平家の子孫は長く絶え果てたと語られることになる、その六代がこの二人の間にできています。一方、成親の息子の成経《なりつね》は、清盛の弟の教盛《のりもり》の娘と結婚していました。成親は平家の身内同然、特に重盛一家とは深い深い関係にあったのでした。

【資料⑪】藤原成親と平家、関係図

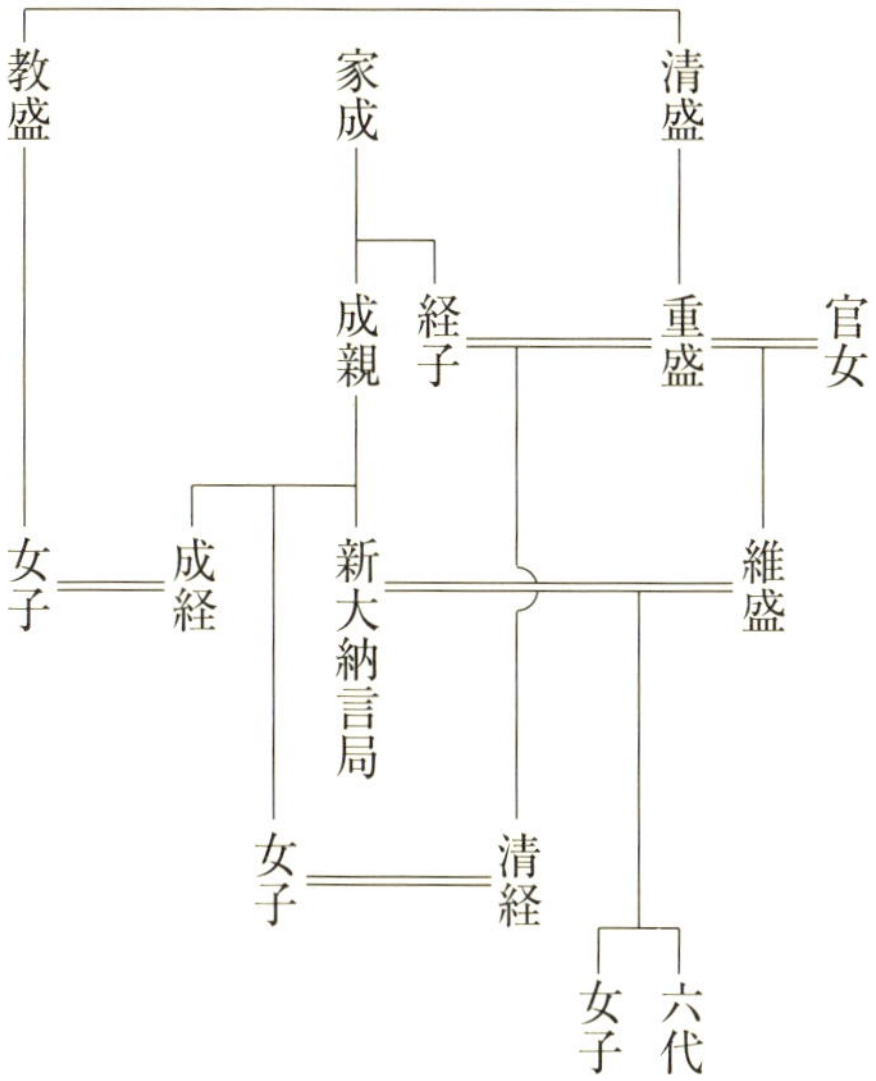

物語はこういう事情を踏まえて書かれておりますから、重盛が平治の乱の時、彼の命を救ったという、事実としては疑問視される話にまで発展させられたかと思います。確かに重盛は恩情の厚い人だったらしく、備前国へ流された成親のもとへ衣類を送ってやったといいますし（『玉葉』）、慈円も『愚管抄』で「心うるはしくして」と書いておりましたね。そういう人望がもともとあって、その上に作者が厚く上塗りして物語の重盛像はできあがっています。成親と平家一門とのつながりは、のちのちまた話題にいたしますので、記憶にとどめておいてください。

さて、もとの本文《ほんもん》へもどっていただきまして、有名な一節をざっと紹介しておきましょう。

東山のふもとに鹿の谷というところがある。銀閣寺の裏の方から山の方に登っていくところにあります。そこに俊寛僧都《しゅんかんそうず》の山荘があって、そこで密議が交わされたというお話であります。後白河院も出向くことがありました。ある時、初めて参加した人がいた。酒盛りとなった場で、後白河さんが秘密を打ち明ける。聞いた方は、びっくり。まあなんと、たくさんの人が耳にしてしまいましたぞ、今にも世間にもれて、天下の一大事になりましょう、と言ったんですね。そばにいた成親、顔色を変えてすっと立ち上がる。すると、院の前にあったとっくりを着物に引っ掛けて倒してしまう。これはどうしたと院が言うと、成親、立ち帰って「平氏、倒れ候ひぬ」と答えたという。とっくりのことを「瓶子《へいじ》」と申しますが、それは平氏の音に通ずる。頭に血がのぼっている成親、意図したかどうかは分かりませんが、しゃれを言ったことになる。

後白河さんは喜びました。皆々参って猿楽《さるがく》をやれ、と命ずる。猿楽は、当時、こっけいな物まねや、手品、曲芸までも含んだ芸を意味していました。誤解されている方が多いんですが、今日の能のイメージをそのままさかのぼらせてはだめなんですね。で、ここは寸劇をやれと言ったのに等しい。その言葉に応じ、平康頼《やすより》という人物がまず、ああ、あまりに平氏が多いので酔っぱらってしまいました、と言う。それを受け、俊寛が、さて、それをどうしたもんでしょうかと問いを発し、最後に西光《さいこう》なる人物が、「頸《くび》をとるにしかじ」と言いつつ、とっくりの首を取って部屋から出ていったのです。掛け合いのみごとな寸劇。笑いとともに満座の拍手を得たことでしょう。よくできた場面です。

しかし、これはいい気なお遊び。緊張感もなく、周到さにも欠けた大それた計画。これでは平家を滅ぼすことなど、初めからできるはずはなかったのだと、物語は伝えたかったのでしょう。むしろ、そのために作られた場面と言っていい。初めてその場に臨んだ例の人、「あまりのあさまっしさに」言葉もなかったと書かれていますね。「あさましさ」は驚きあきれる意。ずさんな計画の非現実性は、分かる者にはすぐ分かったというのです。謀反参加者の中にも、やはりそれと分かった男がおりました。多田蔵人行綱《ただのくらんどゆきつな》という、成親が抱え込んだ唯一の武士らしい武士。源氏です。やがてその人物が裏切ることになっていきます。

「非分の大将」を執拗に求めた成親、たとえ横暴な恐怖政治の平家を倒したところで、新しい秩序、よりよい社会なんて作れそうもない人物として描かれている。単なる個人的な野心に心を奪われ、常軌を逸してしまった男にすぎませんでした。そんな男が、まともではなかった社会を、さらに混乱におとしいれることになったと語っているわけです。

ここでちょっと振り返ってみますと、殿下の乗り合い事件がありましたのが、一一七〇年のことでしたね。その翌年の春に高倉天皇の元服式があり、徳子が入内した、物語はそこまで書いたのち、「そのころ」としてこの鹿の谷事件を語りだします。ところがですね、事件の発端となりました大将人事が行われたのは、実は一一七七年のこと。六年間カットされていたのです。「悪行のはじめ」と評されるようなことが起こり、たまりかねた貴族が後白河院の後ろ盾もあって平家追討を画策する、というのがストーリー展開。が、それもまた、事実と違っていました。

物語がカットした六年間に何があったか。これが大切です。後白河さんは清盛の別荘があった福原へ盛んに行っているんです。何のために行ったかというと、千僧供養《せんぞうくよう》と申しまして、千人のお坊さんを集めて『法華経』を読むということを清盛はやっていたんですが、その場に後白河さんは出向くんです。出家の身でしたから、自らお経を読んだりする。何度も行ったものですから、「未曾有《みぞう》の事」——いまだこんなことはなかったとか、「言語《ごんご》の及ぶ所に非《あら》ず」とか非難されております（『玉葉』）。清盛と後白河院、仲のよい時代があったわけでしたが、この行動もそれを証明するもの。六年間のカットは、またしても蜜月時代を消し去りました。

【資料⑫】建春門院滋子の死＝安元二年（一一七六）七月。三十五歳。
「そののち、院中あれ行くやうにて」（愚管抄）
「おはしまさで後の世の中を思ひあはするにも」（たまきはる）

　しかし、鹿の谷事件の時は、両者の関係、悪くなっていました。なぜ悪くなったかというと、この事件が起こる前年に、ひとりの人が亡くなったからだと考えられます。だれかと申しますと、後白河院の愛妻でありました建春門院滋子でありました。資料をまた見ていただきましょう、⑫。亡くなったのは、一一七六年七月。三十五歳の若さでありました。後白河院とは十五歳違い。有馬温泉に一緒に旅行したりしています（『顕広王記《あきひろおうき》』）。夫婦での温泉旅行の最初かも知れませんね。もっとも、病気治療のためだったらしいのですが。厳島や熊野にも一緒に行きました（『玉葉』『山槐記』）。日吉《ひえ》神社に後白河さんが修行で籠《こも》った時のことなんですが、滋子が病気になってしまい、参籠《さんろう》期間中にもかかわらず、脱け出してきて自ら祈禱《きとう》をしています（『玉葉』）。愛妻だったんですね。それが亡くなった。これが平家と後白河院との溝をつくる大きな原因になったと、私は思っています。

『愚管抄』の文章を引用しておきました。「そののち、院中あれ行くやうにて」とありますね。「そののち」というのは、滋子が死んだのち、その後、院御所の雰囲気がすさんでいったという。この一文に続き、成親のことが書かれていきます。彼は「院の男のおぼへにて」、急にはぶりがよくなり、例の事件を起こすに至ったと――。「男のおぼへ」とは男色《なんしょく》のこと。当時、男色関係はかなり多かったんです。皆さんびっくりするでしょうけれども、木曾義仲の父親、これも時の左大臣の男色の相手でした。左大臣本人が日記の中に書いていますから間違いありません（『台記《たいき》』）。今日の我々からは考えられないような、男色文化があった。で、愛妻を亡くした後白河さんが、そのかわりに成親をかわいがり、成親は思いあがって事件を起こした、ということのようです。

滋子に仕えていた建春門院中納言という女性が書いた『たまきはる』からも、引用しておきました。こちらは「おはしまさで後の世の中を思ひあはするにも」とあります。「おはしまさで」――お亡くなりになって後の混乱した世の中を考えるにつけても、ご生前の世はよかったと言っているわけで、いわば滋子の逝去、崩御が、時代のターニング・ポイントになったことを伝えてくれています。

『平家物語』は滋子の死を語りません。あえて語ろうとしない、そう私は見ています。滋子の死んだことが明らかにされるのは、清盛によって幽閉されている後白河院が、厳島《いつくしま》参詣に向かう高倉院の訪問を受け、母親似であることから「故女院《にょうゐん》」を思い出して涙したという、そこが初めてです。それまでは隠し続けている。

何か『平家物語』はうそばかり言っているようですけど、嫌にならないでください。そうすることによって、物語世界は白熱化され、ドラマが生み出されているのです。物語はやはり物語。人間を描く物語。現実のままでは、それほど深い感動は与えられない。人物のクリアな姿は、こういう操作の結果としてもたらされているのです。私たちはそれを理解したうえで、楽しまなければなりません。

5　過分――清盛と西光、いずれか

先ほど「頸をとるにはしかじ」と言ってとっくりの首を持っていった人物、西光法師と紹介されておりました。この人物が、謀反発覚後に切られるお話が次の「西光被斬《きられ》」の章段です。西光は平治の乱で犠牲になった藤原信西《しんぜい》にかつて仕え、その後、「法皇第一の近臣」とまで言われるほどにのしあがってきた人物、院の御所七条殿《どの》を作ったり、彼の建立した御堂《みどう》の落慶式には院が参列したりするほどの関係でした（『玉葉』）。

謀反計画が露見する前、白山《はくさん》事件というのが語られています。西光の子供に師高《もろたか》・師経《もろつね》という兄弟がおりまして、兄が加賀守になり弟がその目代、代官になって石川県に出向いたんですが、そこで、白山神社の末寺と騒動を起こしてしまいます。神社の配下に寺があった、神仏習合ですから。その末寺のお風呂に乱入し、馬まで洗ったのが事の起こりとされていますが、在地勢力と国守とのよくあった権力闘争のひとつだったのでしょう。白山神社はそのことを比叡山延暦寺に訴えました。延暦寺と日吉神社は一体、その日吉神社に白山の神をまつる社《やしろ》があったのです。かくして、地方の一事件が中央へと飛び火しました。比叡山はふたりを流罪《るざい》と投獄の刑にしろと朝廷に訴える。後白河院は目をかけている西光の子供たちですから、簡単には応じない。

比叡山はついに強訴《ごうそ》に及びます。比叡山延暦寺のことを山といいますが、山の強訴の場合、琵琶湖畔にある日吉神社の神輿《みこし》を山の上まで持ち上げて、都側に下ろし、それをかついで内裏に押し寄せるんです。大変なことをやるわけですね。後白河院は致し方なく、ふたりを刑に処したのですが、めんつをつぶされましたので、騒動の責任を取らせるべく、延暦寺の長官であります座主《ざす》も同時に流罪にしてしまいました。けんか両成敗。しかし、山の僧兵が黙っているわけはございません。流される座主を途中で奪い返してしまった。公権力に反旗をひるがえしたのです。

そこで後白河さんは、比叡山を攻撃しようとする。命じられたのは誰かというと、清盛でした。そのころの清盛は、流された座主とも仲がよく、延暦寺とは友好関係にありました。後白河院の政治的手法としてよく言われるのは、仲のいい者同士をけんかさせて双方の勢力をそぐというものですが、それをやろうとしたと見られます。清盛はなかなか受け入れない。そうこうしているうちに、先ほど言いました多田蔵人行綱が密告するのです。五月二十九日の夜だったと物語は語っています。

当時は月の満ち欠けで日にちを数えますから、一か月は二十九日と三十日しかないんですね。二十九日の月を小の月、三十日の月を大の月と呼んでいました。今より一年が十一日少ない。そこで閏月《うるう》と申しまして、まるまるひと月を五年に二度、設けていました。で、この年、安元三年の五月は小の月でした。二十九日の深夜、清盛の屋敷へ人目をしのんで現れた行綱が、実はこうこうと告白する。驚いた清盛は、すぐさま行動を起こす。章段の冒頭、「あくれば六月一日なり」とあるのは、以上のことを踏まえて語りだされているわけです。

もっとも、五月二十九日密告、六月一日謀反人捕縛となっていく物語の流れ、これも事実としてはあやしい。『愚管抄』では、行綱は福原へ行って密告したとなってますし、『玉葉』によれば、清盛の上洛は二十七日の夜、翌日、院御所に呼ばれ、比叡山攻撃を命じられたものの、彼は内心喜んでいならしいとある。清盛はすべてを承知の上で上洛、意に染まぬ比叡山攻撃を迫られ、最後の切り札を切ったというのが事実経緯だろうと思います。とにかく物語は、時間を凝縮し、劇的展開を意図的に作っていく。その本文の方、見ていきましょう。

清盛はまず、後白河院の御所に使者を差し向け、側近の方々が我々を滅ぼそうとたくらんでいる、ひとりひとり捕らえて尋問いたします、ついては口出し一切ご無用、「君もしろしめさるまじう候ふ」と言わせました。言語道断、頭ごなしな言い方。法皇は秘密が漏れたことを察知しますが、「さるにても、こは何事ぞ」と一言。それにしても、一体この言い方は何か、院ともあろう自分に対して口出し無用とは、と言ったんですね。しかし、そう言っておきながら、はっきりした返事すらしなかった。そこで、清盛は、やはり行綱の密告は正しかったと即断したわけです。そして、「二百余騎三百余騎、あそここに押し寄せ押し寄せ」、次々と捕縛する事態となっていきます。

成親のもとへも、使者を派遣、相談があるからと、西八条《にし》の屋敷――清盛の邸宅は六波羅と西八条と二つあったんですが、その西八条の方の屋敷に呼び寄せます。「大納言、我が身のうへとはつゆ知らず」とありますね、彼は自分のことだとは想像もせず、逆に、自分が清盛から比叡山攻撃について相談を受けると思って、法皇のお怒りは深そうだから止めるのはできまいものを、と考えたりする。しかも、わざと「ないきよげなる」――柔らかくさっぱりとした着物を「たをやかに」、ゆったりと着こなし、見栄えのする「あざやかなる」車に乗り、お供の人々までいつもより「ひきつくろふ」――身だしなみをきちんとして行ったという。憎らしい相手のところへ、わざわざ着飾って行くなんて愚か。でも、彼はうれしかったんですね。向こうから声をかけられたことが。誇らしかった。だから、ふだんより立派にして出かけた。浅薄な性格が目に見えるようです。

西八条近くなると、武士たちがおびただしくたむろしている。何事かと不安にはなるものの、まだ我が身のこととは気づかない。門内に入って捕らえられ、一部屋に閉じ込められても、「夢の心地して、つやつや物もおぼえ給はず」――何が何だかまったく理解できず、考えも浮かばないありさま。やはり平家を倒すだけの能力はなかったのです。現実の厳しさを知らない、育ちのよい一貴族にすぎませんでした。

一方、西光は、仲間の捕縛を耳にし、「我が身のうへとや思ひけん」、すぐさま馬に鞭《むち》打ち、院の御所へ馳せ参じようとする。「我が身のうへとはつゆ知ら」なかった成親との差が、明らかに意識されています。西光の方は、成りあがり者でした。出身は徳島県、阿波国です。下からのしあがってきた人物。だから、判断も行動も早い。途中で出会った平家の侍《さぶらい》に西八条への参上を求められるや、院の御所へ参ったのちすぐに、と言ったものの、認められるはずがない。平家の侍、その場で馬から引きずり下ろし、宙にくくって西八条へ下げて行った、――棒にでも縛りつけ、かつぎあげて行ったということなんでしょう。大納言成親に対するのとは違う手荒なやりかた。

連れて来られた西光を見た清盛、縁側に彼を引き寄せさせ、「物はきながら」、その顔面を「むずむずと」踏みつける。足に履いていた「物」とは、今日の足袋《たび》、「襪《しとうず》」と申しまして指先が分かれておらず、ひもで足首に結う形態でした。それで顔を踏む、憎しみを込めて。そして言う、おまえみたいな「下﨟《げらう》のはて」を院が召し使い、与えるべきではない官職を与え、父子ともに「過分のふるまひ」をすると見ていたところ、やっぱり罪もない座主を流罪にさせ、我が家をも滅ぼそうとした、ありのまま白状しろと。

ところが西光、「ちっとも色も変ぜず」――顔色ひとつ変えないで、悪びれたようすもない、逆にこう居丈高《いたけだか》に言ったのです。「ゐなほり、あざわらって申しけるは」――あざ笑うというのは、呵々《かか》大笑することなんです。今日の意味と違います。大声で笑うんですから、肝っ玉がすわっている。口を開いて最初に言った言葉、「さもさうず」は「さも候はず」のつづまった表現。それは間違っていると、初めから相手の言うことを否定する。そして、「入道殿こそ」、あなたこそ「過分」な事をおっしゃる、他人の前はいざ知らず、この西光が聞いているところでは、そんなことはおっしゃれないはず。自分は院の御所に召し使われている身、最高責任者の成親様が院の命令と言って計画なさったことにくみしないはずはない、「それはくみしたり」――彼はいさぎよい。

ただし、耳障りなことをおっしゃる。ここから逆襲です。あなたは、十四、五歳まで宮中へ出仕すらなさらず、中納言家成《いえなり》様の家のあたりに出入りしておられたのを、京の若い連中があだ名を付けて「高平太《たかへいだ》」と言っていたものだ——家成というのは、⑪の関係図を見ていただくと分かりますが、成親の父。成親のお父さんのところに、あなたはしょっちゅう出入りしていたというわけです。「高平太」は、高い足駄《あしだ》を履いた平家の太郎という意味。清盛は背が低かったんでしょう。威張って歩いていた感じもしますね。

それから、清盛十八歳の時のことを言い出します。貴殿の父上の忠盛《ただもり》殿が大将軍《たいしょうぐん》となって海賊を捕まえ、その恩賞で、あなたが四位の兵衛佐《ひょうえのすけ》になったのすら「過分」と当時の人たちはうわさした——兵衛佐、頼朝も、流された時は兵衛佐でした。「官位」と一口に言いますが、「官」は役職、「位」は、くらい。その「官」に見合う「位」が設定されていましたが、それぞれ別々に与えられ、当該の役職より、位の方が先んじて高いものを与えられる場合がありました。兵衛佐は六位相当の職、ところが、貴殿は四位にまでなった、二階級特進です。だから「過分」と言われた——。

さらに、「殿上のまじはりをだにきらはれし人の子で、太政大臣までなりあがったる」のこそ「過分」でありましょう、と追い討ちをかける。殿上人としての交際を嫌がられた人とは、父忠盛のこと。「祇園精舎」に続いて「殿上闇討《てんじやうのやみうち》」という章段がありまして、そこで具体的に語られています。「闇討」は後世の意味と違って、暗闇で乱暴を加えることなんですが、忠盛が宮中でそうされそうになったお話です。それほど嫌われた人の子でありながら太政大臣にまでなって、過分と言えば、そちらの方こそ過分。私ごとき侍《さぶらい》程度の者が受領《ずりょう》や検非違使《けびいし》になる例は、山ほどある、「なじかは過分なるべき」――なんで過分であろうか、あるはずがない。

「過分」という言葉、五回も使われていました。お気づきだったでしょうか。清盛が最初に「過分」と言ったのに対し、西光は四回も同じ言葉で、そちらこそとやり返した。ついに清盛は怒り心頭に発し、「物ものたまはず」――今朝は後白河院を沈黙させたのに、今度は自分が言葉を失う、図星を指されて。最後は、西光に全部白状させ、憎らしいその「口をさけ」と命じ、口を裂いて殺してしまったのでした。

確かに西光の言うところ、当たっておりました。清盛はぐうの音も出ない。彼の方が勝っています。作者は清盛をも圧倒する人物を、みごとに描きあげました。しかし、西光自身にも問題があった。物語はこのあと、彼の息子たちも殺害されたことを記してから、「これらは言ふかひなき者のひいでて、いろふまじきことにいろひ」――関係すべきでないことにまで関わり、座主を流罪《るざい》にするようにそそのかし、「果報や尽きにけん」「かかる目にあへりけり」と結んでいます。分不相応な振る舞いが、結局、自身に災いをもたらしたのだというのです。

権勢の独占を覆そうとした人たちも、結局は権勢欲に駆られ、「非分の大将」に執着したり、「過分」な行動に走る人々だったのでした。物語はそこを見すえています。

6　訓戒――清盛にした重盛の説得

次の章段は「教訓状」。そこに至るまでのお話を、ちょっとしておきましょう。

西光の処刑後、清盛は成親のところへ出向き、あらためて責め立てますが、成親は言い逃れをするばかり。業を煮やし、庭に引っ立て痛めつけるよう命じたりする。ほどへて現れた重盛は、父と違い、冷静そのもの。成親に助命の約束をし、父には穏便に事を処すよう説得します。それから⑪の関係図にありましたように、成親の息子の成経《なりつね》が清盛の弟の教盛《のりもり》の婿になっていましたね。そこで、教盛が、つかまった成経の助命を求めて、西八条邸にやって来ます。清盛は弟に会いもしなかったのですが、願いがかなわねば出家とまで言い出され、成経をいったん許します。

なかなか気分が収まらない清盛、自ら鎧《よろい》を身につけ、法皇幽閉の挙に出ようとする。急報を受けた重盛が父の屋敷にやって来る、その場面から、本文は紹介してあります。なお、重盛は内大臣に昇格していましたので、本文では「内府《だいふ》」や「大臣《おとど》」と表記されています。

門内に入ってみれば、全員が鎧《よろい》姿で着座、その中へただひとり、烏帽子《えぼし》に直衣《のうし》姿で衣擦《きぬず》れの音を立て、重盛が割って入る。場違い、この上ない。それを見て清盛、「ふし目になって」とありますね。最初から引け目を感じているらしい。それもそのはず「さすが子ながらも」立派な人格者、あの姿に「腹巻《はらまき》を着て」——「腹巻」というのは鎧の一種で、袖なんかも付けない簡便なもの、それを着て対面するのは、きまりが悪く恥ずかしく思われたのか、障子を少し閉め、僧の着る法衣《ほうえ》を鎧の上に「あはて着に」着たのですが、うまくいかない。鎧の金物《かなもの》が衣の隙間からのぞく。それを隠そうと「しきりに衣のむねを引きちがへ引きちがへ」したという。清盛のこっけいなようすが描かれ、「衣の下の鎧」ということわざまで生まれた有名な場面です。

重盛は弟の宗盛の上座に、横に並んで座ります。彼の左手、最上席には清盛が正面を向いて座る。「入道も、のたまひ出だす旨もなし。大臣《おとど》も、申し出だざるる事もなし」と、ふたりの間に気まずい沈黙が続く。こうした場合、先に口をあけた方が負け。相手に気を呑まれてしまった結果ですから。で、たまりかねた清盛が口を開く。成親卿の謀反は大したことはなかったが、すべては法皇のお考え。だから、世を静める間、法皇の身柄を鳥羽の北殿《きたどの》――鳥羽離宮《りきゅう》、そこにお移しするか、この屋敷にお連れしようと思うが、どうか。重盛は聞くに耐えかね、「はらはらと」涙を流す。反対されるか、面倒なことを言われると思っていた清盛にとって、それは意外な反応、「いかにいかに」とただ驚きあきれるばかり。清盛には人の心が読めない。予想外の成り行きに、どぎまぎしてしまう。

その清盛に向けられた重盛の発言、父上のお言葉を聞けば、ご運もはや尽きたと思われます、と始まっています。人は運命が傾くとき、必ず悪事を思い立つ、父上は今、そうだ、と言う。さらに、太政大臣にまでのぼった人が甲冑《かっちゅう》をよろうとは、礼儀にそむく行為、ましてご出家の身、と、非難してもおります。太政大臣は、先ほど申しましたように、武官を兼務できない公職の最高位。出家者が武器を手にするのも本末転倒、いずれにしてもあってはならぬこと、と言ったわけです。

それから先に進みますと、「もっとも重きは朝恩」という言葉も見えてきます。そもそもこの世には、天地の恩や父母の恩など四つの恩があるが、その中で最も重大なのが朝恩、朝廷から受ける恩だという。私ごとき「無才愚闇の身をもって」大臣の地位にまでなれたのも、「希代《きたい》の朝恩」ゆえと書いてありますね。そんな「莫大《ばくだい》の御恩」を今さら忘れて、とんでもないことをなさろうとしている。「神は非礼を享《う》け給はず」——礼を失した行為を、神は決してお認めにはならない。この一句、実は「非分の大将」を賀茂神社に祈った成親に対しても使われていました。成親の祈祷も非礼なら、清盛のやろうとすることも非礼というわけ。

ただし、次の言葉に注意していただきたい。後白河さんがお考えになったことも「道理なかばなきにあらず」と言っている。これは微妙な言い回し。全面的に正しいとは言ってないですよね。そこを注意しておいていただきたい。一方、我が一門が朝敵を次々と平らげてきたことは「無双《ぶさう》の忠」ながら、恩賞に誇るあまり「傍若無人」とも言っていいほど。これはいかがか。行き過ぎている。

天子摂関御影［宮内庁三の丸尚蔵館蔵］

それに続いて、聖徳太子の書き残した十七条の憲法を持ち出す。重盛が口にしているのは第十条。第一条は「和を以って貴しと為《な》す」、一般的によく知られているものです。第二条は、「仏法僧《ぶっぽうそう》」、すなわち仏様、仏様の教えた法、仏様の教えを守る僧侶、この三つの宝、三宝を敬えと書いてあるんですね。第十条は、ほぼ重盛の言っているとおり。「人皆《みな》心有り。心おのおの執《しふ》有り」――人はみんな心があって、心はそれぞれ執着を持つもの、こだわりがある。その結果、相手を肯定して自分を否定したり、反対に自分を肯定して相手を否定したりする。どっちが正しいか、この「是非の理《ことわり》」をいったい誰がきちんと決められるのか。相共に賢くもあり、愚かでもある。それは「環《たまき》のごとく」――「環」は玉《ぎょく》なんかにひもを通した丸い腕飾り。それのごとく、初めもなければ、終わりもなく、結論は分からない。だから、たとえ相手が怒ったにしても、かえって「我がとが」かもしれないから、謙虚に自身を振り返ってみよ、という。

「しかれども」と重盛は言葉をつぐ。平家の運命が尽きなかったゆえに、今度の御謀反が発覚し、成親卿を召しおかれた上は、その次、「たとひ君、いかなる不思議をおぼしめし立たせ給ふとも」、何の恐れもないと続く、そこがまた注意を要します。後白河院のこれから取るかもしれない行動を、「いかなる不思議」、つまり理解しがたいことと否定的に言い、それが熟慮を欠いた、衝動的な考えによるだろうことをにおわせる「おぼしめし立つ」という表現をとる。要するに、院のほうが間違う可能性、いや、現在の行動すら間違っている可能性を、言っているのです。ですから、今後、こちらが忠勤をつくせば、「君もおぼしめしなほす事」がどうしてないはずがありましょうか、という言葉があとに出てくる。向こうが間違いに気づくことを期待しているのです。

かつては、この一節、朝廷に対する重盛の忠誠心ばかり評価されてきたんですが、決してそうではないですよね。後白河さんだって正しくないというニュアンスが文脈に込められている。武力でもって平家を滅ぼそうとする行為、それは混乱を生むもの以外の何ものでもないんですから。聖徳太子の言う心の「執」が院にもあり、一方的にこちらを断罪しようとする行為に及んでいるが、それはおかしいという意を、彼の言葉は含んでいるのです。やがて後白河さんが重盛の言葉を聞いて、自ら深く恥じ入る一節が、一連の話の最後に出てきますが、それとも対応しています。物語はここで、院の「非」をも語ろうとしている、そのことを見落としてはなりません。

さて、章段名は「烽火《ほうくわ》之沙汰」と変わりますが、文脈はそのまま直結、重盛の言動が続きます。内容が分断された感じで何か変ですけど、琵琶法師の語りで、ひとつの章段を独立して語る時、ここで区切ったほうがいいと判断された場合など、こうした例がよくあります。

重盛の言葉、こののち、有名な一節に入っていきます。今回のことは、君が正しいから院の御所の護衛に参じようと、彼は言い出す。父の暴挙を止めるためには、そう言うよりほかない。自分の今日の地位は、すべて君のご恩によってかなえられたもの、それゆえ院の側につかざるを得ないが、「悲しき哉《かな》」、そうすれば、今までに受けた大きな父の恩を忘れることになる。親不孝の罪を免れようとすれば、「痛ましき哉」、不忠の逆臣となる。「進退《しんだい》、これ、きはまれり」――どう判断してよいか分からない。詮ずるところ、ただこの重盛の首をお取りください、と言う。あちら立てればこちら立たずという二律背反の苦しい心情が、真に迫って語られています。

さらに彼は、父上は栄華も公職も頂点を極めたのだから、運命がつきるのも当たり前のこと、世の乱れるのを見る自分の果報のつたなさが思い知られるなどと言い、再度、自らの首をはねるよう迫る。そうしますと、清盛、「たのみきったる内府《だいふ》はかやうにのたまふ、力もなげにて」――息子を尊敬し頼りにしてたんですね、清盛は。で、またたく間に元気がなくなり、「いやいや、これまでは思ひもよりさうず」――「そうず」というのは、「候はず」が縮まった形、丁寧語を使ってます。そんなことまでは思いも寄らぬことで、ただ悪い連中の言うことに院がついて、間違いでも起こるかと、「思ふばかりでこそ候へ」――また丁寧語です。最初にいきり立っていた男が、重盛の言葉に気分がなえてしまい、弁明するように相手に敬語を使う。大きな気持ちの変化が、ほほえましくさえある清盛の単純な性格とともに、みごとに描かれています。

その父の姿を目にした重盛、もう一度念を押すように、たとえいかなる事態になろうとも、「君をば何とかしまゐらせ給ふべき」と言って、さっと立ち上がり、庭にいる武士連中に対し、今朝からここにいてこう言いたかったんだが、いったんは帰宅した、今後、院御所攻撃のお供をするのであれば、重盛の首が切られたのを見てからにしろ、こう命じて、我が家に帰ったのでした。

章段名にある「烽火」つまり「のろし」に関する中国のお話が、このあと続くんですが、それは略し、最後に、鹿の谷事件を締めくくる俊寛の死を読んで、今日は終わりにしましょう。

7　怨念の行方――俊寛の死

この事件の首謀者成親は、備前国へ流され、暗殺されます。息子の成経と俊寛、それに鹿の谷の山荘で例の一芝居を演じた平康頼の三人は、鬼界《きかい》が島、すなわち鹿児島県の硫黄《いおう》が島へと流されました。やがて年が替わり一一七八年、治承二年になりますと（安元三年が治承元年）、高倉天皇のお后となっていた徳子が身ごもります。のちの安徳天皇を宿したのでした。ところが、難産のようす。徳子に怨霊が取りつき、成親の死霊だとか、西光の死霊だとか言う。

そこで、成親の怨霊を慰め、その活動を抑えるためには、鬼界が島に流された成経を召し戻せというこことになりまして、三人流されたうちのふたりが許されて都に帰ってくる。しかしながら、俊寛については清盛が許さなかった。おれが目をかけてやったのに、鹿の谷の自分の山荘を密議の場に提供するとは、と言って、許さなかったといいます。事実はわかりません。ですが、『愚管抄』には、かの島で俊寛は死んだと書いてありますから、まちがいなく島で死んだのでした。

その死を、物語はどう語るか。俊寛には、かつて仕えていた有王《ありおう》という少年がおりました。有王は、他の流人《るにん》たちが帰ってきたのに、主人は帰ってこないものですから、会いに行こうといたします。すでに俊寛の妻は亡くなり、それに先んじて息子も亡くなっておりました。残っているのは娘さんひとり、有王は彼女に仕えていました。

俊寛は、ご存じのように、法勝寺《ほっしょうじ》の執行《しゅぎょう》でした。執行は、お寺の事務を取り仕切る長という立場。そうした性格のお坊さんは、結婚できたんですね。それだけではなく、武器を持つことを認められたお坊さんもいました。坊官と申しまして、この人たちは帯刀・妻帯が許された。だから、代々坊官の家系の系図が残っていたりします。俊寛に妻子があって不思議ではありませんでした。しかしながら、男の子は流行病にかかって死に、お母さんもその悲しみのあまり命絶え、残されたお嬢さんは十二歳。その手紙を託されて、有王は鬼界が島へ向かいます。

島にたどり着き、たずね歩いてやっと会えた主人の姿は、乞食《こつじき》同然でありました。すっかりやせ細り、食べるものといえば、海岸に打ち寄せる海草や漁師からのもらいもの。そんなみじめな生活をしていたのでした。案内された家は、竹を柱とし、松の葉を屋根に取りかけた家とも言えぬしろもの。そこで問われるままに、ふたりが亡くなったことを告げ、娘さんの手紙を渡します。その場面から本文を紹介してございます。

俊寛が手紙を開けて見れば、有王の言ったとおりに娘は書いている。しかも最後には、有王を供にして急ぎ都にのぼってきて欲しいと書かれていました。その文面を見た俊寛、涙を流し、言葉が出ない。かなりしてから口を開き、「これ見よ有王、この子が文《ふみ》の書きやうのはかなさよ」――「はかなし」は幼い、幼稚だの意味――おまえを供にして都に帰れと書いてあるのがうらめしい。もし自分の思いどおりにできるなら、何でここに足掛け三年の年月を送ろうか。今年は十二歳になるはずなのに、こんなに幼くては、はたして結婚したり、宮仕えして生きていけるであろうか、と言いつつ、泣くのでした。親心は真夜中の闇ではないといいながら、「子を思ふ道にまよふ」もの、俊寛の場合にも当てはまったという。この一節、『後撰和歌集』にある有名な歌を踏まえています。「人の親の心は闇にあらねども　子を思ふ道にまどひぬるかな」――現代にも通ずる名歌ではないでしょうか。

さらに言葉が続いていきます。聞けば、今年は六つになると思っていた幼い男の子も、はや先立ったという。最後の別れ際のことが、今のように思われ、もう少し顔を見ておけばよかったと後悔される。それにつけても、人が親となり子となり、夫婦の縁を結ぶのも、みなこの世だけに限らぬ約束事のはず。だったらなぜ、妻も子も先立ったのを、今まで夢やまぼろしによってでも知ることがなかったのか——夫婦の場合は五百生《しょう》、五百回生まれ変わる以前から因縁で結ばれている、なんて言われていたのが当時です。だったら、死んだことの知らせが、何かであってていいはずなのに、自分には何らなかった。人目も恥じず、何とかして生きていこうと思ってきたのも、もう一度会いたいためだったのに。そう言いつつ、娘のことを切り出すのですが、その段階で彼は死を決意していました。

娘のことばかりは気になり、心配なのだけれど、「それは生き身なれば」——生きている身であるから、「嘆きながらも、過ごさんずらん」——私の死を嘆き悲しみつつも、なんとか暮らしていくだろうよ。あまり自分が生きながらえて、お前につらい思いをさせるのも、私自身、思いやりのない身となろう、と言って、「おのづからの食事」——たまに取っていた食事の意です、それもやめ、阿弥陀仏を唱える日々を送り、有王が島に渡って二十三日目に、とうとう亡くなったという。「年三十七」、意外と若かったんですね。

そもそも彼は、なぜ断食死を選んだんでしょうか。都にはまだ将来の心配な娘がいるのに、です。『平家物語』には多くのテキストがあること、ご存じですね。実は『平家物語』の古いテキストにまでさかのぼってみますと、自然死になっています。有王が渡って翌年、病気になり有王に看取《み》られながら死んでいく。それがどうも最初の形だったのだろうと考えられます。それをあえてこういう激しい死に方に作り変えた。なぜだろう、ということなんです。

まず俊寛は、自分が妻子の死んだのを、どうして夢にも見なかったのかと、疑っていましたね。その懐疑の行き着く先は、この世のみならぬ因縁で結ばれていると信じてきた夫婦親子の関係が、本当は、はかなくもろいものに過ぎなかったと知ること、になるでしょう。信じてきたことの無意味さを知った、いわば裏切られたのでした。

しかもこれ以前から、彼は裏切りを感じ続けていたことがありました。それは召し返されたふたりのうち、成経の残した言葉が問題でした。孤島にひとり残される俊寛の悲劇的な姿を描いた「足摺《あしずり》」の章段は有名ですが、その中で、成経は、せめて九州の地まで連れていけとすがる彼を説得し、私がまず都に帰って人々とも相談し、清盛のご機嫌のいい時を見はからい、あなたも許してもらうようにするから、と言っていたのです。成経は、清盛の弟の教盛の娘と結婚していましたね。ですから、その説得は現実味がありました。島に取り残された俊寛、海辺で足を波のなすままに任せ、一夜を過ごすのですが、頭の中にその成経の言葉がよみがえってきたといいます。それにしても、あの人は「情けふかき人」だから、うまい具合に言ってくれることもあろうと希望を託し、その時に身を投げなかったが、でも、その「心のほど」は「はかなけれ」と、物語はそこで語っていました。

「はかなし」は、むなしく何のかいもないこと。頼りにもできないことを頼りにした俊寛でした。いっそ死んでいれば、その後の苦しみは味わわなくてすんだものを、というニュアンスが込められた表現です。そして物語は、都に帰った成経が俊寛のために働いたということを、当然、一行も書いておりません。有王に会った時、俊寛は告発するごとく、そのことを言い出すんです。「よしなき少将」——成経は少将でした。「よしなし」は取るに足りないの意で、もう一度都からの便りを待てという、あとで文面に出てくる成経の言葉を、「よしなし」と言っているようですが、また一方、少将自身の冷淡さを非難しているとも受け取れる使い方がされています。自分は「おろかに」、もしかしてと頼りにもならぬ、その少将の言葉を信じて、生きながらえようとしてきた、と言う。自らの愚かしさに対する自嘲。裏切られた思いが続いていたのです。今また、無意識に信じてきた夫婦親子の深い関係も、はかないものと知ってしまった。絶望しかありません。

娘のことは確かに心配でした。しかし、「生き身」だから、生身《なまみ》の人間だから、嘆き悲しみつつも何とか生きていけるであろうと言っています。「生き身」、これが大切な一言です。人間には精神作用と独立した生命力が宿っている、それを「生き身」と表現しているように思われます。学生さんによく言うんですけど、失恋して死にたくなる、でも、そういう時お腹がグウと鳴るでしょ、それが現実だと。悩みに悩み、死にたいと思っても、どこか生命力が我々の肉体の中に知らず知らずのうちに潜んでいて、それが人間を前向きに持っていってくれる。そういう生命力に対する信頼感が、「嘆きながらも、過ごさんずらん」という形で、ここに表白されている。

この言葉、当時の人たちに強いインパクトを与えたんだろうと思います。テキストによってはもう一回、他の箇所で持ち出しますから。資料の⑬を見てください。夫を一の谷の合戦で失った小宰相《こざいしょう》という女性が、夫のあとを追い、海に身を投じようとして乳母《めのと》に言い残す言葉です。夫は平通盛《みちもり》、先に名前を出した教盛の嫡男。彼女の入水《じゅすい》は事実でした。で、その遺言、あなたがこの世にひとり留まって嘆き悲しむだろうのはつらいけれど、「それは生き身なれば、嘆きながらも過ごさんずらん」――そっくり同じです。しかし、この場にふさわしいでしょうか。

【資料⑬】小宰相の乳母への遺言（葉子本・下村本）
そこに独り留まって、嘆かんずる事こそ心苦しけれども、それは生き身なれば、嘆きながらも過ごさんずらん。

乳母は女主人の話を聞いて、言います。幼い子も年老いた親も都に残してつき従ってきた私のあなたに対する思いを、どれほどとお思いなんですか。今度の合戦でお討たれになった方々の奥方様の悲嘆は、みな同じ、あなたひとりではない、などと言葉をつくし、誠心誠意、入水を思いとどまらせようといたします。そうした乳母に対して向けられた言葉なのです。私が死んで悲しむだろうが、あなたは「生き身」だから生きていけるでしょうというのは、初めから相手を突き放した言い方。乳母が、私の心情をどう理解しておられるのかと、反発口調で切り出していることと符節は合いますが、相手の気持ちを最初から逆なでするようなものでしょう。

この場面におけるこの一句の使用は、必ずしも適当とは思われません。にもかかわらず、物語の作り手はこれを使いたかったんです。そこが大切です。この言葉を持ち出すことで、人には生きる力が潜在している、そのことを、語りを通して聴衆と共有したかった。我々は「生き身」、だから、みなつらい思いをしながらも、生きてきたし、生きている。これからもそうだろう。そういう思いを共有したかったんだろうと思うのです。物語の文脈としては不自然な箇所に挿入された一句は、語りの中で独立し、人々の心をつかまえていたに違いありません。

死を覚悟した俊寛の心には、この世への絶望と、人の生への信頼とが同居しています。自然死であったものを断食死という激しい行為につくり変えたのは、その二つを描きたかったからのように見えます。二つとも、戦乱の世の体験をとおして味わわされ、また知ることのできたものだった言えるでしょう。物語は明らかに、歴史的事実を伝える域を超えた表現世界を目ざしているのです。

俊寛の死後、有王は遺骨を胸に都へもどり、事の次第を娘に報告します。彼女は十二歳で尼となり、有王も高野山で出家し、諸国行脚《あんぎゃ》して主君の後世を弔ったとあります。そして、この章段の最後は、「かやうに人の思ひ嘆きのつもりぬる、平家の末こそおそろしけれ」と結ばれる。辛酸をなめた人々の怨念が積もり積もって、やがては平家の上にその報いが来るであろう、おそろしいことだというのです。こんなふうにして、鹿の谷事件の全体は閉じられます。

あらためて、「乱世を生み出す心」という今日のタイトルを思い出していただきましょう。乱世を生み出すのは人の心、権力への執着であり、おごりであり、嫉妬であり、つねに他者より優位であろうとする心理、それらが沸点に達したとき、世の乱れは加速される。後白河さんの中にもあり、清盛はもちろん、成親にも描かれていたそうした心の働き、聖徳太子の言う、「心おのおの執《しふ》あり」のその「執」です。乱世となる原点にはそれがあると、物語作者は見ていたでしょう。聖徳太子の言葉を持ち込んだのには、それなりに意味があったと私は思っています。

第二章●人間の描出——以仁王《もちひとおう》事件

本章で読む章段

巻四「源氏揃《ぞろへ》」
内々平家をそねまぬ者や候ふ
「信連《のぶつら》」
かりにも名こそ惜しう
「競《きほふ》」
すまじき事を
「橋合戦」
橋をひいたぞ、あやまちすな
「宮御最期」
埋木《むもれぎ》の花咲くことも
なかりしに

今日のタイトルは「人間の描出」。『平家物語』は人間をどういうふうに描き出しているのかということに焦点を当てながら、以仁王《もちひとおう》事件を読んでみたいと思います。物語の語るところは、事実とかなり違っておりました。人間を描くという点においても事実とは違う。どういうふうに違えさせて、そこにクリアな人物像を描いていくか。これは文学の見せどころ、語りどころでもある。今日はそういうところにポイントを当てていきたいと思っているわけです。

前回は鹿の谷事件を読んだのですが、その後の時代の流れをたどっておきますと、安徳天皇の誕生が治承二年で、翌年の治承三年、一一七九年に重盛が亡くなります。その同じ年の十一月に清盛がクーデターを起こす。関白や太政大臣らを流罪《るざい》にし、気に食わない公卿《くぎょう》・殿上人《てんじょうびと》四十人あまりの官職を剥奪《はくだつ》、後白河さんを鳥羽の離宮に幽閉するという暴挙に出るのです。今日読む以仁王事件の勃発《ぼっぱつ》は次の年、一一八〇年、治承四年の五月のことでした。

ここで、物語は、またしても巧妙に一つの事実を消していることを紹介しておきましょう。前回は建春門院滋子の死を消したというお話をしましたが、実はもうひとりの女性の死を消している。重盛の死は一一七九年七月でございましたが、その一か月前に、清盛の娘の盛子が死にます。摂関家の藤原基実《もとざね》と十歳で結婚し、十一歳で未亡人になったとお話した女性です。摂関家の荘園が彼女の名義で管理されることになった、ということもお話しましたね。清盛の戦略でした。

盛子と重盛の相次ぐ死去を、人々は当然のごとく結びつけてうわさしました。平家がやり過ぎたからだと。当時の記録を見てみますと、清盛に殺された西光の怨霊がふたりを取り殺したのだと書かれた「落書《らくしょ》」、つまり落とし文が宮中に七、八枚、ばらまかれたりしていますし、しかも、盛子の病状に変な評判が立つんです。血を吸うヒル、は、ご存じですね。あれは当時、悪い血を吸い取るというので、医療用に使っていたんですね。その生きたヒルを盛子が口から吐き出した、何と一尺（三〇・三センチ）もあったという。藤原氏ではない異姓の者が、摂関家の荘園を横取りしたから、氏神が罰を与えたのだと、言われています（『玉葉』）。

盛子が死にますと、後白河院は、彼女の管理していた荘園を没収し、院の管理下に置きます。時の摂関は基実の弟の基房でしたから、彼のもとへ持っていこうと考えたんでしょう。ところが清盛は、それに怒るんです。そのことがクーデターの大きな理由でした（『玉葉』『山槐記』）。しかし、『平家物語』は、盛子の死をまったく取り上げず、清盛自ら語る暴挙の理由の中でも、こうした事情に触れることはありません。用意周到に彼女の死も隠蔽《いんぺい》したように見えます。

物語が清盛に語らせているクーデターの理由の中心は、重盛の死です。彼の言葉は、信頼し尊敬もしていた我が息子に死なれたのに、院は立派な臣下の死に哀悼の意も表さず遊び歩いていると、後白河院非難から始められ、年老いてから大事な子を失い、今はどうにでもなっていいと思うようになったという、自暴自棄的な言葉で結ばれています。ほかにも理由をいくつか挙げてはいますが、根底は愛する子に死なれた親の情。実際は、荘園の経営権をめぐる問題が暴挙を誘発したのでしたが、物語は人の心情に焦点を合わせている。そこに、人間を描くということが、すでに見えているわけです。

それでは、以仁王の反乱事件を、「源氏揃《ぞろへ》」の章段から読むことにいたしましょう。

1　発端――以仁王の本心

まずは以仁王の紹介から始まっていきます。「そのころ、一院、第二の皇子以仁王と申」す人がいて、母は加賀大納言季成《すえなり》卿という人の娘だとあります。「一院」というのは、上皇が複数いる場合の頂点にいる方で、三人いれば中院《なかのいん》・新院と続く。ここは当然、後白河院のこと。以仁王は三条高倉に住んでいたので、通称は高倉宮でした。永万元年十二月十六日、十五歳でひそかに元服したと書いてございます。一一六五年です。

歴史的なことを確認していきますと、この時に、のちの高倉天皇はまだ五歳でした。以仁王にとっては十歳違いの弟に当たるわけです。この永万元年十二月がどういう状況下にあったかといいますと、後白河院の第一皇子だった二条天皇が七月に亡くなり、その子の六条帝がなんと二歳で即位しておりました。二歳の赤ん坊、ということは、いつ病気になってどうなるか、わからない。次の皇太子を決めておかなければならない。以仁王の元服は、私も資格がありますよと、そっと手を上げたに等しい。十五歳の元服というのはちょっと遅いですね。なぜかというと、出家する予定で、すでに延暦寺の座主《ざす》からお寺をもらってもいましたから。進路を変えて元服した背景には、母方の実家――閑院《かんいん》家と申しましたが、その一族の期待が働いていただろうと言われています。

でも、元服の九日後、十二月二十五日に、高倉さんに親王の宣下《せんげ》が下りる。親王宣下は、公に天皇の兄弟・皇子であると認められたことを意味し、やがて皇太子候補になっていくことを示唆していました。もちろん以仁王には親王宣下は下りていない、出家の予定でしたから。結局、高倉さんの方が勝っていくわけです。平家のバックアップを得まして。物語には、以仁王が「故建春門院の御そねみにて」押し込められていたなんて書いてありますね。故建春門院は平滋子、先週お話しましたように、後白河さんの愛妻で、高倉さんの実母。彼が滋子からにらまれていたというのは、よくお分かりいただけるかと思うのであります。

さて、その以仁王、高倉の即位により、存在が忘れ去られていく。しかしながら、なかなか教養のある人だったと書いてございます。「花のもとの春の遊びには、紫毫《しがう》をふるって手づから御作《ごさく》をかき」、つまり漢詩を作ったり、「玉笛《ぎよくてき》をふいてみづから雅音《がいん》をあやつり給ふ」という優雅な性格の皇子であったという。この治承四年には、三十歳になっていたとあります。

その以仁王の御所に、ある夜、こっそり訪れたのが源三位《げんざんみ》入道頼政《よりまさ》。内密に申しあげたことは、恐ろしいことであった。あなた様とて天照大神の血筋を引き、天皇になる資格はおありになる。三十歳になるまで無為にすごされたことを、残念とお思いではないか。世の状況を見ますれば、うわべは平家に従っているようながら、内々は平家をうらまぬ者がありましょうか。法皇がいつという際限もなく鳥羽殿に押し込められておられるのをお助けし、そのお気持ちを安らかにしてさしあげ、ご自身も位におつきになるのがよい。それこそ親孝行の極めというもの。もし決意なさって命令書、「令旨《りやうじ》」を出していただけるなら、喜び勇んで馳せ参ずる源氏は多くいる、と言って、次々と全国の源氏の名前をあげる。だから、章段名は「源氏揃《ぞろへ》」なのですが、その中に頼朝もいて、やがてその令旨を錦の御《み》旗に挙兵することになるわけです。

では、本当に頼政が以仁王にこういう形で直談判したかどうか、これも歴史の方では疑われています。鳥羽院の娘に、後白河院の異腹の妹で八条院という方がいました。父にかわいがられて膨大な荘園を持っておりましたが、以仁王はその女院《にょういん》の猶子《ゆうし》となっていました。猶子というのは養子と違いまして、財産相続権のない形で親子関係を結ぶことを言います。彼は、八条女院に猶子として面倒を見てもらっていたわけです。さらに、愛人もこの女院に仕えていて、ふたりの間には男の子と女の子が生まれておりました。ですから、歴史家の方々は、この以仁王事件の背景には八条院がいて、バックアップしていたのではないかと推測しているのです。宮の令旨を頼朝や義仲に伝達した人物は、彼らの叔父に当たる源行家《ゆきいえ》という人ですが、彼も八条院の蔵人《くろうど》となって令旨を全国に伝えたと『吾妻鏡』にありますから、その可能性はなきにしもあらずでございます。

資料をここで見ていただきましょう、①です。『山槐記《さんかいき》』という日記。治承三年ですから事件の前年、その十一月二十五日条です。先に話しました清盛のクーデターの十日後であります。そこにこんな記事が見えているんですね。高倉宮、つまり以仁王が治めていたところの常興寺というお寺を、天台座主《ざす》の明雲《めいうん》に付与せられた。ということは、宮から取り上げて明雲にやったという意味。かの宮は、昔、天台座主の最雲《さいうん》親王の弟子として、くだんの寺を預けられていた。最雲は鳥羽院の弟でしたが、

【資料①】山槐記・治承三年十一月二十五日条

高倉宮（略）知行の常興寺（九条に在り。太政大臣信長建立の所）、天台座主《ざす》明雲に付せらると云々。彼の宮、往年、天台座主最雲親王の弟子として件《くだん》の寺を付属《ふしょく》せらる。座主入滅の後、元服を加へ猶、彼の寺を知行、荘園等有り。而して当座主、彼の最雲親王の弟子たり。よって法家に付せらるか。

彼が死んだ後に、宮は元服してなお、かの寺を治めていて、荘園もあった。——最雲の死去は宮十二歳の時、元服は十五歳でしたね。——ところが、現在の座主明雲が同じように最雲の弟子だったので、法律家、法家に付託して、こうした決着になったのか、というのが、大方の記事内容です。

実はこの明雲と清盛とは仲の良い関係。清盛出家のときの戒師が、明雲でした。前回、白山事件を紹介しましたね。西光の息子たちを流罪にしろと大騒動になった事件、その責任をとらされて、後白河院から彼は座主職を罷免されていましたが、この清盛のクーデターで返り咲く。それと同時に、延暦寺の所領等を旧に復すよう、宣旨《せんじ》が下りていますから（『天台座主記』）、それに従って、宮の管理していた常興寺も、荘園とともに没収されたということなのでしょう。反後白河の旗幟《きし》を鮮明にした清盛の意向で、そうなったのだろうと推察されます。

以仁王は出家せずに元服したにもかかわらず、十四年間も、常興寺をそのまま管理していたのです。名目上、おかしくなっていた。延暦寺側が返せと言えばそれが正論、誰も反対はできなかったでしょう。当然のごとく取りあげられた。おそらく、宮による管理が黙認されてきたのは、後白河院の皇子という身分への配慮があったからでしょう。しかし、クーデターによって、院を幽閉してしまえば、もう遠慮はいらなくなったのです。以仁王にしてみれば、大変なことでした。生活のおおもと、収入源を奪われたのですから。彼が反乱を起こした本当の理由はこれ、生活の問題ではなかったのかなと、私はひそかに思っております。八条院がバックにいたにしても、平家転覆をねらった彼の本心は、その恨みにあったのではないか、そんな気がいたします。

頼政についても、ちょっと説明しておきましょう。簡単な系図を用意しました、②。彼の祖先は、鬼退治で有名な頼光《らいこう》。弟の頼信《よりのぶ》の家系が頼朝につながり、河内《かわち》源氏と称するのに対し、こちらは摂津《せっつ》源氏と言います。鹿の谷事件で清盛に密告した行綱も、この流れを汲みます。河内源氏が武勇の血筋を継承したのと半ば対照的に、貴族社会との交流も深く文化的教養を受け継いだ家系と言われています。頼光の娘が、藤原道綱《みちつな》と結婚しているのはご存じですか。そう、『かげろふ日記』の作者の息子とです。ということは、摂関家と関係があったわけで、頼光の子の頼国《よりくに》の娘も道長《みちなが》の孫の師実《もろざね》と結婚しています。白河院と結ばれたり（頼綱の娘・宮子内親王母）、鳥羽院の最後の愛人と言われた女性（光保の娘・土佐の局）も、この家系から出ています。

【資料②】

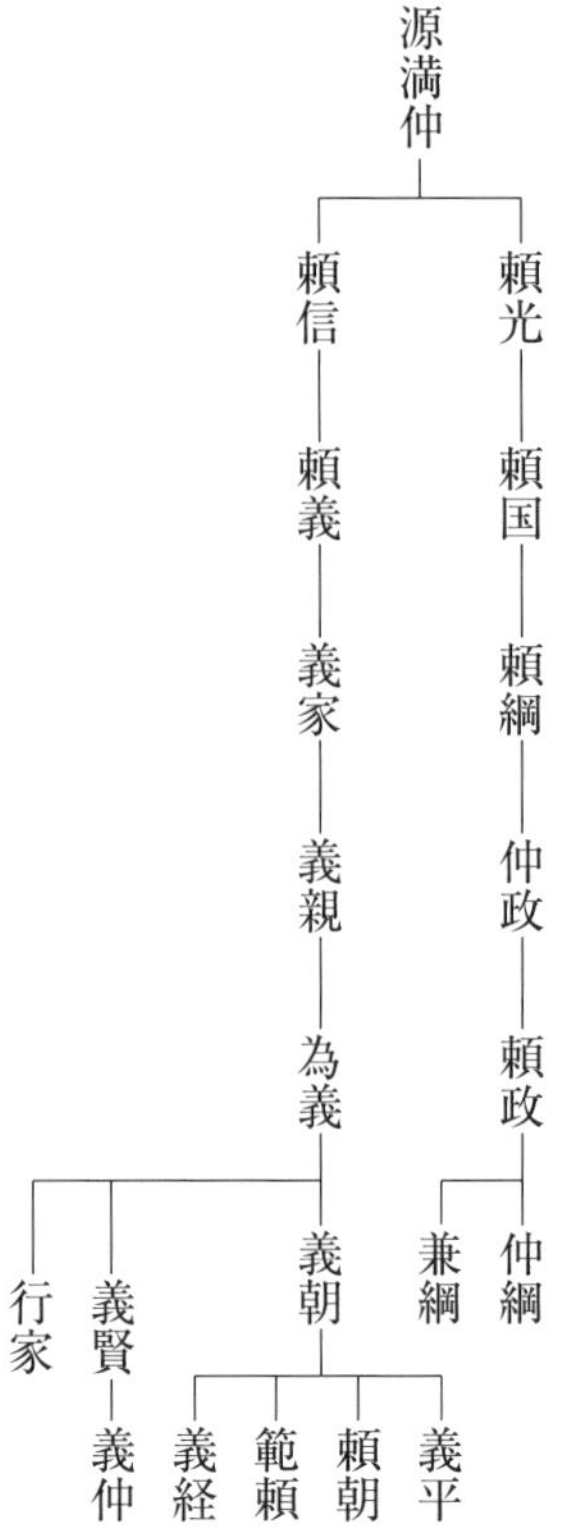

頼政は歌人として有名で、崇徳《すとく》上皇の時代に作られた『詞花和歌集』をはじめとして、勅撰和歌集に六十一首もの歌が採られています。娘の讃岐《さぬき》も著名な歌人。②の系図に出ていて、これから物語に登場する息子の仲綱も、勅撰和歌集に

十一首。お父さんの仲政は十五首、おじいさんの頼綱は七首、選ばれている。要するに、歌人の家柄でした。

源三位頼政、当時、高齢の七十七歳。二年前に三位《さんみ》になったばかりでした。三位になるとならないでは大違い、位が三位以上、役職が参議《さんぎ》以上の人たちが、いわゆる公卿《くぎょう》なんです。参議の地位は四位相当ですが、参議や中納言になれなくとも三位になれば公卿でした。彼の場合はそのケース。位で公卿の仲間入りを果たしたわけです。しかもそれは、清盛が後押しした結果でした。我々平氏一門は栄えているが、源氏でそれなりに活動しているのは頼政ひとり、すでに七十歳を過ぎ、身に病をうけている、あの世に旅立つ前に特別なご恩を、と、申し出たのです（『玉葉』）。その恩義ある清盛になぜ弓引く行為に及んだのか、これも大きななぞです。物語は物語なりに、そのなぞ解きをしてみせますが、それはあとの楽しみとして、まずは陰謀が発覚したときのお話、「信連《のぶつら》」を読むことにしましょう。

2　武勇の誉れ——物語の最初の合戦場面

発覚したのは、治承四年五月十五日の夜でした。令旨《りょうじ》を託された行家の行動から、情報が伝わったと物語は書いています。ただちに、以仁王の屋敷へ捕縛のために検非違使《けびいし》の一隊が差し向けられ、宮に仕えるひとりの勇ましい男が獅子奮迅の働きをみせる、そのお話です。

「宮は五月《さつき》十五夜の雲間《くもま》の月をながめさせ給ひ、なんのゆくゑもおぼしめしよらざりけるに、源三位入道の使者とて、文《ふみ》持っていそがしげにていできたり」と始まっていますね。ゆったりとした気分が一気に緊張へと変わる。頼政からの手紙を、乳母子《めのとご》の宗信《むねのぶ》が受け取り御前で開けてみれば、謀反の発覚を知らせるもの、宮を流罪にすべく役人連中がそちらに向かっているゆえ、急ぎ三井寺へ逃げるよう、自分もすぐに、と書いてあった。

さて、宮のようすを語っている最初の一節を読んで、どういうイメージをお持ちになりましたか。「十五夜の雲間《くもま》の月をながめ」、「なんのゆくゑもおぼしめしよらず」――空に浮かぶ月を愛《め》で、これからのことなんて何にも想像していなかったという。先ほどは「玉笛をふいてみづから雅音をあやつり給ふ」とありましたね。その人物像ともうまく合って、いかにも優雅な、みやびな以仁王の姿が浮かんでくるのではないでしょうか。風雅を愛し、欲得とは縁のない世界に生きていて、頼政に言われたとおりにしたものの、自らどうこうしようとは考えてもいない、そういう王家の人らしい品のある姿が意識的に描かれているように思われます。

手紙を受け取ったのは乳母子の宗信、彼はこれから宮と行動をともにします。当時、主人と乳母の子とが強い絆《きずな》で結ばれていたことは、よくご存じでしょう。この宗信については、またあらためてお話をしたいと思います。

混乱におちいった事態を救ったのが「宮の侍《さぶらい》、長兵衛尉信連《ちやうひやうゑのじようのぶつら》」、こと長谷部《はせべ》信連でした。彼は即座に「女房装束にて」、つまり女装して出立をとうながす。それに従って宮は行動を起こすんですが、そこでも物語はたくみに一場面を作っています。急いで御所を出た宮、大きな溝があったんで、ついぱっと飛び越えてしまった。そうすると、通りすがりの人が立ち止まり、「はしたなの女房の溝の越えやうや」——みっともない女のふるまいよう、と、いぶかしげに見たので、足早に通り過ぎたという。ちょっとした場面ですが、生き生きとその時のようすが想像されてきます。

残りました長兵衛尉信連。さて、見苦しきものはないかと、部屋の中を確かめます。「飛ぶ鳥、後を濁さず」と申しますけれども、当時の人たちは、他人に見られて恥ずかしいようなものを後世に残すのを嫌いました。これから読むところでも、源三位頼政は、我が家に火をかけてから三井寺へと馳せ参じますし、平家が都落ちをするときも、自らの手で六波羅から西八条から、すべて館を焼き尽くして都落ちをしていきました。同じ発想であります。

部屋を見回していた信連の目にとまったのは、何とあれほど大切にしていた小枝《こえだ》という笛。宮も枕元に置いてきたのを思い出し、立ち帰りたく思っていたところへ、彼が走りついて笛を差し出す。あわてて女装したため、取り忘れてしまったのですね。枕元に置いていたということで、いかに宮がこの笛を、日常手離さずに愛していたかが分かります。大そう感動した宮は、「われ死なば、この笛をば御棺《ごくはん》にいれよ」とおっしゃる。この時すでに死の予感があったということを、物語は言いたいんでしょう。その言葉が遺言となりました。

信連はそのまま同行するよう求められますが、彼には武士としてのプライドがございました。私めが宮様の御所にいるということは、みんなが知っているところ。今夜、御所にいなければ、やつも逃げたなどと言われる事、「弓矢とる身は、かりにも名こそ惜しう」ございます。役人どもをしばらく相手にし、打ち破ってすぐに参上しましょうと言って、走り帰る。しかしながら、持っていたのは儀式用の「衛府《えふ》の太刀」、それでも総門も小門《こもん》も全部開けて待ち受けたという。

衛府《ようふ》の太刀――絵を見ていただきましょう（69頁）。柄《つか》が毛抜《けぬき》型に透した形になっているのが特徴です。細身の太刀で、儀式用のもの。古くはこれで十分間に合ったんですが、当時は実戦用にもっと強靭な太刀が作られていて、これは主に武官の貴族が、儀式に参列するときに腰に帯びるものとなっておりました。信連はまさか合戦になろうとは思ってもいませんでしたから、軽装だったのです。

おなじ文面に、「薄青《うすあを》の狩衣《かりぎぬ》のしたに、萌黄威《もへぎをどし》の腹巻《はらまき》を着て」いたとありますが、これも絵を見ていただきましょう。狩衣は文字通りかつては狩りのために着たもの、袖くくりのひもがついていて、袖の前両脇《りょうわき》が開き、たっぷりしています。直垂《ひたたれ》は袴《はかま》の中に着込めますが、狩衣は指貫《さしぬき》の上に着ますので、その下に鎧なんか着ていても分からないんです。

腹巻は小型の鎧で、主に徒歩戦用のもの。前回、清盛が衣の下に着ていたものです。胴をぐるっと巻いて右脇で綴《と》じ合わせるので腹巻と言います。『平家物語』に出てくる鎧は、大鎧とこの腹巻の二つ。絵で分かりますように、大鎧は右脇が別仕立てで脇盾《わいだて》と申します。騎馬戦用のため、草摺《くさずり》は腹巻の八枚に対し四枚で大きい。それに両袖をつけるわけですから、狩衣の下にはとても着られません。ここはやはり、腹巻でなければいけないわけです。なお、大鎧は甲《かぶと》まで含めて全体で二十五キロから三十キロ、重いので、いざ戦場へという前までは脇盾をつけた段階で止めていました。それを小具足《こぐそく》姿と言います。鎧は、牛革を四センチ弱、八センチ弱くらいの長方形に切った札《さね》という部品が基本です。まず横に綴じ合わせて横長の板を作り、それをさらに縦につづり合わせて作るんですね。萌黄《もえぎ》威《おどし》というのは、その縦糸に使った組紐《くみひも》が萌黄、つまり薄緑だったことを意味します。

では、また本文《ほんもん》にもどっていただきましょう。全部の門を開いて待ち構えていた信連、その前に現れたのは「源大夫《げんだいふの》判官《はうぐわん》兼綱《かねつな》・出羽判官光長《みつなが》、都合《つがう》その勢三百余騎」。判官は、衛門尉《えもんのじょう》で検非違使《けびいし》を兼務している人物を言い、総勢は三百余騎。「十五日の夜の子《ね》の剋《こく》」といいますから、午前零時です。さて、やってきたふたりのうちの兼綱は、「存ずる旨ありとおぼえて」、門前はるか後方に控えていたとあります。実はこれが、源三位頼政の次男でございました。ということは、まだ謀反が頼政の勧めによると分かってはいなかったことを、物語は伝えようとしているわけです。そうとは知らない光長の方は、遠慮もなく門の中に入って行きます。

「出羽判官光長は、馬に乗りながら門のうちに打ち入り」——宮の御所ですよ、馬に乗りながらとは無礼千万《ぶれいせんばん》。しかも、馬上から大声で叫ぶ、ご謀反のうわさがありますゆえ、検非違使庁の公の命令書を頂戴して、お迎えに参りました。さっさとお出ましいただきたい、と、こう怒鳴るのでありました。応対に出て板敷の間《ま》に立った信連、宮様は今はご不在、物詣でにお出かけですぞ、何事か、事情を説明されよ、と答える。うそと見抜いた光長、この御所以外にどこへ行かれることがあろうか、そうは言わせぬぞ、「下部《しもべ》どもまゐって、さがしたてまつれ」と命ずる。

検非違使庁の下部というのは、放免《ほうべん》と申しまして、もと罪人であります。字を見れば分かるでしょう、放ちゆるすです。それが下部の実体でありました。信連としては、当然、これは許せない。馬に

【大鎧《おおよろい》】

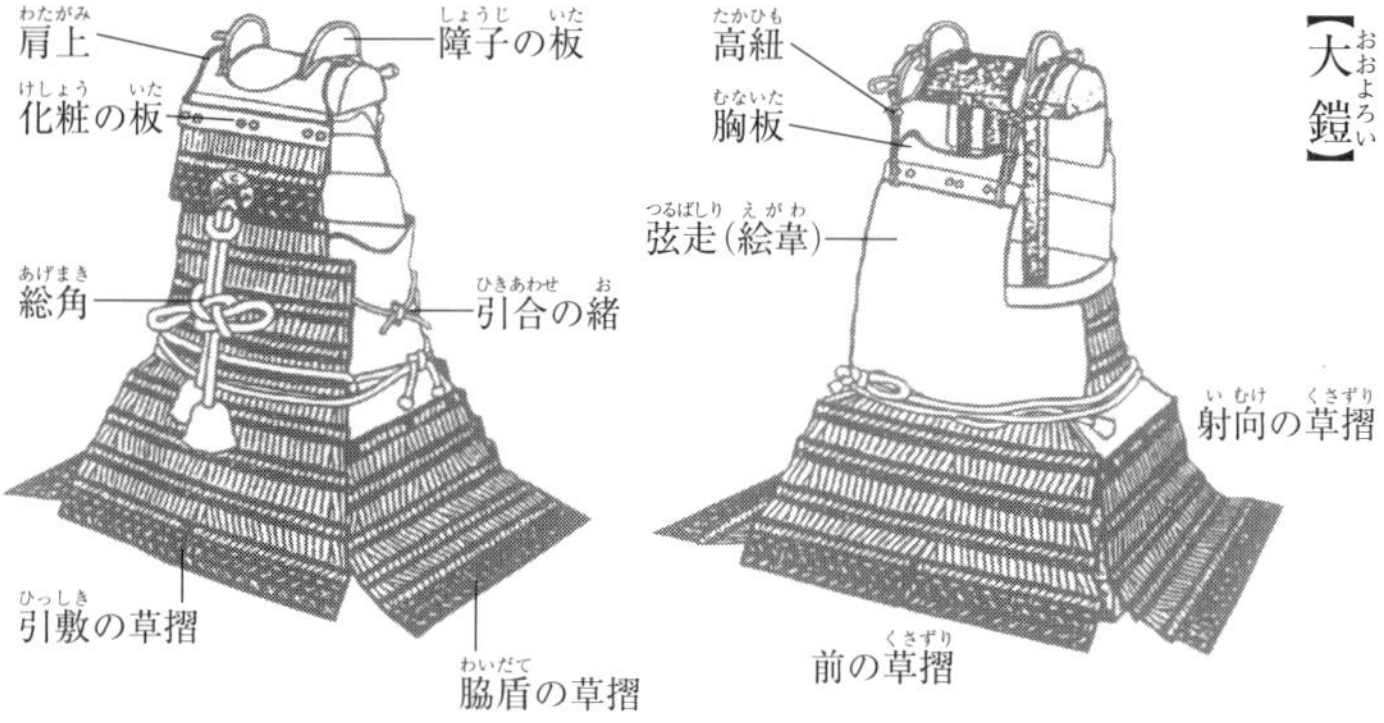

【袖《そで》】

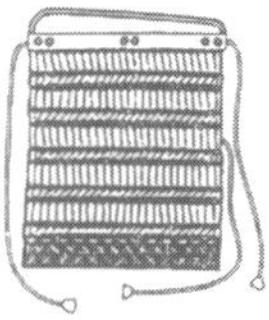

【脇盾《わいだて》】

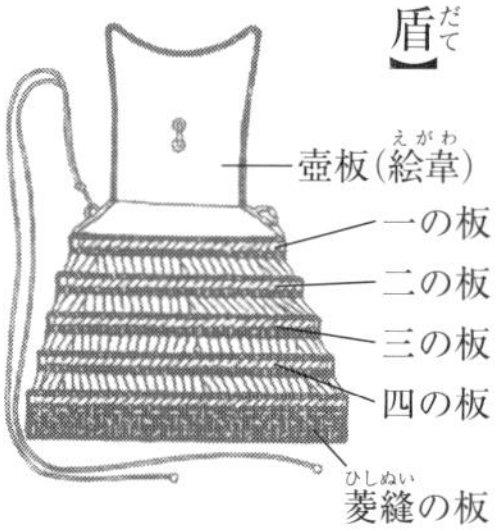

【甲《かぶと》】

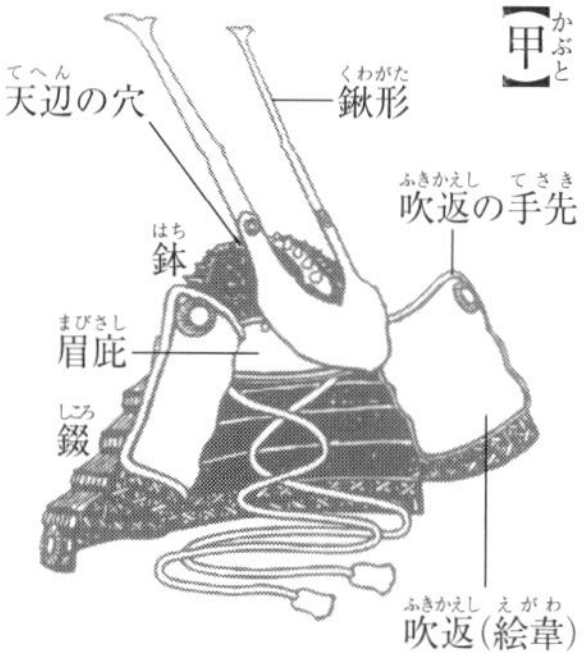

【歯孕革威《しながわおどし》】

【礼《さね》】

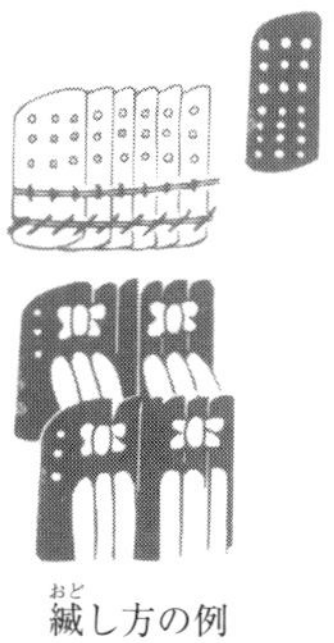
縅《おど》し方の例

【腹巻《はらまき》】

【箙《えびら》】

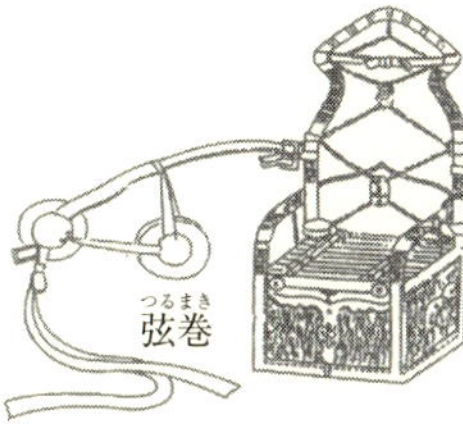

【狩衣《かりぎぬ》】

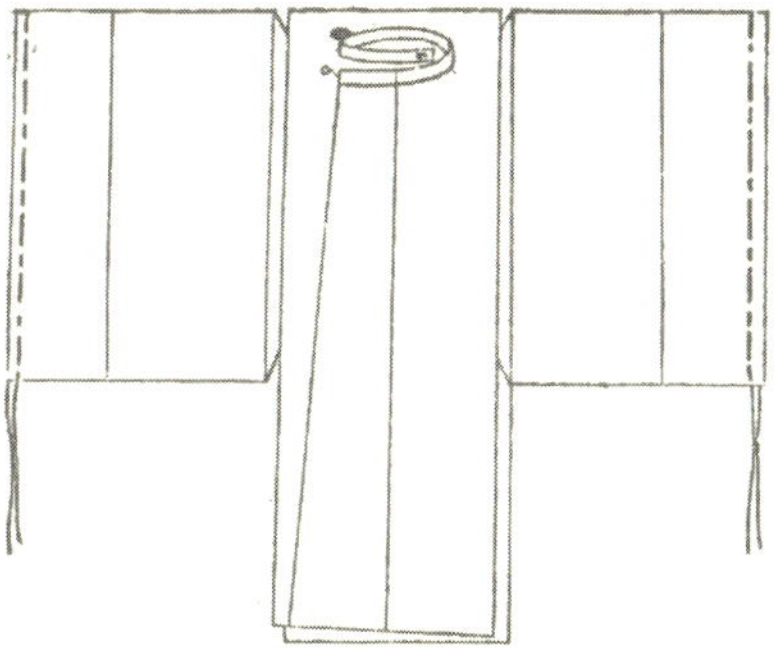

【鏑矢《かぶらや》】

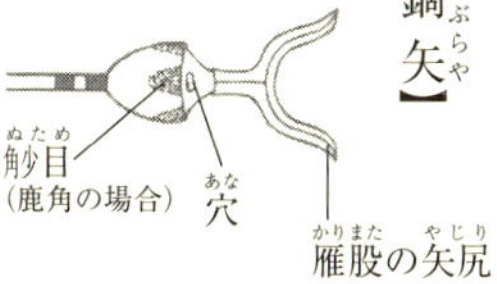

【毛抜形透《けぬきかたすか》しの柄《つか》の衛府の太刀】

【鎧《よろい》直垂《ひたたれ》と袴《はかま》】

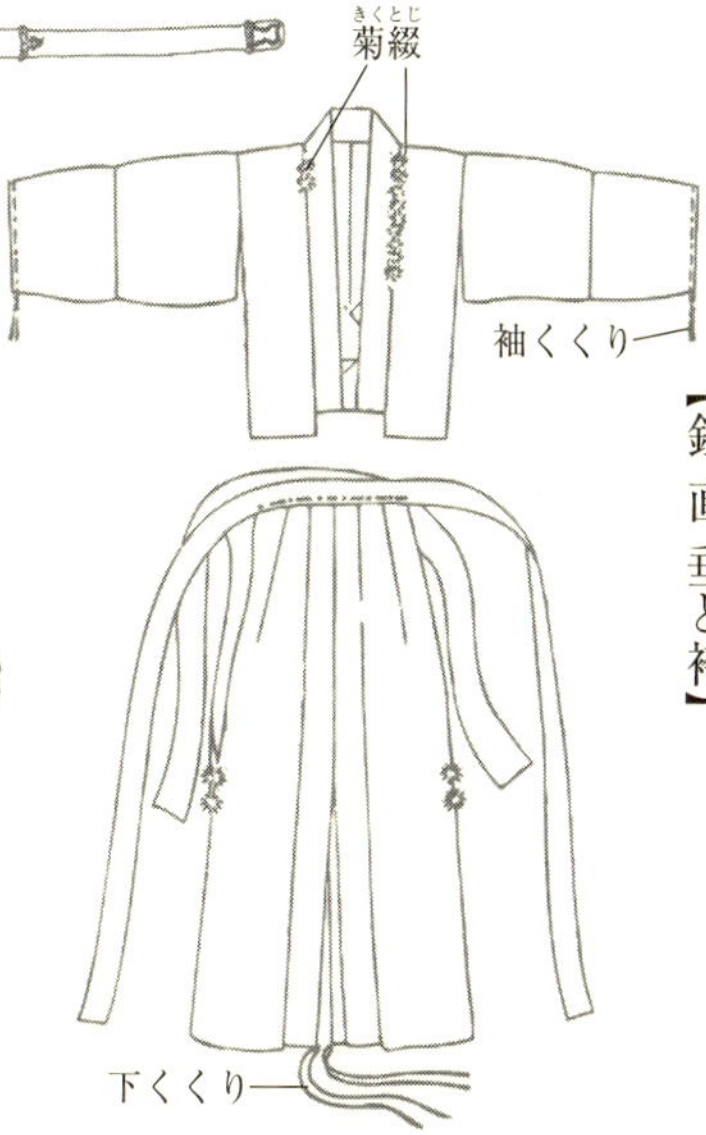

【頬貫《つらぬき》（毛皮）】

※一部『平家物語を知る事典』（東京堂出版）より転載。
※大鎧・甲・腹巻については『国史大辞典』（吉川弘文館）より転載。

乗りながら御所に入ってきたのみならず、もと罪人連中に宮を探せと言う。何という無礼。「左兵衛尉、長谷部信連が候ふぞ。ちかう寄ってあやまちすな」と啖呵《たんか》を切ると、腕に自身のある下部を先頭に、十四、五人、どっと縁の上に跳びのぼる。心得たとばかり、「狩衣の帯紐《おびひぼ》ひっきってすつるままに」、衛府の太刀ながら、刀身は特別にあつらえた注文打ち、それを抜いて応戦する。「かたきは大太刀・大長刀《なぎなた》でふるまへども、信連が衛府の太刀に切ったてられて、嵐に木の葉の散るやうに、庭へさっとぞ下りたりける」——。

いかにも小気味のよい表現ですが、「大」という文字がさかんに使われていたのにお気づきでしょうか。「大力《だいぢから》の剛《かう》の者」、「大床《おほゆか》」、「大太刀」、「大長刀」。合戦場面を生き生きと描くために、こういうふうな工夫をしばしば見せます。そして、大太刀・大長刀に、細身の太刀で立ち向かったところが読ませ所でありました。彼はみごとに相手を圧倒してしまいます。

十五夜の月が雲間から出て煌々《こうこう》と照らすなか、「かたきは無案内《ぶあんない》なり、信連は案内者なり」——つまり、建物の中がよく分かっている——「あそこの面廊《めんらう》に追っかけてははたと切り、ここのつまりに追っつめてはちやうど切る」。対句仕立てでリズムがあり、「はたと」「ちやうど」の擬態語も生きています。「面廊」は、馬道《めどう》のなまったもので、馬を通すために一部の板がはがせる作りとなっている長い廊下。そこを追いかけたり、あるいは、こっち側の「つまり」、すなわちどん詰まりに追いつめたりして、さんざんに切り回ったという。公の宣旨《せんじ》を帯びた使者に何をするかと言えば、「宣旨とはなんぞ」と言い返して戦った。この場合の宣旨は、「別当宣《べっとうせん》」と申しまして、検非違使の長官「別当」

の出した命令書です。

「太刀ゆがめば、をどりのき、おしなほし、ふみなほし」なんてありますが、細身の太刀だったからのこと。うそと思うでしょうが、太刀は曲がるんですよ。砂鉄で作られた古いものほど、そのようです。昔、我が家にさびた刀ありまして、子供心のいたずらで柱の間に突っ込んで曲げてしまい、あわてて直した記憶がありますから、これは間違いありません。勇猛果敢な彼は、たちどころに、十四、五人を切り伏せる。

しかし、とうとう太刀の先を三寸ほどうち折り、腹を切ろうとしますが、短刀が腰から抜け落ちて、ない。致し方なく、「大手をひろげて」門から飛び出そうとする。また、「大」の字を使う。思い切った大胆な行動が、目に浮かぶようです。前に立ちふさがったのは「大長刀」を持った男、その長刀を飛び越えようとしてしくじり、腿《もも》を突き通されて、ついに生け捕りになってしまったのでした。

さて、連れて来られました信連、清盛に代わって宗盛が尋問する。お前は本当に「宣旨とはなんぞ」と言って役人を切ったのか、不届《ふとど》き者め、というわけです。すると彼はのうのうと言ってのける。最近は泥棒連中が、公達《きんだち》がいらっしゃったぞとか、宣旨のお使者だなどと名乗って襲うと聞いていたから、宣旨とはなんぞと言って切ったまで、と、しゃあしゃあと見え透いたうそを口にし、さらに、思いどおりの鎧を着、いい太刀すら持っていたなら、役人めらを一人でも無事には帰さなかったものをと豪語、宮様の居場所は知らぬが、たとえ知っていても、侍《さぶらい》たる者、言わぬと決めたら言いはせぬと、口を真一文字に結ぶ。誇り高き武人の姿です。

『平家物語』の合戦場面は、これが最初なのですが、終始一貫、いさぎよい人物像が描きあげられていました。泥棒だと思って切ったなどというのは、すぐうそだと分かりますね、だって太刀さえよければ「官人どもを、よも」と言ったり、たとえ宮の居場所が分かっていても口を割らぬ、と言っているんですから。しかし、清盛はそれ以上、追及させませんでした。信連の堂々たる態度に平家の武士たちが感動し、処刑するのを惜しんだからで、結局、流罪《るざい》で事はおさめられたという。そして、後日、彼は頼朝のもとに参じまして、事の次第を申しましたところ、「神妙《しんべう》なり」と褒《ほ》めたたえられ、能登の国に領地までもらったというお話で、最後は結ばれております。武勇の誉れが、彼を最終的に日のあたる場所へと送り出したのでした。

この時の信連の活躍は、『山槐記《さんかいき》』の当日の記録にも伝えられています。③の資料を見てください。そこで、おもしろいことに気づきませんか。検非違使の役人が到着すると、「皆閉門、答ふる人無し」とある。門を全部開いて待ち構えていたのではなく、その逆、閉じていたんですね。門を踏み破ると、信連が矢を射かけてきて、二、三人、傷をこうむったともあります。どうやら、細身の太刀を振るっての大立ち回りではなかったようです。でも、これではおもしろくない。物語の作り手は、さあ来いと門を開いて待ち受けていた彼が、大太刀・大長刀を向こうにまわし、衛府の太刀で、あっちのつま

【資料③】山槐記・治承四年五月十五日条

検非違使兼綱（大夫尉）、光長、三条北高倉西の亭へ向かふ。……皆閉門、答ふる人無し。よって光長、高倉面の小門を踏み開かしむるの間、左兵衛尉信連、之を射る。疵《きず》をかうぶる者、両三人有り。

【資料④】吾妻鏡・健保六年（一二一八）十月二十七日条

今日、左兵衛尉長谷部信連法師、能登国大屋庄河原田に於いて卒す。是、もと故三条宮の侍、近くは関東御家人なり。

りに追い詰めてははたと切り、こっちに追いかけたはちょうと切る、そんな場面を創り上げた。月が煌々と照るなかで影絵のごとき人影が、激しく動きまわる躍動的な場面、——私たちを十分に楽しませてくれます。

④の資料『吾妻鏡』は、彼の死亡を伝えるもので、能登の国に領地をもらっていたことが分かります。これは物語と事実とが合致するわけですが、物語の古い要素を最も多く残しているとされる延慶《えんぎょう》本というテキスト、あとでまた取りあげますけれども、それでは、宮の御所から逃げ延び、以仁王の討たれた宇治の地で殉死《じゅんし》したことになっています。おそらく原作者には、能登の地の拝領の情報が入っていなかったのでしょう。後日、そのことが周知の事実となり、改作者が今の文面に変えたのに違いありません。事実が素材なのですから、こうした改変は当然起こりうることでした。

次に、以仁王についても問題にしなければなりません。宮は笛を愛する、みやびにしておおどかな皇子として描かれておりましたね。しかし、この時の実際の言動、⑤の『玉葉』を見ていただきましょう。治承四年五月二十日条ですから事件発覚後、三井寺でのこと。三井寺の衆徒《しゅと》が宮の身柄引き渡しに応じ、宮も出て行ってもいいようなことをにおわせていたようでありますが、さてその引き渡しの場に臨んだところ、「宮、色をなして云ふ、汝、我を搦《から》めんと欲《ほっ》す、更に手を懸くべからず」と言ったというのです。私の体に手をふれるなと、怒りもあらわに。

【資料⑤】玉葉・治承四年五月二十日条

衆徒、宮を出だし奉るべき由、承諾、……彼の宮の在所に就き、出だし奉らんと欲《ほっ》するのところ、宮、色をなして云ふ、汝、我を搦《から》めんと欲す、更に手を懸くべからずと云々。ここに甲冑を着したる悪僧七八人、出で来て……

実は、その翌日にもこんな一節があります。宮の発した言葉、「衆徒、たとひ我をこの地より放ち、命を終ふべしといへども、更に人手に入るべからず」——。意気軒昂《けんこう》でございました。その態度は、「意気衰へ損ずること無く、太《はなは》だ以って甲《かう》」と評され、「見る者、感嘆せざるなし」と結ばれています。「甲の者」とは、ご存じのように勇敢な武士にしばしば使われる言葉、それをこの『玉葉』は、宮に対して使っている。みやびとは裏腹な性格が伝えられているのです。

確かに宮は、漢詩を作ったり、笛を吹いたりした優雅な性格の持ち主だったようであります。これもご存じと思いますが、以仁王の生存説がのちのちまで尾を引きますね、そんな中で宮と間違えられて殺された人がいます。宮の御所に出入りしていた男で、顔が「頗《すこぶ》る以って優美」、琴を弾き笛を吹く人物でした。ということは、以仁王は、笛や琴を愛する優雅な方、と理解されていたと分かります（『玉葉』治承四年十月十九日条）。

しかし、人間にはいろんな側面があります。以仁王のなかには相当なプライドがあったんです。「更に手を懸くべからず」と声を荒げるほどの。それは、常興寺を没収された時の憤慨がどれほどであったかをも想像させます。でも、『平家物語』は、そういう激しい性格の側面をすっときれいに捨て去って、「なんのゆくゑもおぼしめしよらざりける」という表現に象徴されているような、人生の荒波など知らず、それゆえ薄幸の生涯を閉じることになった、哀れなひとりの皇子像を作りあげようとしたのです。信連も以仁王も、それぞれの人間性がクリアに描かれています。複雑曖昧《あいまい》さよりも単純明快さが好まれる物語の世界、そこでふたりには新たな生命が吹き込まれていると言っていいでしょう。

さて、それでは、そもそもなぜ、源三位入道頼政がそんな無謀なことを思い立ったのかという、なぞ解きのお話に読みすすめてみましょう。「競《きほふ》」という章段です。

3　プライド——謀反の導火線

先ほども申しましたように、頼政は七十七歳でありました。「年ごろ日比《ごろ》もあればこそありけめ」、ふだん、穏便にしていたから無事に生活できたのに、何でそんなことを思いついたのかといえば、「平家の次男、前右大将《さきの》宗盛卿、すまじき事をしたまへり」——宗盛がいけなかったのだという。重盛はもう亡くなっていましたね。そのあとに幅を利かせてきた宗盛が、「すまじき事」、やってはいけないことをしたからだというのです。だから、人は栄えているからといって、いいかげんに、してはいけないことをしたり、言ってはいけないことを言ったりするのは、「よくよく思慮あるべきもの」だと、最初から教訓的でございますけれども、そう語り出していきます。

具体的にどういうことかと申しますと、頼政の嫡男仲綱《なかつな》のもとに、「九重《くぢゆう》に聞こえたる」、つまり宮廷で評判の名馬がいた。「鹿毛《かげ》」というのですから、鹿の毛のような茶褐色の馬。抜群の駿馬《しゆんめ》で、乗り心地から気立てまで、またといそうにないもの。名前は「木《こ》の下」。宗盛が、その馬を見たい、「見候《さうら》はばや」と言ってきたのであります。権力者が、見たいと言えば、よこせと言うに等しい。当然、その気持ちが分かりましたので、仲綱、そういう馬は持っておりますけれども、最近、あまり乗り回しすぎたので、しばらく養生させようと思い、田舎へつかわしました、と、そう答えたのです。

じゃあ、しょうがないなと、宗盛はあきらめたんですが、権力者のもとには必ずおべっかを使う取り巻き連中がいるもので、その連中が、ああ、その馬はおとといまでいましたものを、とか、いや、昨日もいた、いや、いや、今朝も庭乗りしておりました、などと次々に言い出す。それを聞いた宗盛、さては、惜しくなってうそをついたな、憎いやつ、それじゃあ、というので、何と「一日がうちに五六度、七八度」というんですから、二、三時間置きに使者を差し向けて、馬をこっちへよこせと催促したのでありました。

事の次第を耳にした頼政は、仲綱を呼び寄せ、「たとひ、こがねをまろめたる馬なりとも」、金で作った馬であろうとも、それほど人が欲しがっているものを惜しむことはないだろう、「すみやかにその馬を六波羅へつかはせ」、と命じます。物分かりがいいんですね。七十七歳、おとなでございました。馬なんてまた手に入れればいい、というわけです。そこで、息子は致し方なく、一首の歌を添えて、送りました。

「こひしくは来ても見よかし身にそへる　かげをばいかがはなちやるべき」――恋しかったらば、こっちへ来て見たらいいでしょう、よこせなんて言わずに。当然ですよね。我が身に添うている「かげ」、これは掛詞で、身に添う本人の影と、馬の毛並みの鹿毛。私の大切な「かげ」をどうして放ちやることができましょうか。さすが歌人の歌、たくみです。

ところが、「宗盛卿、歌の返事をばし給はで」——この一句でその人の教養のなさ、品のなさをものがたっています。歌を詠みかけられたら歌で答えるのが当然です。挨拶《あいさつ》なのですから。しかし彼は、返歌をしないのみならず、「あっぱれ馬や」、おお、立派な馬だな、馬はよい馬ながら、持ち主が憎らしい、持ち主の名前を「金焼《かなやき》」にして馬に押せ、と命ずる。「金焼」というのは鉄の焼印。その実物が馬の産地だった東北地方で発掘されておりますが、宗盛は「仲綱」という焼印をわざわざ作らせ、馬に押させたのです。

客人が来て、「聞こえ候ふ名馬を見候はばや」、有名な名馬、見たいもんですね、と言うと、「その仲綱めに鞍《くら》置いて引き出だせ、仲綱め乗れ、仲綱め打て、はれ」と、聞こえよがしにがなりたてる。これには、誰だって怒ります。自分の名前をつけられた上に、「打て」、「はれ」なんて言われるんですから。仲綱にとっては耐えがたい屈辱。父の頼政も思いは同じ、「その儀ならば、命生きても何かせん」と決断したんですね、七十七歳の老人。そして、「便宜《びんぎ》をうかがふてこそあらめ」、チャンスをうかがってみようということになり、以仁王に謀反を勧めるに至ったというわけです。

歌の返事すらしない宗盛は無教養。教養がないということは、他者に対する思いやりがないということでもあります。人の大切なものを強引に奪い取って、しかも、相手を辱める。目の前に欲しいものがあると、どうしても手に入れなければ気が済まない、おぼっちゃまのタイプ。近視眼的で即物的、何でも欲しいものは手に入ると思って育てられてきている、それが宗盛であったと、物語は語ろうとしております。物語中、宗盛は一貫して重盛と比較されまして、立場が悪いと申しましょうか、マイナーな人間として描かれていきますが、その最初の場面がこれだと言っていいでしょう。

さて次に、「これにつけても」、世の人は今は亡き重盛さんのことを偲《しの》んだとして、一つの話を持ち出す。ある時のこと、中宮徳子のところに出向こうとして縁側で八尺もある蛇に出くわします。八尺といえば二メートル四十センチあまり、大変な長さ。自分の足元をぐるぐる回る、騒いだら大騒ぎになろうと考え、左手で尾を、右手で頭をつかみ、こっそり直衣《のうし》の袖の中に――八尺もあれば入りっこないんですけど、入れて、人を呼ぶ。現れたのが例の仲綱、同じ人物です。処分を命じられた彼はそれを受け取り、小《こ》役人に手渡そうとしますが、驚いて逃げられてしまう。仕方なく自分の郎等《ろうどう》だった滝口《たきぐち》の武士の競《きおう》という人物を呼び寄せ、処分させたのでした。

翌日、重盛は仲綱のもとへ鞍置き馬一頭を送り届け、昨日はよくやった、これはいい馬だから、女性のところへ通う時に使いなさい、と、なかなか粋《いき》なことを言い添えるんですね。そうしますと、仲綱の方も、あなたのお振る舞いは、還城楽《げんじょうらく》――これは雅楽の曲で、蛇を捕らえて舞う場面がある――その還城楽のようでございました、と、応じたんです。教養がありますね、ふたりとも。和歌の返事すらしないのとは大違い。粋なもの言いと、知的教養にもとづく返礼。で、重盛さんはこれほど立派だったのに、宗盛さんがそうでないのは仕方ないとしても、何で人の惜しむものを奪い取り、天下の大事を呼び起こしてしまったのか、困ったことだと、語られていきます。

謀反の導火線は、傷つけられた一人の男の、いや一組の親子のプライドにあったのだと、『平家物語』はなぞ解きをしてみせたことになります。実際は、先ほど申しましたように、八条女院がバックにいたのかも知れないし、以仁王が生活権を奪われて恨みを抱いたからかも知れません。しかし物語は、傷つけられた人間の心の問題に焦点を当てました。しょせん、短い人生、これほどばかにされては生きていて何になるかという、生の意味を問う思いが、ひとつの決断を促したというわけです。よく分かる心理ではないでしょうか。そういうところを、物語はぐっと持ち込んでくる。この馬の一件、当てにはなりません。うそでもいいんです。事実は二の次、ひとりの男の生き様をこそ、描きたかったのですから。

4　人物像の凝縮——知盛との対比で作られた宗盛像

物語は時間をもとへもどし、謀反発覚翌日の十六日夜のことへとつなげます。頼政一族は我が家に火を放ち、以仁王が逃げ込んだ三井寺へと馳せ参じます。行動は迅速でありました。その時、一行に同伴できなかった侍《さぶらい》がおりました。名前は渡辺の源三滝口《げんぞう》の競《きおう》。先ほど、仲綱から蛇の処置を託された人物、計算ずくで前もって登場させられていたんですね。古態本のテキストによると、ちょうど競の屋敷が六波羅の屋敷の真ん前だったらしいんです。だものですから、彼にはあえて三井寺に行くことが、伝えられなかったことになっております。

滝口というのは、宮中に勤める武士の役職名でございます。天皇が日常生活する清涼殿《せいりょうでん》の北に皇后や中宮の住む弘徽殿《こきでん》がありますが、それをつなぐ廊下のわきに、側溝の水が流れ落ちる、ほんの小さな滝がありまして、そこに詰め所が設けられていたので、滝口の武士と言われました。天皇が交代すると退職する定めで、定員は二十名。しかも、弓矢の試験をパスした者が選ばれました。ですから、滝口の武士といえば、弓矢がうまいと決まっていたんですね。

さて、ひとり取り残されておりました競を、宗盛が呼びつけます。どうしてお前は、頼政のお供もせずに残ったのか、と問うと、万が一の時には真っ先に命を奉ろうと考えていたのに、今度はどう思われたのか、知らせが来なかったので、との返事。ならば、朝敵となった頼政にまだ与《くみ》するつもりか、お前は我が家へも「兼参《けんざん》の者」――要するに、両方へ仕えている身、将来の繁栄を考え、こっちに奉公する気はないか、正直に答えよ、と言う。すると、競はなかなかの役者、「涙をはらはらと流いて、「相伝のよしみはさる事にて候へども」」――代々お仕えしてきた関係は大切ながら、何で朝敵となった人に従うことができましょう、こちらに奉公いたします、と答える。「さらば奉公せよ」、頼政がした以上に、面倒を見てやるぞと、宗盛は応じたのでした。

とはいえ、競のことがどうも気になる宗盛、のべつ聞いてくる。「競はあるか」、はい、おります。「競はあるか」、はい、おります。朝から晩まで、このやり取りの繰り返し。やがて日が暮れて、宗盛が奥の部屋から出て参ります。居住まいを正した競が申し上げる。今夜、きっと三井寺を攻撃なさるでありましょうが、相手は恐れるに足らず、顔見知りの連中。めぼしい奴を選んで討ち取りたいものの、実は乗って戦場に行くべき馬を、人に盗まれました、適当な馬一匹をちょうだいできますならば、と願い出たのです。そうすると、宗盛は、おお、そうか、そうかと気前よく、「白葦毛《しらあしげ》なる馬」――

全体は白馬で、茶や灰色の混じり毛がある、そうした馬で特別に「煖廷《なんりやう》」と名前のつけられた秘蔵の馬に、「よい鞍」まで置いて与えたのでした。

煖廷は本来「南鐐」と書きまして、良質の銀の貨幣のこと。中国のお金です。平家の屋敷には中国の文物がいっぱいありました。ご存じのように、日宋貿易をしていたんですから。銀は白いですよね。そこで、自慢の白馬に中国銭の南鐐の名をつけたということなのでしょう。平家の人たちの中国かぶれが、それとなく暗示されている感じがします。

名馬を手に入れた競、我が家に帰り、「はや、日の暮れよかし」と待ち望む。妻子をあちこちに逃げ隠れさせ、身だしなみを整えるや「煖廷にうち乗り」、館《やかた》に火を放って三井寺へと馳せ向かう。みごとに宗盛を出し抜いたのでありました。競の屋敷からの出火に、六波羅は大騒ぎ。宗盛が急いで出て、「競はあるか」と聞けば、「候はず」との返事。しまった、油断してだまされた、「追っかけて討て」と命じますが、競はもとよりの「強弓《つよゆみ》・精兵《せいびやう》」、「大力《だいぢから》の剛《かう》の者」。平家の郎等たち、箙《えびら》に差した二十四本の矢で、まず二十四人は射殺されるぞ、「おとなせそ」——返事をするな、黙っていろと言って、宗盛の言うことを聞かなかったという。部下にも信用がないんです。仲綱の馬については、我勝ちに主君に報告していた取り巻き連中、いざとなったら知らん顔というわけです。なお、箙に差す矢は、ふつう二十四本。十二本や三十六本の場合もありますが……。

場面は三井寺に移ります。競のことを、みんな心配しておりました。しかし、源三位頼政が、あいつは簡単にやられっこない、私に忠誠心の厚いやつ、「いま見よ、只今参らうずるぞ」と言ったまさにその時、競が「つっと」現れる。以心伝心とはこのこと。彼は開口一番、伊豆守仲綱殿の木の下のかわりに、六波羅の煖廷を取ってまいりました、差し上げます、と言う。仲綱は喜んで、すぐさま「尾髪《おかみ》」を、つまりしっぽとたてがみを切り、金焼をして、六波羅へ追い返す。

煖廷が帰ってきたとの知らせに、宗盛が急いで出てみると、金焼にはこう書いてある。「昔は煖廷、今は平の宗盛入道」。尾髪をなぜ切ったたか、ここで分かりますね。「入道」で連想されるのは清盛、おやじと似たり寄ったりの小入道と言わんばかりの皮肉。もちろん宗盛は怒ります。「やすからぬ」――腹の立つあいつめ、だまされたのが恨めしい、何としても生け捕りにせよ、のこぎりで首を切ってやる、と息まき、「躍り上がり躍り上がり怒られけれども、煖廷が尾髪も生《お》いず、金焼もまた失《う》せざりけり」――このおさめの一句が笑いを誘って効果的です。

結局、人の心が見抜けない宗盛でした。このだまされやすいという性格は、平家を滅亡に導いた主因としても、最後に持ち出されることになります。壇の浦で裏切る男が出てくるのですが、弟の知盛《とももり》がいち早く察知して男を殺害するよう勧めたにもかかわらず、彼は拒絶、とうとうその裏切りで平家の作戦が筒抜けとなり、敗れていったと語られるのです。そこまでを見通して物語は、競にだまされる宗盛を描いていたことになります。知盛の持つ、鋭い洞察力にも欠け、重盛とは雲泥の差、兄と弟に挟まれて、彼はかわいそうと言えばかわいそうな存在です。そして、平家が滅んだのも、宗盛が総帥《そうすい》であったゆえ、もし知盛か重盛が総帥であったならば、と、そんなメッセージまで物語はにおわせてくるのです。

では、本当に宗盛は、こういうふがいない人間だったんでしょうか。こんなお話があるんです。以仁王事件の直後、この年の六月に、清盛は今の神戸市に都を移しますね。人々の不評を買い、十一月にはもとの京へ戻すんですが、その際、彼はおやじさんと激しい口論をしたらしい。『玉葉』という前にも紹介した日記の十一月五日条に、「宗盛、還都あるべきのよし、禅門に示す。禅門、承引せざるの間、口論に及ぶ。人、以って耳を驚かす」とあるのです。その数日後に都帰りが決定されていますから、この口論が大きな意味を持ったのかもしれません。

また、清盛が死んだ翌々日のことであります。これも『玉葉』ですが、後白河さんのところに彼は参上し、「故入道の所行《しょぎょう》等、愚意に叶はざる事ありと雖《いへど》も、諫《いさ》め争ふ能《あた》はず」——自分の意に染まぬことがあっても、いさめ争うことができなかった、今後は上皇様がどうぞ政治をやっていただきたい、と、申し入れたというのです（治承五年閏二月六日条）。

それから六か月後、頼朝の方から一つの交換条件が示されたことがございました。東国は我ら源氏が治めるから、西国は平家一門が治めたらいい、そこで手を握ろう、というのです。後白河院がそれを宗盛に伝えると、父の遺言を盾に断固として断る。その遺言は、「わが子孫、一人と雖《いへど》も生き残らば、骸《むくろ》を頼朝の前に曝《さら》すべし」というもの。それゆえ、「勅命《ちょくめい》たりと雖も、請《う》け申し難き者なり」と返答した、そんな懐柔策に乗るわけにはいかぬと。——なかなか堂々としてるじゃないですか（同書八月一日条）。

その翌年のことですが、母方の三歳上の叔父、平親宗《ちかむね》を厳しく叱責した件も伝わります。世が乱れ、院の政《まつりごと》が間違っているのも、全部お前のせいだと親宗を非難し、亡き父は恨みごとがあれば院と直接やりとりしたが、この宗盛に関しては、「存ぜざるが如く、知らざるが如し」で疎外され、「面目を損じ、頗《すこぶ》る怨み申す」と言ったという。どうやら彼のもとには、十分な情報が伝えられなかったらしい。軽んじられたと思ったんでしょう。恐れをなした親宗は、閉門してしまいました（同書、養和二年三月十二日条）。この話からは、少々感情的になりやすい性格が想像されなくはありません。

『吾妻鏡』の記す宗盛は哀れです。壇の浦で捕まった後、鎌倉へ連れていかれ、頼朝と会うんですが、頼朝の言葉を伝える人物に対してすら「諂諛《てんゆ》の気」、つまり、こびへつらうような態度を見せ、返事もよく聞こえない。命を助けてもらえるなら出家を、と言ったらしい。それを見た人々は、「弾《たん》指《し》」、爪弾《つまはじ》きをして非難したといいます（元暦二年六月七日条）。ただし、『吾妻鏡』は、ずっと後の一二六〇年代以降に編纂されたもの、中には『平家物語』からの影響と考えられる箇所もあります。ですから、あまり信用できないんですが、そういうマイナーな宗盛のイメージがどこかに伝わっていたことは確かでしょう。

それにしても、人のものを強引に奪い取り、歌の返事もせず、「仲綱め打て、はれ」などと、本人をとことん貶《おとし》めるような言動をするでしょうか。今紹介したいくつかの逸話から察しても、それほど愚かだったようには思われません。ここにいるのは、物語の都合で描きあげられた宗盛です。重盛との対比や、これから登場してくる知盛との対比が意図されて、創り出された人物像と言えるでしょう。人は、物事の結果に対して原因を探りたがりますが、『平家物語』の場合は、一門滅亡の一因を宗盛の性格に求めたのです。経済でも政治でもなく、人のあり方に求めたがゆえに、一人の人間のマイナーな断面をことさら拡大、強調する方向での描出がなされたのでしょう。本当の宗盛さんには申し訳ないんですが、その性格が手にとるように分かる描かれ方がされてますよね。

次に、頼政の問題。資料の⑥⑦を見てください。まず⑥の『玉葉』五月二十一日条、園城寺《おんじょう》というのは三井寺ですが、三井寺攻撃を命じられたひとりとして、頼政入道の名がある。ということは、発覚翌日の十六日に三井寺に馳せ参じたのではなかったのです。⑦の二十二日条には、「去んぬる夜半、頼政入道、子息等を引率して……三井寺に参籠」とありますから、行動を起こしたのは、まちがいなく七日後だったんです。これが事実でした。引用はしませんでしたが、『山槐記』の同じく二十二日条を見てみますと、その日の暁、わずか五十余騎で高倉宮のもとに向かったとあり、物語のいう三百余騎なんかではなかったと分かります。しかも、「罪を蒙《かうむ》るべき由を聞き、仍《よ》って逃げ去る」と書いてあります。罪を身に受けそうなので、逃げたという。積極的に謀反を計画したにしては、行動が解《げ》せない。そこで、頼政、非首謀者説も出てくるわけです。

事の真実は分かりませんが、少くとも七日後の行動開始では、物語としては間延びして、これではだめなんですね。仲綱が恥をかかされ、おうように構えていた父親も我慢ならず、決意したのです。そう書いたからには、一週間も彼をぐずぐずさせておくわけにはいきません。翌日すぐ行動を起こしたと、書き継

【資料⑥】玉葉・治承四年五月二十一日条
今日、園城寺を攻むべきの由、武士等に仰せらる。前大将宗盛卿已下《いげ》十一人、……頼政入道等と云々。

【資料⑦】同二十二日条
去んぬる夜半、頼政入道、子息等を引率して……三井寺に参籠。

がなければならなかったはず。人間を描くことに主眼があるから、そうなっていく。プライドを傷つけられた余命少ない老人が、人生、最後の決断をする、その心の振れ方をこそ語りたかったのです。そして、部下の競もまたプライドの高い男、みごとに宗盛をだしぬき、主君に忠義をつくす。非常に緊密に、物語は組み立てられています。

【資料⑧】

嵯峨帝―融……綱―久―安
　　　　　　　　　└傳―昇―競

競という人物について、系図をあげておきましたので、ご覧ください⑧。嵯峨天皇を祖と仰ぐ嵯峨源氏なのですが、淀川沿いの渡辺という所を本拠地としていたので、渡辺を姓とし、一族は渡辺党と呼ばれていました。渡辺綱《つな》はご存じではないでしょうか。源頼光の四天王と言われ、若い女に化けた鬼につかまれて馬上から連れ去られようとした時、その腕をみごと切り落としますが、後日、おばに化けた鬼に腕を奪い返されてしまう話、有名ですね。その綱から五代目に当たるのが競。一族はみな一字名乗りです。頼政は、頼光の四代目でしたから、主従関係が代々続いてきた家でした。頼政が、競を信用していたのも、うべなるかなです。

5　戦いの楽しさ――創られた場面

三井寺にこもった頼政らは、六波羅を夜襲する計画も立てますが、うまくいかず、興福寺・東大寺を頼り、南都《なんと》と呼ばれていた奈良に向け逃げることになります。情報を得た平家軍がそれを急追、途中にある宇治の平等院が戦場となり、とうとう殲滅《せんめつ》されてしまいます。その時の宇治橋の橋の上での合戦を描くのが「橋合戦」の章段。それを読み進めましょう。

「宮は宇治と寺とのあひだにて、六度まで御《おん》落馬ありけり」と始まっていますね。三井寺から平等院までは、大体十八キロくらいかと思うんですが、そうすると、六度ということは、三キロ行ったら一回は落ちる……。「六度まで」というこの表現が、先ほど申しましたように、いかにも何も知らない、「更に手を懸くべからず」なんて言いそうもない、玉笛《ぎょくてき》を吹き、漢詩を作る、みやびな宮様の姿を浮かび上がらせる効果を伴っています。そして、これはきっと昨晩寝なかったからだということで、追撃してくる敵に備え、宇治橋を三間《げん》引き外し——つまり、橋板を引っぱがして、平等院に入り、いったん休憩を取る。

三間というのは、柱と柱の間が三つという意味。ご存じのように三十三間堂もそうですね。柱と柱の間が三十三ある。宇治橋は全体で五間ございました。柱が四本立っている。橋の長さは八十三間、約百五十メートルあったそうですから、そのうちの五分の三、だいたい九十メートルぐらい、橋板を引きはがしたことになろうかと思います。当時はよくやったようです。というのは、強訴《ごうそ》のために上洛しようとする南都の僧集団を防ぐ、ここが第一の防御ラインになっていたからです。南都の強訴は、春日神社のお神輿《みこし》を担いでわっしょいわっしょいと都にのぼるんですが、朝廷側はここで動きを押さえ、交渉に入ろうとするわけです。そのために、橋板を引きはがす。当時の記録にしばしば書かれていますから、すぐはがせるように、くぎで打ちつけてなかったのだろうと思っています。だから、この時もさっとできたのでしょう。

ともあれ、引きはがして、休憩を取る。平家の追撃軍は知盛と、その弟の重衡《しげひら》を先といたしまして、多くの武将たち、「都合《つがう》その勢二万八千余騎」。すごい数です。木幡《こばた》山をうち越えて、宇治橋の橋のたもとに押し寄せる。「かたき平等院に」と見て取るや、「時をつくる事三ヶ度、宮の御《おん》方にも時の声をぞあはせたる。先陣が、「橋をひいたぞ、あやまちすな。橋をひいたぞ、あやまちすな」とどよみけれども、後陣《ごぢん》はこれを聞きつけず、われさきにと進むほどに、先陣二百余騎、押しおとされ、水におぼれて流れけり」。——

うそ言えですよ。こんなことは、まずありえなかったはず。高い方から低い方への将棋倒しならまだ分かる。でも、楽しいですよね。うそと言って放り出してはだめで、ここは楽しんで読めばいいんです。物語の作り手は、この時の平家軍の圧倒的勢いを表現したかったまで。事実ではなくて、です。あとで確認しますが、実際に押し寄せた軍勢は三百余騎でした。一方の頼政勢は、先に紹介しましたように五十余騎。まさにここは、創られた場面なのです。

さて、橋の両端に立っての矢合わせ。お互いに鏑矢《かぶらや》というのを射交わすのですが、鏑は、鏃《やじり》の根元につけてある野菜の蕪《かぶら》のような形をしていて、中が空洞の小さな玉。前に穴があけてありますので、飛ばすとブーンと音がする。三センチから六センチくらいがふつうで、鹿の角や朴《ほお》の木で作りました。合戦開始の合図として、まずそれを射交わしたのですが、これは中国からそうなんです。物事の初めを言う嚆矢《こうし》という言葉がありますね。それは、鏑矢のことなんです。

その最初の矢いくさ、宮方の奮戦が語られる。「大矢の俊長《しゆんちやう》・五智院の但馬《たじま》・渡辺の省《はぶく》・授《さづく》・続《つづく》の源太が射ける矢ぞ、鎧《よろひ》もかけず、楯《たて》もたまらず通りける」——、歯切れのいい表現です。「鎧もかけず」というのは、鎧にもひっかからず貫通すること。鎧や楯など、ものともせぬ強靭な矢だったというわけです。ここに、渡辺姓の人が集団で登場していて、名前の「はぶく・さづく・つづく」という「く」の連続音が、語調を盛り上げる効果を発揮していますね。先ほど紹介した渡辺党の人々です。僧兵では、あだ名つきの人物、大きな矢を射るところからそう呼ばれたらしい「大矢の俊長」なる人物が登場してくるところに、ちょっと注意しておいていただきましょう。

次に、源三位入道頼政の姿、「長絹《ちやうけん》の鎧直垂《よろひびたたれ》に、しながはおどしの鎧」を着用、「その日を最後とや思はれけん、わざと甲は着給はず」とある。悲壮な覚悟が短い表現で語られています。長絹は、長細い絹布《けんぷ》で作ったことを意味します。鎧直垂は絵を見ていただきましょう（69頁）。通常の直垂よりは袖口がぐっと細い。袴《はかま》も細く、動きやすい形です。鎧の「しながはおどし」というのは、歯孕革威《しだがわおどし》のなまったもので、絵にあるとおり、シダ草のデザイン。おもしろいですね。地は藍色で、白いシダ草が浮き出ている図柄です。老武者にふさわしい感じがしませんか。こうした図柄入りの鎧は、先に話しました札《さね》をつづる紐《ひも》が皮製です。まず皮に型をプリントして、その後、裁断。うまく絵が合うように綴じ合わせていく。難しい技術です。先ほどの鏑矢も、絵でご確認ください。

合戦が始まって前面に出てきたのが、五智院の但馬《たじま》という僧兵。大長刀の鞘《さや》を外し、ただ一騎、橋の上に進む。平家の方は、「あれ射とれや」とばかり、「さしつめひきつめ、さんざんに」矢を射かける。「但馬すこしもさわがず、あがる矢をばついくぐり、さがる矢をば躍りこえ、向かってくるをば、長刀で切って落とす。敵《かたき》も味方も見物す。それよりしてこそ、矢切りの但馬とは言はれけれ」。——ここも楽しいですね。彼の早業《はやわざ》「あがる矢をばついくぐり」、これは簡単。浮き上がってくる矢に身をかがめるのですから。下がる矢には飛びあがる。これも簡単。しかし、真っ正面から飛んでくるのは難しい。彼は柄の長い大長刀でもって、それを切り落とす。これはすごい。衆目注視のなかでの大活躍、以後、「矢切りの但馬」と呼ばれるようになったというのです。「大矢の俊長」に対して「矢切りの但馬」が誕生したというしだい。

続いて活躍するのが、浄妙房明秀《めいしゅう》。「褐《かち》の直垂に、黒皮威《くろかわをどし》の鎧」とありますが、「褐」は濃い紺色、「黒皮威」は色が黒ではなく藍色。皮は黒く染めても、藍色にしかならないんだそうです。直垂も鎧も同系色。「五枚甲《かぶと》の緒をしめ、黒漆《こくしつ》の太刀」を佩《は》く。「五枚甲」は、頸《くび》を覆う錣《しころ》が五段に作られているもの、絵にあるのがそれです（68頁）。太刀の鞘は黒い漆《うるし》塗り。黒と言えば、矢も「黒ぼろの矢」とある。翼の下に生えた羽を保呂羽《ほろば》と言いますが、その黒いもの使っている矢。弓は「塗籠籐《ぬりごめどう》」。当時の弓は、木に竹を添えた合わせ弓になっておりましたので、はがれるのを防ぐため、籐《とう》を上から巻きました。その巻いた上から漆を全面に塗り込んだのが、「塗籠籐」です。これも黒と考えられる。とすれば、ほとんど黒一色。黒というのは、強い感じがしますよね。わざとその色で、作者は統一したんでしょう。なお、長刀は「白柄《しらえ》」とありますが、これは白く塗ってあるのではなく、木の皮をはぎ、白く削っただけの柄をいいます。

その人物、橋の上で大音声《だいおんじょう》をあげて名乗る。常《つね》日ごろうわさには聞いているはず、我こそは三井寺にいると知られた筒井《つつい》の浄妙明秀、一人当千《とうぜん》の兵《つわもの》、我こそと思う者はお出ましあれ、「見参せむ」と言って、箙《えびら》に差してあった二十四本の矢を次々と放つ。「やにはに十二人射殺して、十一人に手おほせたれば、箙に一つぞ残ったる」。計算がぴたっと合っている。箙の絵、四角い箱に仕切りが見えますね。そこに矢尻《やじり》を立てて束ねる。丸い輪には、予備の弓の弦が巻いてあります。箙は腰に付けるんですが、「かしら高に負ひなし」なんて比喩的な表現があるものですから、背負うものと勘違いしている人がいます。気をつけてください。

さて浄妙房明秀、矢を一本残しながら、弓をからりと投げ捨て、箙も解いて捨てる。頬貫《つらぬき》──毛皮の靴、熊とかアザラシなんかでも作ったようですが、それを脱いで裸足《はだし》になり、「橋の行桁《ゆきげた》を、さらさらさらと走りわたる」。板をはがされ丸裸の桁、体操の平均台みたいなもの、その上を敵に向かってするすると進んでいく。「人は恐れてわたらねども、浄妙房が心地には、一条二条の大路《おほち》とこそふるまうたれ」というのですから、強心臓の持ち主。「長刀で向かふ敵五人なぎふせ」、六人目の時に柄が折れる。「その後《のち》太刀を抜いて戦ふに、敵《かたき》は大勢也、蜘蛛手《くもで》・かくなは・十文字・とんばう返り・水車《みづぐるま》・八方すかさず切ったりけり」と、リズミカルに続く。

「蜘蛛手《くもで》」は八方に太刀を突き出すさま。「かくなは」というのは、丸くぐるっとひねった形のお菓子で、そんなふうに振り回す。「十文字」は縦に振り下ろし、横に払う。「とんばう返り」っていうんですから、宙返りもやった。「水車」のようにぐるぐる太刀を回転させ、「八方すかさず」──まったく隙を見せず、切り進む。「やにはに八人切りふせ」、九人目の、鉄でできた「甲《かぶと》の鉢《はち》」に、太刀をあまりに強く打ち当てすぎて、「目貫《めぬき》」という、柄《つか》と刀身の両方にあけた穴に目釘《めくぎ》を通して止めてある、その部分から「ちやうど折れ、くっ」と抜けて、河へざぶと」入ってしまう。残った武器は短刀の腰刀《こしがたな》、それを手に「ひとへに死なんとぞ」狂ったという。「ちやうど」「くっと」「ざぶと」の擬態語が生きてますね。

　彼の後ろに続いていたのが、一来《いちらい》法師という早業《はやわざ》の得意な男。前に出たいが橋桁はせまい、わきを通るわけにもいかず、「浄妙房が甲《かぶと》の手先《てさき》に手をおいて、「あしう候ふ、浄妙房」とて、肩をづんど躍りこえて」戦った。しかし、どうしたんでしょう、「一来法師、討死してんげり」——皮肉にも、あっけなく討たれてしまったのです。「甲の手先」は、絵にありますように、吹返《ふきかえし》の先端。そんなところに手をおいて、「あしう候ふ」、ごめん下され浄妙房、とか言って飛び越えられますか。とても無理。でも、そうやったと語るのが、この物語の表現でありました。彼についてはその軽業を描けば充分、あとは邪魔とばかり、討ち死にとして紙面から消し去ったのでしょう。

　浄妙房の方は、「はふはふ帰って」、ここもおもしろい。行きはよいよい、帰りは怖い、です。今までの元気は半ば失せて、這う這う帰る。笑いを誘いますが、人間の心理は往々にしてそんなものです。平等院の門前で鎧を脱ぎ、矢の立った跡を数えてみれば六十三、驚くべき数、でも裏まで通っていたのは五か所のみ。重傷でもなかったので、適当に治療して、「かしらからげ」——頭を袈裟で包んだスタイル、に「浄衣《じやうえ》着て」、つまり白い僧服を着、弓を切って杖がわりにし、足駄《あしだ》を履いて、戦争なんか知らん顔、南無阿弥陀仏を唱えて奈良の方へと落ちていったという。誰とも主従関係を結んでいるわけではない彼、行動は自由でした。「矢切りの但馬」にしても浄妙房にしても、思う存分、自分の力を見せつけてから姿を消す。明るい戦場描写は、現実離れして、死のにおいなど、まったくありません。

宮方の軍勢、浄妙房を手本に次々と橋を渡り、火花を散らす戦いとなる。それを見た平家の侍《さぶらい》大将《だいしょう》たる上総守忠清《かずさのかみただきよ》が、大将軍《たいしょうぐん》知盛の前に参上して言う。——大将軍には源平の血筋を引く武家貴族階級の人物がなったのに対し、実質的に武士を統括する侍大将には郎等階級のトップクラスが命じられました。その彼の言。あれをご覧ください、橋の上のいくさは手厳しい状況、川を渡すべきでありますが、おりふし、五月雨《さみだれ》で増水しており、人馬の犠牲者が出ましょう、川下の淀・いもあらいの地へ向かうべきか、さらに大阪方面へ回るべきか。要するに、迂回《うかい》作戦を取ろうというのです。淀は宇治川が桂川・木津《きづ》川と合流する地点、いもあらいは「一口」と書き、淀の東南に当たる土地です。

それを聞いた下野国《しもつけのこく》の住人足利《あしかが》又太郎忠綱《ただつな》、十七歳でございましたが、その青年が進み出て言う。淀や河内《かわち》路へは、天竺《てんじく》・震旦《しんだん》の武士を派遣するおつもりか、しょせん、我らの行くところ、眼前の敵を見逃し、奈良へ逃げ込ませてしまえば軍勢もふくらみ一大事となりましょう、そもそも東国には、武蔵と上野《こうずけ》の境に利根川という大河があり、秩父と我が足利とが合戦した際、我が方についた新田入道が馬筏《うまいかだ》を組んで川を渡した前例がある、坂東武者の常として、敵を目にしながら、川の深さ浅さをえり好みすることがあろうか、この川の深さ速さは、利根川にまさり劣りはよもあるまい、我に続けや、方々、と言うなり、馬を真っ先に川に打ち入れる。馬筏は、馬に隊列を組ませて、いっせいに対岸に渡ってしまう方法です。

あとに続いたのは東国武士三百余騎、足利又太郎忠綱は、大音声《だいおんじょう》をあげて下知《げち》する。「強き馬をば上手《うはて》に立てよ。弱き馬をば下手《したて》になせ」——これが馬筏を組む第一原則。馬の足が川底につく間は、手綱《たづな》をゆるめて歩かせろ、馬が浮き上がったら手綱をたぐって泳がせろ、流されそうな者は弓の先端に取りつかせよ、互いに手を取り合い、肩を並べて渡せ。——ここまでが集団への指図、次にひとりひとりへの注意。鞍壺《くらつぼ》にしっかりまたがり、鐙《あぶみ》を強く踏め、馬の頭《かしら》が沈みそうなら引き上げろ、手綱を引きすぎてひっくり返るな、鞍まで水がひたったら馬の尻に乗り移れ、「馬には弱う、水には強うあたるべし」——名言ですね。「河中《かはなか》で弓引くな」、敵が射かけてきても応戦するな——馬が不安定になりますから。たえず甲《かぶと》の錣《しころ》を横に傾けて矢を防げ、傾けすぎて天辺《てへん》の穴を射られるな——甲には髪の髻《もとどり》が烏帽子《えぼし》ごとすっぽり収まる穴があけられていました、だからそこを射られるなという。最後の一句、直角に渡そうとして押し流されるな、「水にしなうて渡せや渡せ」——。かくて三百余騎、一騎も流されず渡りきったのでした。

この時の馬筏、日記の『山槐記』にも記されていますし、西行も歌の詞書《ことばがき》で「宇治のいくさかとよ、馬筏とかやにて」なんて書き残していますから、有名だったようです。今読んだ馬で川を渡す際の生き生きとした教訓、古態を残す延慶本《えんぎょう》では、ほとんど同じ内容が、佐々木四郎高綱《たかつな》の口からも発せられています。木曾義仲を討つために上洛する東国軍にあって、梶原源太景季《げんたかげすえ》と二人で宇治川の先陣争いをする例の話の中でです。また、『承久記』の宇治川合戦にも、似た表現がある（慈光寺本）。ということは、馬による渡河《とが》戦の一般的教訓として、武士社会ではよく言われていたことなんじゃないかなと思います。それがそっくり、うまく取り込まれているような気がします。

あらためて場面全体を振り返ってみれば、個人戦から集団戦へとたくみに移っていましたね。僧兵たちの個人プレーから統率された東国武士による集団戦へ。そして、この勢いに乗った集団が、反乱軍を追いつめていくことになる。迂回策を口にするふがいない平家の武将忠清に対して、坂東武者忠綱の言動も行動も鮮やか、うまく対比されている。彼らの力を借りて、平家は最初の謀反を鎮圧できたのだと、物語は言いたげです。ここに、忠綱と行動を共にした東国武士の名が列挙されていますが、そのうちの何人かは、のちのち、源氏方として登場することになります。今はいいものの、やがて彼らの力が逆に平家に向けられた時、一門は崩壊していかざるを得なかったという筋道が立てられていて、ものがたられているように見えます。

精彩にあふれた人物たちの活躍、しかし、本当の戦場はこんなものではないでしょう。だまされてはいけません。だまされてはいけないんですが、でも、楽しく表現されているものは、大いに楽しんでいいのです。悲しむべき戦争の現実は、また違った形で物語は別に伝えようとしているのですから。とりあえず、ここは楽しい場面でした。こんなものを読むと、何か元気づけられませんか。特に弱い方が勝ちそうになる話というのは、うれしいものですよね。勝手にそこに自分を投影したりして。軍記物語の作者もそこらあたりを心得ていて、享受者が喜ぶ場面を創りあげていったんです。

6　虚構――東国と西国、対比された人物像

実際の合戦を確かめてみましょう。まず、⑨の資料、『玉葉』二十六日条。合戦当日の記事ですが、情報の混乱も認められます。追討軍の顔ぶれ、「検非違使《けびいし》景高《かげたか》（飛騨守景家《ひだのかみかげいえ》嫡男）・同忠綱（上総守忠清《かずさのかみただきよ》一男）等已下《いげ》の士卒三百余騎」とありますね。先ほど申しましたように、平家軍は三百余騎。敵は平等院で食事中、宇治川の橋が引かれていたので、「忠清已下十七騎、先ず打ち入る」とあります。足利又太郎忠綱じゃないんです。「河水敢《あ》へて深く無し」――五月雨で増水していたわけでもなく、「遂《つひ》に渡るを得」たのでした。しかし、「忠清」ではおかしいですね。現場に派遣されたのは、彼の「一男」「忠綱」の方で、検非違使という役職上から追討を命じられたはずなんです。ひとまず問題を先送りして、もう少し記事を見ておきましょう。「暫《しばら》く合戦の間、官軍進み得ず」とありますから、抵抗は激しかった。その間に、以仁王たちは逃げたのですが、綺《かば》河原というところで、ついに頼政入道と兼綱――宮の逮捕に差し向け

【資料⑨】玉葉・治承四年五月二十六日条

　三井寺にまします宮、頼政入道相共に、去んぬる夜半ばかりに逃げ去り南都に向かふ、其の告げを得て武士等、遂《お》ひ攻むと云々。……〈源季貞《すえさだ》の報告〉寅の刻ばかり、逃げ去るとの告げを得、即ち検非違使景高（飛騨守景家嫡男）・同忠綱（上総守忠清一男）等已下の士卒三百余騎、遂ひ責む。時に敵軍等、宇治の平等院に於いて喰を羞《すす》むる間なり。宇治川の橋を引くに依り、忠清已下十七騎、先ず打ち入る。河水敢へて深く無し。遂に渡るを得。暫《しばら》く合戦の間、官軍進み得ず。其の隙に引きて降り去る。官軍、猶《なほ》、之を遂ふ。綺《かば》河原に於いて頼政入道・兼綱等を打ち取り了んぬ。……敵軍、僅《わづ》かに五十余騎、皆以って死を顧みず、敢へて生を乞ふ色無し、……殿上の廊内に自殺の者三人相残る、其の中に首無き者一人有り。疑ふらくは宮かと云々。王化、猶、地に堕《お》ちず、……又是《これ》、入道相国の運報なり。恐るべし恐るべし。……今日、入道相国、上洛せらるべしと云々。其の後、毎事、議定有るべきか、……

【資料⑩】山槐記・同日条

　景家、橋上に責め寄せ合戦の間、忠景、又

られた次男、これを討ち取ったという。「敵軍、僅《わづ》かに五十余騎。皆以って死を顧みず、敢へて生を乞ふ色無し」——やはり、反乱軍は五十余騎。皆、勇敢でした。そして、平等院の建物の中に自殺者の遺体が三つ残っていて、その中に首のないものが一体あったが、もしかするとそれが宮かという。

結局、国王の力は「猶《なほ》、地に堕《お》ちず」、「又是《これ》、入道相国の運報なり。恐るべし恐るべし」とも記されていますね。清盛の強運を、恐ろしい、恐ろしい、なんて言ってる。清盛の人望の落ちていたことが、よく分かります。最後に清盛の上洛予定記事がありますが、この事件の間じゅう、彼は福原、今日の神戸市ですよね、そこの別荘にいたのが事実でした。反乱鎮圧の陣頭指揮を執ったのは宗盛だったらしく、実は、延慶本のみがそのことを正しく伝えています。

追ひ来たり、伴類十余騎、時を作り馬を河中に打ち入る。橋の上方に歩み渡す瀬有り。或いは又、深淵と雖も馬筏を以って郎等二百余騎渡河。平等院の前にて合戦、景家、頼政入道の頸を得、忠清、兼綱（大夫尉）の頸を得たり。平等院の廓に自害の者三人有り。其の人一人、浄衣を着して頸無し。疑ひ有り。頼政男伊豆守仲綱、死生不詳。又、宮南都へ遁《に》げ入り給ふと云々。……後に聞く、頸を切らるる輩。

検非違使左尉平（藤カ）景高、七人切る。

頼政法師、源仲家（八条院蔵人、帯刀先生義方子）、……

検非違使藤原忠綱、四人切る。

兼綱（大夫尉頼政甥）、……唱《トナフ》法師（長七入道）

左兵衛尉源重清、五人切る。

源加《クハウ》、……

⑩は、『山槐記』の同日条です。こちらの方では、宇治へ発向したのは景高・忠綱ではなく、それぞれの親の景家・忠清となっています。どちらが正しいのでしょう。あるいは親子ともども出陣したのでしょうか。その景家が橋の上で戦っている間に、「忠景」が追いかけてきて「伴類十余騎」で河中に打ち入ったとありますが、それは『玉葉』では、「忠清」の行為となっていました。この「忠景」

の名は、ここにしか出てきません。

先を読みますと、川上の浅瀬を「歩み渡」った者もいたらしく、馬筏では「郎等二百余騎」が渡ったと書いてありますね。これが足利又太郎忠綱のことになるでしょうか。続く平等院前の合戦で、景家が頼政の首を、忠清が兼綱の首を得たとしていますが、しかし、「後に聞く」として最後に記されている文面を見ていただければ分かりますように、正しくは子の景高と忠綱だったようです。四日後の三十日条には、論功行賞でそのふたりがともに従五位下に昇格したとありますから、両者の手柄と認定されたのは間違いありません。

ここで奇妙なのは、足利忠綱の名がどこにも見えないことです。『玉葉』の九月十一日条には、上総介広常《かずさのすけひろつね》とともに頼朝方についたらしいという情報が記されていますから、少なくともこの三か月あまり後には、東国にいたことになります。翌年の八月十二日条は、父の俊綱《としつな》が頼朝に背いたという風聞を伝えてもいます。おもしろいのは、『吾妻鏡』の、それに先立つ閏《うるう》二月の記事なんですが、忠綱が反頼朝勢力に加わったことを伝え、それは、以仁王の令旨《りょうじ》――命令書が、同族の小山氏には来たのに自分のところには来なかったことを根に持っているからで、去年、平氏軍に加わり宇治川を渡したのも、そのせいだと書いてあります。結局、その反頼朝勢力は敗北し、彼は先非《せんぴ》を悔いて九州に逃亡し、しかし、「末代無双《まつだいぶそう》の勇士」で、力は百人力、声は十里に響き、歯は一寸、三センチあまりもあったというんです。

ちょっとおかしいと思いませんか――彼が平氏軍に加わった理由。宇治橋の合戦があった五月二十六日段階で、東国に伝達された以仁王の令旨が、自分のところに届かなかったことが都にいて分かるなんて――。同じ『吾妻鏡』によりますと、以仁王の令旨の発令されたのが四月九日、頼朝のところに届いたのが同二十七日で、その可能性がなくはありませんが、それにしても、声が十里に響き、歯が一寸ってのも、おかしい。すでに伝説化された姿です。

『吾妻鏡』は、一二六十、七十年代以降に編纂された書物で、『平家物語』の影響すら一部に推測されるもの、当てにならない、と申しましたね。それより『玉葉』や『山槐記』の記述を信用すべきで、その合戦記録に彼の名がなく、三か月後に東国にいたことは確かですから、宇治橋の合戦には参加していなかった可能性があるのです。『吾妻鏡』は、一二一〇年に故人たる忠綱の土地に新地頭《ぢとう》が配置されたと記しています。彼は早死にし、『平家』が創られるころには、ある程度、伝説化されていたんじゃないでしょうか。

もし、足利又太郎忠綱が宇治橋の合戦に参加していなかったとしたら、わざわざ彼をこの場面に登場させるそれなりの理由が、『平家物語』の側に考えられなければなりませんね。そこで、示唆的なのが、平家の郎等忠清のふがいなさと、東国武士忠綱のたくましさとが、対照的に描かれていることです。このあとでは、平家武士団の中心たる伊賀・伊勢出身の武士たちが、あえなく川に押し流されてしまったありさまを、皮肉っぽく書いてもいます。物語全体で、強い東国武士と弱い西国武士とが、このように対比的にしばしば語られていく。鳥の羽音で逃げたという、ご存じの富士川の合戦や、いずれ読みます一の谷の合戦などで、です。また、木曾義仲軍と平氏軍とがわたりあった篠原《しのはら》合戦でも、平家軍に加わっていた東国武士のみが、対等に相手と戦ったことになっています。そして、そうした意図的な描き分けの、ここは最初と見られるのです。

『玉葉』の伝える忠清は、率先して河に馬を打ち入れていました。物語にあったような、悠長な迂回作戦など、口にしたはずはありません。もっとも、彼が実際に戦場に来ていたかどうか、疑問でした。当日の情報は混乱していたようで、『山槐記』は「後に聞く」として、あらためて確実なところを追記していました。その確実なところ、手柄をあげたのは忠清にあらず、子の忠綱の方でしたね。河に馬を打ち入れたのも、忠綱ではなかったのでしょうか。私の言いたいこと、お分かりになってきましたか。忠綱から忠綱への連想、その先に生まれた虚構……。

足利又太郎が持ち出していた利根川を挟んでの秩父氏と足利氏との合戦、馬筏を組んで川を渡した話、あれは本当かも知れません。そのことでも知られていた足利氏の、半ば伝説化されていた若武者をここで登場させ、やがて平家一門を追い落とすことになる坂東武者の覇気《はき》に満ちた言動を、だらしない平家股肱《ここう》の臣の進言とからませて描き上げる――。その発想をもたらしたのが、忠綱から忠綱への連想ではなかったか、と考えているわけなんです。これは、まだどなたも言っていない私の新説ですが、いかがでしょうか。

例の延慶本では、清盛が忠綱の勲功に対し、彼の望みどおり、上野国の権益を保証してやったところ、足利一門十六人の連判状による猛反対を受け、わずか六時間後にそれを撤回した話がつけ加えられています。これも、とても事実とは考えられません。後代の人が、虚構の話と知ってか知らずしてか、それほど活躍した忠綱になぜ恩賞が与えられなかったのかという疑問に答えるべく、創作したのではないでしょうか。その人は、おそらく東国社会の、しかも忠綱の血筋に連なる人……。ともあれ、ストーリーの先を見通して、ここでも個々の人間や集団に、物語独自の生命が吹き込まれておりました。では、「宮御最期」の話へ。

7　歴史の体験——表現を支える素材

勝敗の決したことをさとった源三位頼政、部下に自分の首を打つよう命じますが、相手は涙を流し、御自害のあとに、と言って応じようとはしない。部下の心中を察し、彼は一首の歌を詠んだのち、自ら太刀を腹に突き通して命絶えていくのでした。——「埋木《むもれぎ》の花咲くこともなかりしに　身のなる果てぞ悲しかりける」。埋木は、地中に埋まっている木、花を咲かせることももはやなく、実もならない、わが身もそれと同じようなもの、むなしく果ててしまうのが悲しい……。

これは本人がうたった歌かどうか、分かりません。でも、掛詞《かけことば》も使われていてたくみです。しかも、みごとに彼の生涯の思いを集約した歌のように、私には思われます。頼政は昇殿すらなかなか許されず、六十三歳でやっと念願がかなえられました。雪の降った日、昇殿への願望を託して清涼殿に置いたという歌に、「いかなれば雲の上には散りながら　庭にのみふる雪を見るらん」というのがあります。「ふる」には「経る」、「雪」には自らの白髪の意が添えられています。また、念願が成就したの

源頼政像（部分）［MOA美術館蔵］

ちの歌に、「のぼりにし位の山も雲の上も　年の高さにあはずとぞ思ふ」というのもあります。これは、昇殿を祝ってくれた人への返歌。昇進に対する不満が、彼のなかにはあり続けました。三位になったのも、七十五歳。清盛が口をきいてやったんでしたね。それを思うと、この「埋木」の歌、彼の人生を象徴するもののように見えるのです。

例の競も、ここで討たれました。彼らが戦っている間に、宮は南都へ向かったのですが、平家軍の急追にあい、ちょうど宇治と奈良との真ん中あたり、光明山《こうみょうぜん》寺というお寺にあった神社の鳥居の前で、矢を受けて落馬、首を取られてしまいます。平等院から十一、二キロ行ったところでありました。そして、首を取られた宮の遺体が運ばれていくのを、ひそかに隠れて見ていた男がいました。

その男とは、乳母子の六条大夫《ろくじょうのたいふ》宗信。「信連《のぶつら》」の章段で、宮のお供をして三井寺へ逃れたとして、すでに登場していた人物です。弱い馬に乗っていたため後れをとり、道のそばの池に飛び込み、身を潜めておりました。目の前を敵が通り過ぎ、やがて引き返してきたのを見ると、人々がかついでいる格子《こうし》張りの戸板の上に、白い浄衣《じょうえ》を着た首のない遺体がのっている。「たれやらんと見たてまつれば、宮にてぞましましける」。「われ死なば、この笛をば御棺《ごくはん》にいれよ」とおっしゃった例の小枝《こえだ》という笛、それも腰に差されたまま。走り出てお体に取りつきたい思いはしたものの、「おそろしければ、それもかなはず」、敵がみな帰ったのち、濡れた着物を絞り着て、泣く泣く都に帰ってきたところ、その臆病ぶりを憎まぬ人はいなかったという。

この章段の最後は、宮の不運を哀れむ言葉で閉じられています。南都の僧兵たち七千余人、出迎えのために出陣していたにもかかわらず、「いま五十町ばかり」、一町は約百九メートルですから、五・五キロほど、「待ちつけ給はで、討たれさせ給ひけん宮の御運の程こそ、うたてけれ」――嘆かわしいことであった、というのです。

さて、宗信について、資料の⑪を見てください。「延慶本の宗信」と書いてございます。何度か触れてまいりました延慶本は、今日、一番古い要素を残しているとされるテキスト、鎌倉時代の延慶二年から三年、一三〇九年から一〇年にかけて書写され、さらに室町時代にもう一度書写されたのが現存していま

【資料⑪】 延慶本の宗信

宮はさりとも今は木津河をば渡りて奈良坂へもかからせ給ひぬらんと思ひける程に、浄衣きたる死人の頸もなきを舁《か》きて通りけるをみれば、宮の御むくろ也。御笛、御腰に指されたり。はや討たれさせ給ひにけりと見まゐらせけるに、はひ出でて懐《いだ》き付きまいらせばやとは思へども、さすがに走りも出でられず、命は能《よ》く惜しき者哉《かな》とぞ覚えける。御笛は御秘蔵の小枝也。「此の笛をば、我が死にたらむ時は必ず棺に入れよ」とまで仰せられけるとぞ。佐大夫《すけのたいふ》は後に人に語りける。佐大夫は夜に入りて池の中よりはひ出でて、はふはふ京へ帰り上りにけり。せん方も無かりけるが、正治元年に改名して、伊賀守に成りて邦輔《くにすけ》とぞ名乗りける。

＊石見守邦輔（承元二年〈一二〇八〉八月五日、伏見宮家御記録仙洞御移徙《いし》部類記）

す。我々が読んでいるテキストは、一三七一年に亡くなった覚一《かくいち》という琵琶法師が本文を整えた覚一本と言われるもので、文学的に評価が高く、一般に流布しています。

延慶本の本文《ほんもん》、見てみますと、内容はほぼ同じながら、注目されるのは、彼の心境が「宮はさりとも……奈良坂へもかからせ給ひぬらんと思ひける程に」とか、「はひ出でて懐き付《いだ》きまいらせばやとは思へども、さすがに走りも出でられず、命は能《よ》く惜しきもの哉《かな》とぞ覚えける」とか、つづられていることです。全体が、彼の目に映った光景として語られていることも確認できます。なかでも、笛に関する宮の遺言を、「とぞ、佐大夫《すけのたいふ》は後に人に語りける」とある一句は見過ごせません。この話がそっくり、本人の体験談だった可能性を示唆しているからです。「はや討たれさせ給ひにけり」というのも、彼がその時に考えたことですし、「夜に入りて」都へ帰ったと、先ほど読んだ覚一本の本文にはなかった具体的な行動も記されています。こうしたことから、本人の話が元になったと指摘されているのです（水原一氏）。

覚一本は、宗信のことを「にくまぬ者こそなかりけれ」と、臆病者として一蹴していましたね。ここには、そうした人を批評する第三者的、傍観者的視点はありません。あるのは、這い出して取りつきたいとは思ったものの身体が動かず、命はつくづく惜しいものと分かったという苦い実感、自分を責める思いです。頭の中ではそうしたい、そうしなければと考えても、どうしても動かない身体、死への恐怖心から肉体がこわばっていたというのです。戦場での体験としては、よくあることと言えるでしょう。彼が宮の遺言を、後日、人々に語ったというのも、後悔の念がそうさせたのではないでしょうか。「せん方も無かりけるが」とある一言に、その思いが投影されているように見えます。
その後の宗信、正治《しょうじ》元年つまり一一九九年に改名して、邦輔《くにすけ》と名乗り、伊賀守になったとあります。歴史上に彼の姿を探すのは難しいのですが、もしかすると、石見守《いわみのかみ》邦輔とある人物と同一人ではないかと推し量り、資料を付け足しておきました。伊賀と石見、音が通じていますから、間違えたのではと考えてみたのです。正しければ、少なくとも当該資料の書かれた一二〇八年までは、生きていたことになります。長谷部信連は、先に見ました『吾妻鏡』の記事によれば、一二一八年まで生きていましたね。頼朝が死んだのは一一九九年ですから、信連も、あるいは宗信も、頼朝よりは長生きしていた……。仮に、宗信が『平家物語』の創られる時点近くまで長生きしていたとしたら、彼の体験談が物語の素材となった可能性が高まります。

『平家物語』の成立時点、かつては一二二一年の承久の乱以前という説が優勢でしたが、近年、その論拠が突き崩されました。『平家物語』の存在が今日確かめられる最初の文献は、⑫の資料、一二四〇年七月の「治承物語六巻（平家と号す）、此の間、書写候ふ也」とある手紙です。当初は年号を頭に付けた「治承物語」という名前だったわけで、やがて一二五九年の文献になりますと、「平家物語」が正式名称として現れてきますし、分量も増えていったようです。どうやら物語は、まだうぶな段階でした。おそらく、一二三〇年代に書き出されたのでしょう。

その時まで確実に生きていた、物語に登場する人物をひとり、

【資料⑫】兵範記《ひょうはんき》紙背文書《しはいもんじょ》・延応二年（一二四〇）七月書状
治承物語六巻（平家と号す）、此の間、書写候ふ也。

紹介しようと思います。皆さん、ご存じでしょうか、小督《こごう》のお話。彼女は高倉天皇の愛人でありましたが、天皇の后は清盛の娘の徳子、そこで清盛からにらまれるところとなり、宮中を出奔《しゅっぽん》して身を隠す、その小督を、帝に頼まれて嵯峨野から探し出した男、仲国《なかくに》と申しました。従来は源仲国とされてきましたが、正しくは高階仲国《たかしななかくに》。この人物が、物語誕生時まで生存していたのです。

簡単な閲歴を、資料⑬として書いてみました。高倉天皇の時に蔵人。これは、延慶本の記述に一致します。当時、宮中の音楽をつかさどる楽所《がくしょ》に勤めていました。先の方を見ていただきますと、平等院の法会で楽屋《がくや》行事をしたり、石清水《いわしみず》神社のお祭りで、神楽《かぐら》などを演奏する「陪従《べいじゅう》」という楽人《がくじん》の役をこなしていますから、たしかに音楽のたしなみがありました。物語では、小督を探すのに、彼女が琴の名手だったことを思い出し、その琴の音を聞き出せたら居場所が分かると考えて嵯峨野へ出向き、自らも笛を吹いていました。それと符合します。摂関家の近衛《このえ》家三代に仕えました。そこに名前の見える基通《もとみち》・家実《いえざね》・兼経《かねつね》です。父親の仲行《なかゆき》は、基通のひいおじいさんに当たる忠実《ただざね》に仕え、『富家語《ふけご》』という主君の言行録を書き残した人です。

そして、覚一本などでは「弾正大弼《だんじやうのだいひつ》仲国」として登場するのですが、何と一二四〇年から二年のこ

【資料⑬】小督譚の高階仲国（仲行息）

?〜一一七七〜一一八〇　高倉朝六位蔵人
　楽所《がくしょ》に勤務
　左衛門少尉・検非違使
一一八〇　尾張権守
一一八四　美濃権守
　摂政基通《もとみち》邸の職事《しきじ》
一二〇八　平等院一切経会《いっさいきょうえ》「楽屋《がくや》行事」
一二二六　関白家実《いえざね》の娘の入内《じゅだい》に参仕
一二二九〜三一　石清水八幡臨時祭「陪従《べいじゅう》」、四位
一二三七　摂政兼経《かねつね》邸の随身所《ずいじんどころ》別当（筑後前司）
一二四〇〜二　弾正大弼《だんじょうのだいひつ》
一二四七　兼経の摂政還任の拝賀に供奉《ぐぶ》

ろ、弾正大弼になっていたのです。今までは、それが見つけられていませんでした。高階仲国に、もう間違いありません。しかも、一二四七年までの生存が確かめられ、現役で働いています。小督の事件からちょうど七十年、九十歳を越えていたのではないでしょうか。『治承物語』が世に出たあとも、なお生きていたわけです。

あらためて、あの小督のストーリーを思い出していただきましょう。仲国の判断で、すべて事が進んでいました。高倉天皇から、嵯峨野にいると聞く小督を探してくれないかと頼まれた時、はじめは無理なことと断るのですが、そういえば、今日は名月、小督様は琴を弾いておられるかもしれず、それならば、宮中で一緒に合奏した経験から、琴の音を聞け分けられようと考えて、出かける決心をします。しかし探し当てても、にせの使者と思われては元も子もありませんから、直筆のお手紙をと申し出て請い受け、出かけていきます。

方々をめぐっても見つからず、困惑していた時、ふと頭にひらめいたのが法輪《ほうりん》寺という寺。あそこは月の名所、月に誘われての参詣もありうると思い、そちらに駒を進めていくと、松林の中から琴の音が聞こえてくる。馬をひかえて耳を澄ませば、疑いもなくあの方の音色。来訪を告げると、出てきた少女が家違いと言う。鍵をかけられてはと強引に押し入り、対面を果たせたのでした。直筆の手紙をもらってきたことが功を奏し、返事も受け取る。それでもなお、ほかならぬ私が来たからには、口頭で天皇さまに申し上げるお言葉もちょうだいしたいと言うと、実はあしたには大原《おおはら》の里に行くつもりだったとの告白。大原と言えば出家です。見張りの役人を残し、急遽《きゅうきょ》取って返す。報告を受けた天皇は感動し、小督を宮中に連れ戻したのでした。

仲国の判断、考え、それがすべて功を奏した話――お分かりですね、これは手柄話です。長生きした本人の自慢話が、元になったに違いありません。宗信についても、同じことが考えられなくはないでしょう。もっとも自慢話ではなく、つらい体験話ですが。

宗信の母、つまり以仁王の乳母は、中宮亮《ちゅうぐうのすけ》藤原仲実《なかざね》という人の娘でした。仲実は歌人で、堀河天皇を中心とした歌壇の中心的人物です。父親は、従四位下《じゅしいのげ》・左衛門佐《さえもんのすけ》藤原宗保《むねやす》。宗信の呼び名「佐大夫《すけのたいふ》」の佐は、父の役職名から、大夫は自らが別称大夫の、五位の位をもらっていたからです。祖父は参議家保。鹿の谷事件を起こした成親とはいとこの関係になります。南北朝時代に作られた『尊卑分脈《そんぴぶんみゃく》』という系図集にも、邦輔への改名が記入されていますし、一国の守になる当然の血筋だったわけです。貴族社会の一員であった宗信、周りの人につらい体験を語り、それが物語作者のもとに届く可能性は大いにあり得たのではないでしょうか。

そして、物語の最初の作者は、彼の苦い回顧談が充分に理解できたはずです。そういう時には、やはり人の身体は動かないもの、おのれの命は惜しく、最後は我が身大切になってしまう人間のエゴ、それが誰にでもある――人間はおぞましい存在……。そんな見方に共感できたのが、原作者だったでしょう。源平争乱から五十年あまりたっていても、承久の乱からは十数年、戦争体験は風化していませんでした。

物語の改作者は、宗信を臆病者に仕立ててしまいますが、彼が実際にもらしたであろう「命は能《よ》く惜しきもの哉《かな》」という言葉は、実は別の人物、我が子を見殺しにして逃げた平知盛、の言葉に吸収され、彫りの深い一人の人間像を形作っています。それはのちの機会にお話しますが、彼の味わわされた思いは、位相を変え、生き続けているのです。

歴史上の体験は作品の素材ともなり、表現を底辺で支えるものともなっています。作中の人物は、本人を忠実に再現したものとは、とうてい、言いえませんでした。しかし、そこには様々な回路をへて、実際に生きた人間のありようが凝縮されて、託されているのです。必ずしも、当人のものとは限らぬ要素が、人としてさもありなんという形に煮詰められて……。少々言葉足らずになりましたが。

第三章●それぞれの生――都落ちのドラマ

本章で読む章段

巻七「主上都落《しゅしやうのみやこおち》」

なに心もなう

「維盛《これもりの》都落」

みな偽りになりにけり

「聖主臨幸《せいしゆりんかう》」

汝らが魂は、みな東国に

「忠度《ただのりの》都落」

西海の浪の底にしづまば沈め

「経正《つねまさの》都落」

うき世に思ひのこす事とては

「一門《いちもんの》都落」

都のうちでいかにもならん

「福原落《ふくはらおち》」

寿永二年七月廿五日に

今日は、都落ちを中心にお話いたします。前回読みました以仁王の事件は、一一八〇年五月で、都落ちは一一八三年の七月ですから、ちょっと時間が飛びます。

以仁王事件後の世の動きを、まず紹介しておきましょう。事件の翌月、六月に、清盛は都を京都から神戸市、福原に遷《うつ》します。前々からそういう考えがあったようで、前年の十一月のクーデターの際にも、都遷りのうわさが立っておりました。しかしこれは、手ひどい不評を買います。

八月には、頼朝が挙兵いたします。九月には木曾義仲の挙兵と続き、世の中は騒然としてまいります。十月にあったのが富士川の合戦。圧倒的な東国軍を前に、官軍は敗走したのでした。そんな状況下で、平家一門の中にも意見の対立があり、前回お話したとおり、宗盛は都帰りを主張して父と口論に及ぶ。ついに十一月には、再び都は京都へ。そして十二月、清盛は反平家の姿勢を鮮明にした東大寺・興福寺を息子の重衡《しげひら》に命じて攻撃させ、戦火が両寺に及び、東大寺の大仏も焼け落ちました。一一八〇年、治承四年という年は、日本の歴史にとって節目の年だったことになります。

翌年一月、高倉上皇が亡くなります。高倉院は、クーデターが起きた時から、心身症でしょうか、病気がちになり、一年余りしたこの年早々に亡くなったのです。物語はここで、生前のこととして、前回お話した例の小督《こごう》の話などを持ち出します。

二月を挟んで閏《うるう》二月の四日、清盛が死にます。太陰暦では、一か月が長くて三十日、短い月は二十九日しかなく、そのために季節を調節する必要が生じて、まるまるひと月を、五年に二度設けなければならなかった、それが閏月でしたね。清盛は、その閏二月に熱病に冒されて落命したのです。

治承五年が養和《ようわ》元年に改元されていきますが、『養和元年記』という興福寺のお坊さんが書いた日記には、雪を器に盛って清盛の頭の上に置いたら湯になったとか、水風呂に入れたら毛穴から煙が立ちのぼったとか、『平家物語』の伝える異常な熱病とよく似たことが記されています。死亡した日は、寺が焼かれてから六十六日目に当たると書いてありますから、大仏を焼いたその罪ゆえに、熱に責められて死んでいったと、そう受けとめられていたことが分かります。

戦況の方は、膠着《こうちゃく》状態になっていきます。この年の四月ぐらいから、飢饉《ききん》がひどくなり、都大路《おおじ》に死骸が満ちあふれるありさまで、戦争はできなかったのです。頼朝も動けませんでしたし、木曾義仲も動けませんでした。これは『方丈記』の中に「養和の飢饉」という有名な箇所がございますから、ご存じの方が多いでしょう。飢饉は、翌年の一一八二年まで続く。

一一八三年、寿永二年に入って四月、平家が動き出します。木曾義仲をまず討つべく、記録によりますと四万という大軍を率いまして、北陸地方に出発する。『平家物語』は十万としておりますけれども、実際は四万ぐらい、それでも一日では都を出きらなかったようです。

五月が、例の倶利伽羅谷《くりからだに》の合戦でした。加賀と越中との国境にある山、その山中に意図的に平家軍を封じこめた義仲は、夜中に奇襲をかけて谷底に敵全軍を追い落としてしまう。六月早々、飛脚が都に到着し、事の次第が伝えられますと、官兵の妻子の悲泣、悲しみ泣くありさま、極まりなかったと『玉葉』は記しています。夫を亡くし、子供を亡くした家族の泣き声が、六波羅あたりから聞こえてきたのでしょう。四万余騎の大軍のうち、鎧を着て帰ってきた者は、わずか四、五騎。大半は死ぬか、負傷しており、残りは武器を捨てて山中へ逃げ込み、また、下着姿で前を隠して逃げ去るといった体たらく。敵軍は、五千騎にも満たぬほどだったともあります。

都に迫る義仲軍に備え、平家はあれこれ手を打つ。その一つが、比叡山延暦寺を平氏の氏寺《うじでら》に、日吉《ひえ》神社を氏社《うじしゃ》にしようとするもの。結局、相手側から断られてしまいますが、厳島神社の顔をつぶすようなことまでして、義仲軍の通る道を押さえようとしたわけです。混乱の中で、七月二十五日、平家一門は都を落ちていきます。

今日は「それぞれの生──都落ちのドラマ」というタイトルにしましたが、歴史の大きな局面に遭遇した人たちのさまざまな姿を、『平家物語』はどう語っているか、それを見ていきたいと思います。

1　落ち行く者と残る者

最初は「主上《しゆしやう》都落」の章段。「主上」は、安徳天皇のこと、シュショウと発音しました。冒頭、「同《おなじき》廿二日の夜半ばかり」と書いてございますが、これが七月二十二日。六波羅辺は大変な騒動になっております。敵に襲われたような騒ぎ。夜があけて判明したのは、美濃源氏の源重貞《しげさだ》が六波羅に馳せ参じ、義仲軍五万余騎が比叡山東坂本《ひがしさかもと》に満ちあふれ、山上の僧兵も呼応して、今すぐにでも都へ攻め入る状況と知らせてきたからだったという。夜という条件が不安を増幅し、人心を浮き足だたせていったさまが、巧妙に語られています。平家は三方へ軍を派遣しますが、多方面からの攻撃情報に対応するすべなく全軍を呼び返し、都での決戦に備えます。その重貞、確かに平家に情報をもたらしましたが、当時の日記『吉記《きっき》』によれば、それは六月十三日のこと、物語は、時間を集約して緊迫した場面を作りました。

そして、二十四日、すなわち都落ちの前日、夜がふけようとするころ、今や平家一門の頂点に立つ宗盛が、妹の建礼門院のいる六波羅に参上して、言うのであります。「この世のなかのあり様、さりともと存じ候ひつるに、今はかうにこそ候ふめれ」——世の状況、何とかなると思っていたが、もはやこれまでらしい。「ただ都のうちでいかにもならんと人々は申しあはれ候へども、目の当たり憂き目を見せまゐらせむも口惜しう候へば」、後白河院も安徳天皇もお連れして、西国《さいごく》つまり九州へ、「御《ご》幸《かう》・行幸《ぎやうがう》をもなしまゐらせてみばやとこそ、思ひなって候へ」と。「都のうちでいかにもならん」とは、首都決戦を主張するもの、人々はそう言い合っているが、自分としては、この場であなたにつらい思いをさせたくはない、だからいったん西国へ上皇も天皇もお連れしてみたいと言うのです。当時、宗盛は三十七歳、建礼門院徳子は二十九歳でした。

あとで出てくる表現とも照合させてみますと、物語はどうやら、都落ちの決定は宗盛ひとりで行ったのだと伝えたがっているようです。しかも、「なしまゐらせてみばや」という口調からは、将来の展望や勝算があっての決定ではなく、その場しのぎの対応に過ぎなかったらしいことが想像されてきます。ほかの人たち、特にすぐ下の弟の知盛《とももり》は反対でした。実際がどうであったかは分かりませんが、物語は宗盛に都落ち決定の全責任を負わせようとしているのです。その兄に対して、女院は答えます、

「今はただともかうも、そこのはからひに」、あなた様のお考えしだいでと、短く。あとは出る言葉もなく、二人は共に涙を流すのでした。

その夜のうちに、宗盛の算段はもろくも崩れます。後白河院は、平家が自分を連れて都を出ると内々に聞いたからか、側近の人物をお供にひそかに鞍馬《くらま》へ逃れ、そこから比叡山に登ってしまったのです。法住寺御所というのがございまして、今、三十三間堂と道を挟んだところにある同じ名の寺がその名残で、院のお墓もそこにありますが、その御所から逃げ出したわけです。誰もそれを知りませんでした。

後白河法皇行方知れずの情報が広がりますと、尋常ではない騒動。まして「平家の人々のあわてさわがれけるありさま」は、敵が家々に討ち入ったよりもひどい混乱ぶりだったという。しかし、時間に余裕はありません。「さりとては、行幸ばかりなりとも」と、卯の刻、午前六時ころ、天皇の乗る御輿《みこし》が用意される。「主上は今年《こんねん》六歳、いまだいとけなうましませば、なに心もなう召されけり」とあります。まだ幼いゆえに「なに心もなう」御輿に乗る、その「なに心もなう」とは、自分で物事を選ぶ意思すら持っていないことの象徴的な表現、なにもかも人に言われるまま、八歳で壇の浦に沈むことになる安徳は、自らの生きる意志を持つ以前に、命を終えたのです。その短い薄幸の生涯のイメージが、この一句には込められています。

その輿には、建礼門院も「御同輿《ごどうよ》」と書いてありますから、母と子が同じ輿に乗ったことになります。天皇の位に付随する三種の神器《じんぎ》も、同じ輿に運び込まれました。「内侍所《ないしどころ》」は、天照大神《あまてらすおおみかみ》の身代わり、つまり御霊代《みたましろ》といわれる八咫《やた》の鏡。女官《にょうかん》の内侍が管理していました。次の「神璽《しんじ》」は勾玉《まがたま》で、八尺瓊《やさかに》の勾玉といわれるもの。最後の「宝剣」は、よく知られた草薙《くさなぎ》の剣《つるぎ》。もとの名は天叢雲《あまのむらくも》。そのほか、さまざまな宝物を取り出すよう、「平大納言」、清盛の妻時子の弟時忠、彼が陣頭指揮をとって命じたのですが、「あまりにあわてさわいで」取り忘れたものが多かったという。「あわてさわぐ」という言葉が二度、出てきました。騒然としたようすが伝わってきます。

　ここで、この時の実状を、二つの日記から見ておきましょう。まず『玉葉』の当日条、資料①。寅《とら》の刻、午前四時に、法皇の「逐電《ちくでん》」——行方をくらましたことの知らせが入っています。それは人々の望んでいたところでもありました。巳《み》の刻、午前十時、武士たちが天皇を擁して大阪方面へ向かい、目的地は九州らしいとのこと。前内大臣宗盛以下、都に留まる者一人もなく、一門の邸宅はひとつ残らず「灰燼《くわいじん》に化し了《をは》んぬ」、焼け落ちてしまったとあります。煙と炎が天に満ち、昨日までの官軍が、今日は賊軍となって逃げ去る、「盛衰の理《ことわり》、眼《め》に満ち、耳に満つ、悲しきかな」と続く。誰しも「盛衰の理」を、その日、

【資料①】玉葉・寿永二年七月二十五日条

　寅《とら》の刻、人告げて云はく、法皇、御逐電《ちくでん》と云々。この事、日ごろ、万人の庶幾《しょき》する所也。……巳《み》の刻に及び、武士等、主上を具し奉り、淀地方に向かひ了《おは》んぬ。志、鎮西に籠るに在りと云々。前内大臣已下《いげ》、一人も残らず。六波羅・西八条等の舎屋、一所も残さず、併《しか》しながら灰燼《くわいじん》に化し了んぬ。一時《いっし》の間、煙炎、天に満つ。昨は官軍と称して源氏等を追討せんと欲し、今は君に違背し、辺土を指して逃げ去る、盛衰の理《ことわり》、眼に満ち耳に満つ。悲しきかな、生死、有漏《うろ》の果報、誰人《たれ》かこの難を免れんや、恐れて恐るべし、慎みて慎むべきもの也。摂政、自然に其の殃《わざは》いを遁《のが》れ、雲林院（信範入道の堂の辺）の方へ逃げ去り了んぬ、或る人告げて云はく、法皇、御登山了んぬ、人々いまだ参らず、暫く秘蔵有りと云々。……申《さる》の刻、落ち武者等、又帰京、敢えて信用せざるの処、事、已《すで》に一定《いちじやう》也。貞能《さだよし》、一矢射るべきの由を称すと云々。

感じたのではないでしょうか。次に、摂政が逃げたとありますが、それは清盛の娘と結婚していた基通《もとみち》のこと。物語でもこれから語るところで、平家に同行しながら、途中で袂《たもと》を分かったのです。法皇が「御登山《ごとうざん》」、比叡山に登った情報も入っていますね。あとの記事は、またのちほど見ることにしましょう。

②は吉田経房《つねふさ》が書いた『吉記《きっき》』。彼は、後日、頼朝の信用を得て、鎌倉の意向を朝廷に伝える重要な役割を果たす人物。そこには、辰《たつ》の刻、午前八時になって、院失跡の報を宗盛は聞いたとありますね。ということは、彼らが都を出た時刻は、物語にあった六時ではなく、『玉葉』の十時が、当然、正しいでしょう。宗盛は出発の二時間前になって、予想外の事実を知る。どれほど驚いたか。「主上、御乗車」とありますから、輿ではなかった。通常、天皇は輿にしか乗らないので、物語は輿としたのですが、実際は車でした。輿をかつぐ人足が集まらなかったのかも知れません。同車したのは乳母二人、時忠の妻と重衡《しげひら》の妻で、ふたりいました。そして母の建礼門院は別の車、祖母の時子「八条殿」もそう。物語はあえて、母子を一緒の輿に乗せたのでしょう。「一族の人々、周章して馳せ出づ」という文字から、実際

【資料②】吉記・同日条

風聞に云はく、院密幸の由、辰《たつ》の時に及びて前内府《さきのだいふ》、聞く。……主上、御乗車、御乳母二人、……建礼門院、八条殿等、別の車に駕《が》し、轅《ながえ》を連ね、一族の人々、周章して馳せ出づ。……殿下、同じく扈従《こしょう》せしめ給ふ。而《しか》して途中より轅を西にし逐電《ちくでん》、……夕べに臨み、新三位中将資盛卿（舎兄維盛卿及び舎弟等を率すと云々。今日、余人聞かず）、及び肥後守貞能、八百余騎の軍兵を率して山崎辺より引き帰し、蓮華王院に入り住み、源氏に相逢ひ合戦すべしと云々。或る説に、然《しか》るべき卿相《けいしやう》等を各《おのおの》虜《とりこ》にすべきの由風聞、洛中、重ねて以って騒動、皆悉《ことごと》く逃走。或る説に、小松内府の子息等、帰降すべきの由と云々（申し達せざるの由、後日聞く）。又、京中を焼き払ふの由風聞、然れども指したる所為無くして、各《おのおの》妻子等を迎へ取り、翌日天曙の後、猶以って下向、其の勢、過半、落ち了んぬ。

に何かに駆り立てられるような、あわただしい出発だったと想像されてきます。

それでは、また本文《ほんもん》の方にもどっていただきましょう。

「明くれば七月廿五日なり」と、短い言葉で運命の日が来たことを印象づけます。「漢天《かんてん》既にひらきて、雲東嶺《とうれい》にたなびき、あけがたの月しろくさえて、鶏鳴《けいめい》またいそがはし」——和漢混淆文《こんこうぶん》と言われるすっきりとした文体、その良さが、ここらあたりは出ています。「漢天既にひらきて」の漢天は、天の川がかかっている空のこと。星空が明るくなって、「雲東嶺にたなびき」の東嶺は、六波羅の背後の東山。そこに朝の雲が細長くかかっている。「あけがたの月しろくさえて」の月は、二十五日の月でありますから、四分の一ほどの大きさになって空に浮かぶ有明の月。七月はすでに秋、その月が白く、冷ややかに澄んでいる。一門の不幸を見下ろすかのように。「鶏鳴またいそがはし」は、ニワトリの声がせわしなく鳴くこと。ふだんどおりの鳴き方だったんでしょうが、その声までが人をせかせるように聞こえてくる。夢にすら見そうにない、信じられぬ現実。二年前の都遷《うつ》りのあのあわただしさは、この前兆だったのだと納得できたという。

そして、ここでひとりの男の去就が語られる。摂政基通です。『玉葉』と『吉記』にも、記されていたところ……。彼の妻は、完子という清盛の娘で、亡くなったその父基実も、盛子という清盛の娘を妻にしていたことなど、お話ししましたですね。盛子の死にまつわる奇怪《きっかい》なうわさも。

基通が天皇のお供をして、大宮大路を南へ七条大路まで来た時のこと、「びんづらゆひたる童子」——髪の毛を左右に分けて耳のところで丸く輪にした髪形の童子が、車の前をさっと走っていった。

その左の袖を見ると、「春の日」と書いてある。春の日といえば、春日神社、藤原氏の氏神です。これは自分たちを守ってくれる知らせかとうれしく思ったところ、「くだんの童子の声とおぼしく」、歌が聞こえてくる。――「いかにせん藤のすゑ葉のかれゆくを　ただ春の日にまかせてや見ん」――。「藤のすゑ葉のかれゆくを」とは藤原氏の子孫が衰退していくことの暗示、それを「いかにせん」、どうしよう、と言い、「ただ春の日にまかせてや見ん」、ただ、春日の神様の意向にまかせてみませんかね、と結ぶ。すなわち、都落ちをしたら藤が枯れていくけれど、残れば何とかなるかもしれませんよ、ということを言っているわけです。

基通はお供をしていた進藤左衛門尉高直《たかなお》を呼び寄せ、よくよく考えてみるに、「行幸はなれども」――天皇はお出ましになったが、「御幸もならず」、院もいない。「ゆく末たのもしからずおぼしめすはいかに」と聞く。高直、頭の回転が速かったらしく、車の牛飼《うしかい》に目配せすると、すぐに心得まして、車を引き返させる。「大宮のぼりに」、大宮大路を北へ、落ち行く平家に背を見せて「とぶが如くに」走らせた。逃げ込んだ先は、摂関家と縁の深い北山の知足院《ちそくいん》という寺。かくして摂政は、妻と別行動を取り、都に留まったのでした。

【資料③】延慶本の摂政基通

御供に候ひける進藤左衛門大夫高範が、「法皇の御幸もならせ給はず、平家の人々も多く落ち留まらせ給ひ候ひぬ。此れより御還《かへ》りあるべくや候ふらむ」と申したりければ、「平家の思はむ所、いかがあるべかるらむ」と御気色《みけしき》有りけるを、知らず顔にて、やがて御《おん》車を仕る御《み》車の牛飼ひに、きと目を見合はせたりければ、七条朱雀《すざく》より御車を遣《や》り帰し、一ずはえ当てたりければ、究竟《くつきやう》の牛にてはありけり、飛ぶが如くにして朱雀を上りに還御《くわんぎよ》なりにけり。平家の侍《さぶらひ》……片手《かたて》、矢はげて追ひかかりけるを、高範、帰し合はせて防きけるを……

例の延慶本の本文《ほんもん》、これと少々違っておりますので、③を見てください。お供の人の名前が、「進藤左衛門大夫高範《たかのり》」とあって、まず違ってますね。しかも彼が、法皇もいらっしゃらない、平家の人々も多く残っている、これからお帰りになるのが適当では、と申し上げたことになっている。基通の方から声をかけたのではないのです。基通はむしろ、その意見に、平家がどう考えるだろうかと、躊躇《ちゅうちょ》するそぶりを見せたので、高範は「知らず顔」、そ知らぬふりをして、牛飼と目を見合わせたところ、車の向きを返させ、むちを「一ずはえ」、一むち当てるや、究竟《くっきょう》の牛、「飛ぶが如くに」朱雀《すざく》大路を北へ引き返す。平家の侍《さぶらい》が弓を手に、後を追いかけてきましたが、高範が「帰し合はせて防き」、何とか基通は逃げおおせた、そう伝えているわけですね。

【資料④】

- 為範 従五下・左衛門尉
  - 範高（高範） 内舎人・右衛門尉 ― 利範 近衛殿下内舎人・左衛門尉 ― 長範 左衛門尉・従五下・内舎人随身
  - 安範 内舎人随身・近衛殿・左衛門尉
  - 範時 松殿殿下内舎人・左衛門尉随身

為範＝一二〇二没　範高（高範）＝一二三一・七・二十没
利範＝一二三七・七・七没　長範＝一二七五没

従来、「高直」の名で、該当する人物を歴史上に探していたので未詳人物でしたが、「高範」となると話は別、④の系図で示した「範高（高範）」でよいと考えられます。前回紹介しました系図集『尊卑分脈』は「範高」、『系図纂要』という別の書は「高範」としていますので、改名したんじゃないでしょうか。

高範には「内舎人《うどねり》・左衛門尉」という注記が両方の系図に等しくあり、弟の安範《やすのり》と息子の利範《としのり》とには「近衛殿」「近衛殿下《でんか》内舎人」と書き込まれていますから、近衛殿すなわち基通に仕えていたと分かる。彼自身もそうだったのでしょう。もうひとりの弟範時《のりとき》が仕えていたのは、あの殿下の乗り合い事件で被害を受けた松殿基房《もとふさ》。この一族は、摂関家に伺候する家柄だったと判明します。

さらに、死んだ年も分かってきました。天台宗の門跡《もんぜき》寺院、天皇のお子さんが入るお寺に、青蓮院《しょうれんいん》という有名な寺院がありますが、その歴史的活動万般を江戸時代に編纂したのが彼の子孫、書物の名は『華頂要略《かちょうようりゃく》』。そこに進藤家の系図が含まれていて、出家名や没年が記されていたのです。系図のわきに書いた没年が、それです。範高すなわち高範の命日は、一二二一年七月二十日。息子の利範は一二三七年七月七日、七夕の日です。ということで、あらためて先ほどの延慶本の文面を見てください。高範の手柄話……。仲国の手柄話が元と考えられた小督の場合と、同じではないでしょうか。彼は、承久の乱の二か月後に亡くなっていますが、それでも長生きのほう、自分の体験を人に話す機会は充分ありましたし、息子がその話を聞いて伝えたことも考えられます。

意外にいろいろな人たちが、長生きしていたんですね。基通だって、一二三三年まで生きていました。物語は、そうした人たちの実話や思いを吸収して、成立してきます。前回お話しましたように、『平家物語』が形をなし始めたのは、おそらく一二三〇年代。壇の浦から五十年余。今年は、第二次世界大戦から五十九年目で、似た状況です。戦争は忘れられつつありますが、なおその体験を語る人がいる。そう考えてもらえれば、『平家物語』が身近なものにならないでしょうか。

2　夫婦の別れ――維盛の都落ち

では、「維盛《これもり》都落」に入りましょう。有名なお話です。維盛は重盛の嫡男、そして、鹿の谷事件の首謀者成親の娘と結婚しておりましたね。ですから、彼は、平家を滅ぼそうとした人の娘たる妻を連れて、都落ちはできなかった。そう、まずは理解してください。実権は、父の弟の宗盛に握られていました。時子とは血のつながりがありません。一門の人たちからは、白い目で見られるわけです。重盛の一族は、小松家と言われたのだした。

維盛は美男子だったそうで、『建礼門院右京大夫集《うきょうのだいぶ》』という作品からも、人目を引いた容姿のさまが知られます。光源氏かとまで言われました。富士川の合戦では、総大将として派遣されながら逃げ帰ってしまい、現実の戦いに疎いさまが作中に描かれています。実際に戦場には何度か派遣されておりますが、戦果をあげえたかどうか、分かりません。彼の最期、ご存じの方が多いでしょうが、屋島から脱出して那智の沖で海に入り、自ら命を絶ってしまうのでした。物語は、都に残した妻子への思いに沈む姿を人々から怪しまれた結果の行動だったとし、身を投げる最後の時まで、つまり、極楽往生を願い煩悩を絶たねばならぬ時まで、さまざまに思い悩む姿を、連綿と語っていくことになります。仏教では、妻や子、親といった肉親に対する愛情を恩愛《おんあい》、あるいはオンナイと申しまして、煩悩の最たるものと位置づけますが、彼はまさに恩愛の人として描かれるのです。

承安五節絵［早稲田大学図書館蔵］（模本）

それでは、本文を読んでまいりましょう。

「小松三位中将《こまつのさんみちゆうじやう》維盛は、日比《ひごろ》よりおぼしめしまうけられたりけれども、さしあたっては悲しかりけり」——前々から今日の日が来ることを覚悟していたとはいえ、現実になってみると、なんとも悲しい。予想していても、その現実に直面すれば、どうしていいか分からない。これは人間の常の心理。「北の方と申すは、故中御門《なかのみかど》新大納言成親卿の御むすめ」、大そう美しい方でした。その二人の間には、六代御前という十歳になる男の子と、八歳になる女の子がおりました。この人々は「おくれじと」、出発する維盛に後れまい、一緒に都落ちをしようと、寄りすがってくる。

三位中将は、それを制して妻に言います。日ごろ申してきたように、自分は一門と一緒になって西国《さいごく》の方へ落ちていく。どこまでもお連れしたいのだけれど、道中でも敵が待つと聞くゆえ、無事に通ることも難しい。だから、あなたを置いていくより仕方がない。たとえ私が討たれたとお聞きになろうとも、「さまなんど変へ給ふ事は、ゆめゆめ有るべからず」——出家など決してしてはいけませんよ。「そのゆゑは、いかならん人にも見えて」、すなわち結婚して、どんな人とでもいいから再婚して、「身をもたすけ」自分自身の生活をも何とかできるようにし、幼い者たちをも育ててほしい。あなたは美しいから、情けをかける人がどうしていないはずがあろうか、愛情を注いでくれる人がいるに違いない。そう言って、さまざまに慰める。

北の方にとっては、耐えられない言葉でありました。再婚しろなんて、とんでもない話です。愛する人が、どうしてこんなことを……。返事のできるはずがありません。涙を流しつづける。時間が迫り、いよいよ維盛が立ちあがろうとした時、その袖にすがって訴える。「都には父もなし、母もなし」——お父さんは暗殺されていました。母もすでに亡くなっているという。あなたに捨てられたのち、「誰にかは見ゆべきに」——誰とも結婚するはずはないのに、「いかならん人にも見えよなんど承はるこそ、うらめしけれ」。どんな人とでも再婚しろと、あなたの口から聞くのが恨めしい。前世からの契りがありましたから、「人こそ」つまりあなたこそ、愛してくださいましたけれど、また誰も誰もが私に愛情をかけてくれることなんて、あるでしょうか。ありえません。

あなたは今まで、どんなふうに約束してこられたか。どこまでも行動を共にし、同じ野原の露とも消え、同じ海の底のくずにもなろうと契ってきたのに、そうおっしゃるなら、「さ夜の寝覚《ねざめ》のむつごとは、みな偽りになりにけり」——仲良く交わしたあの言葉は、みんな、うそになってしまったんですね。——せめて私ひとりの身だったら、どういたしましょう。あなたに捨てられた我が身のつたなさ、いたらなさ、それを思い知って、自覚して、寂しいけれども都に残りましょう。でも、ふたりの間には幼い子供たちがいるんです。その幼い子供たちを一体だれに「見ゆづり」、世話をまかせ、どうせよとお思いなのですか。「うらめしうも、とどめ給ふものかな」と、「且《かつう》はうらみ、且《かつう》はしたひ」なさる――、一方では恨み言をいい、一方では連れていってとせがむ。恨み言を言うのは、愛しているからこそでした。

中将は、また言います。確かにあなたが十三歳、私が十五歳の時から知り合い、「火のなか、水の底へもともに入り、ともに沈み」、死の別れ路に臨んでも、「おくれ先だたじと」言葉にしてきた。あなたのおっしゃるとおり。この時、維盛は二十五歳であったかと思います。夫婦生活十年、仲良く過ごしてきたのです。――しかし、このようなひどい状況下で、戦場へ向かいますから、あなたをお連れし、将来も見通せぬ旅をして、「憂き目を見せ奉らんも、うたてかるべし」、つらい思いをさせるのも心苦しい。維盛の考えは、妻につらい思いをさせたくない、その一点にある。私だって連れて行きたい、が、苦しむのは私だけでいい。相手を愛しているがゆえに、断腸の思いで説得しているのです。――その上、今はその準備もない。だから、どこか落ち着く所ができたならば、そこから迎えの人を差し向けよう、そう言い、意を決して立ちあがる。

寝殿造りの建物では、長い廊下の中ほどに門が

あり、そこに出入り口が設けられていましたが、彼はそこに出て鎧を着、馬を引き寄せさせ乗ろうといたします。すると、ふたりの子が走り出て、「我も参らん、われもゆかん」と泣いてすがりつく。それが「憂き世のきづな」と思われて、どうしてよいのかも分からぬ風情であったという。

ここで、建物の絵を見ていただきましょう。『年中行事絵巻』という、原本は後白河院時代に作られたものの一部です。「東ノ中門」というのがありますね。奥の方が東の対屋《たいのや》、日常生活する空間で、そこから廊下がのびてきて、扉が開いています。そこが出入り口で、通常、御簾《みす》が掛けられています。維盛はそこまで出てきたわけです。右の方には、総門がございます。牛車は総門の外に並べてありますが、門から中に入ることができ、簀子《すのこ》の縁に寄せると車に直接乗ることができました。ではまた、本文《ほんもん》の方へ。

闘鶏（『日本絵巻大成・年中行事絵巻』中央公論社刊）

旅立ちに手間取っている兄を心配して、弟たちが現れます。資盛《すけもり》・清経《きよつね》・有盛《ありもり》・忠房《ただふさ》・師盛《もろもり》の五人、馬に乗りながら総門より入り、天皇様の御一行ははるか先に行ったと思われますのに、どうして今までと、声をかける。馬に乗って出てきた維盛は、黙って縁のそばまで引き返し、馬上から弓の先端で御簾をざっとかきあげると、そこにいたのはふたりの子と北の方。「これ、御覧ぜよおのおの」、幼い者たちが余りに私を慕うので、あれこれなだめすかしているうちに、「存の外の遅参《ちさん》」と言い切らぬうちに涙を流す。こらえてきた感情が、一気にふきだしたのでした。弟たちも、その胸中を察し、もらい泣きをする。

その場には斎藤五、斎藤六という、十九歳と十七歳の兄弟がおり、維盛の供をしたいと申し出ますが、彼はそれも断る。この兄弟、斎藤別当実盛《さねもり》の息子でした。実盛はご存じでしょうか、七十歳を越えていながら北陸の戦いに臨み、白髪を黒髪に染めて、最後の一働きをして死んでいった男。お能でも世阿弥の作品にありますね。維盛はふたりに言う、実盛が北国へ下る時、考えがあると言ってお前たちを都に残したのは、今日のことを予測していたからだろう、私は六代を残していくから、その世話を見てほしい、というわけです。そこで兄弟は、涙ながらに留まる。

北の方は、「年ごろ日ごろ、これほど情《なさけ》なかりける人とこそ、かねても思はざりしか」——あなたがこんな冷淡な人だなんて、今まで考えてもみなかった、結局、あなたは偽善者、私をだましてきた、そう言って身もだえして泣く。もちろん、維盛が冷酷な人間であったのではありません。むしろ愛しているからこその決断、妻もそれが分かっていたに違いありません。が、別れることには耐えられない。だから、相手を非難し訴える。子供たちも、御簾《みす》の外まで転び出て泣き叫びました。その声々は耳の底に残り、これから行く西海《さいかい》の波の上に吹く風の音を聞くように、維盛には思われたことであろう、という。後ろ髪を引かれるような別れでありました。そして平家一門は、先ほどの記録にもあったとおり、すべての屋敷に火を放って、焼き払い、都を落ちていったのでした。

その後、この妻子は、斉藤兄弟に守られ、嵯峨の広沢の池のあたりに隠れ住んでいたのですが、平氏滅亡後、発見され、六代は殺されかねなかったものの、いったん許されます。しかし、後年、処刑され、そのことにより、平家の子孫は絶え果てたと語られていくことになります。

仏教で説く人間界の苦悩の一つに、愛別離苦《べつり》というのがあります。愛し合っている者同士が別れざるを得ない苦悩です。維盛夫婦は、相思相愛の仲、それが引き裂かれるのですから、まさに愛別離苦が主題の話です。戦いは、こうした苦悩を必ず人々にもたらすもの。物語は、現実にあったであろう数々の引き裂かれた愛の悲劇を、維盛夫婦の場合に託して語っていると言えます。

その一つが、資料⑤としてあげた、建礼門院右京大夫《うきょうのだいぶ》と資盛の場合です。資盛は、ここにも登場してきた維盛の弟、右京大夫は建礼門院徳子に仕えた女房、ふたりは正式に結婚していたわけではありませんが、互いに愛し合っていました。『建礼門院右京大夫集』は歌集ですが、詞書《ことばがき》が長く、資盛との思い出が縷々《るる》つづられています。その中に、都落ちに際し、資盛が言い残していった言葉を書いた箇所があります。紹介してある文面がそれです。

──こういう世の騒動になったからには、私が死ぬことは間違いない。そうなったら、わずかばかりでも哀れんでもらえますか。たとえどうとも思わないにしても、このように慣れ親しんで年月を重ねてきたせめてもの情けに、あの世で救われるよう必ず祈って欲しい。また、たとえ命がまだあったとしても、わが心を昔と同じものとは思うまいと固く決めている。なぜなら、物事をいとしくも、名残惜しくも思い、誰それのことなど思い立てば、際限もなくなろうから。そうなった場合、この心弱さもどうなるか、自分でも分からぬゆえ、すべてを思い捨てて、人のもとへ手紙など一切どこからも送るまいと決意した身、いいかげんで便りもしないなどとは思うな。あらゆる面で、今、昔とは一変したわが身と思うに至っているのに、どうかすると、もとの心に戻ってしまいそうなのが、なんとも口惜しい。——

　ゆらぐ資盛の心が、手にとるように伝わってきますね。さまざまな悲しい別れがあったのです。近い将来に訪れるであろう我が死、それを見すえながら、今まで生きてきた自分とどう決別し、交流のあった人々にどう別れを告げるか、それが問われている。その問いは、死を前にした人間に等しく投げかけられるものでありながら、維盛や資盛にとって、死までの時間がなお不確定であ

【資料⑤】建礼門院右京大夫集・資盛の遺言

　かかる世の騒ぎになりぬれば、はかなき数にならむ事は疑ひなきことなり。さらば、さすがに露ばかりのあはれはかけてんや。たとひなにとも思はずとも、かやうに聞こえなれても年月といふばかりになりぬる情けに、道の光も必ず思ひやれ。又、もし命たとひ今しばしなどありとも、すべて今は心を昔の身とは思はじと思ひしたためてなんある。そのゆゑは、物をあはれとも、何のなごり、その人のことなど思ひたちなば、思ふ限りも及ぶまじ。心弱さもいかなるべしとも身ながら覚えねば、何事も思ひすてて、人のもとへさてもなど言ひて文やることなども、いづくの浦よりもせじと思ひとりたる身と、思ひとりたるを、なほざりにて聞こえぬなど、なおぼしそ。よろづただ今より身をかへたる身と思ひなりぬるを、なほともすれば、もとの心になりぬべきなん、いと口惜しき。

るがゆえに、ゆらぐ心を抑えられなかったに違いないと、そう思われてきたりします。なお、この歌集の記述から、維盛が熊野沖の海に身を投げた事実が分かるのです。

　ここで、新大納言局と呼ばれた維盛北の方に関する歴史資料に目を転じていただきましょう。⑥の(ア)は、『たまきはる』という作品、「建春門院中納言日記」とも言われます。建春門院は、時子の妹の滋子、高倉天皇の母でしたね。彼女に仕えていた女房、藤原定家の姉の書いた日記が、この作品です。引用本文は、新大納言局についての紹介文。そこに、「成親の大納言別当と言ひし女《むすめ》。この京極殿の腹なり」と書いてありますが、京極殿というのは作者の姉、したがって維盛北の方は作者の姪《めい》に当たります。⑦の人物関係図を見て、人脈を確認してください。定家のもう一人の姉も、成親と結婚していました。

『たまきはる』の文面、「十二三にて召されて、二三年」建春門院に仕え、女院の御座所近くの局《つぼね》をあてがわれ、大切に扱われていた、とありますね。このころに維盛と出会ったとすれば、物語にあったとおり、十二、三歳で知り合ったことになります。

　北の方の心に衝撃を与えたのは、再婚を勧める夫の言葉でしたが、実は彼女、後日、再婚していました。相手は、頼朝から

【資料⑥】維盛北の方、新大納言局

(ア)…たまきはる

　成親の大納言別当と言ひし女《むすめ》。この京極殿の腹なり。十二三にて召されて、二三年ぞさぶらはれし。御所近き局《つぼね》給はりて、限りなくもてなさせ給ひき。

(イ)…吉田経房建立《こんりゅう》の浄蓮華院落慶供養《らっけいくよう》参列者

　正治元年(一一九九)十二月二十四日……皇太后宮大夫(成経、女房兄也)……持明院三位(基宗、女房内々所縁《しょえん》有るか)

(ウ)…経房の土地処分状

近江国湯次《ゆすき》庄……此の所当の中、百石、女房に沙汰し与ふべきの由、契状、先に了んぬ。

伊勢国和田庄……此の中、名田《みやうでん》三町に於いては年来、女房知行す。少分の事たりと雖も、相違有るべからず。

の信頼が厚かった吉田経房。先に参照しました『吉記』の筆者でもあります。『尊卑分脈』や『三《さん》長記《ちょうき》』といった日記でもそれは確かめられますが、（イ）を見てください。彼が浄蓮華院《じょうれんげいん》というお寺を建立した時の落慶《らっけい》法要の記録の一部です。この記録の書き手は、参列者の名前を記しながら、「女房」の関係者が多いことに興味をひかれたのか、注記を加えています。その代表格が、皇太后宮大夫成経《なりつね》に対する「女房兄也」。成経は、鬼界が島へ流されたあの成経、成親の息子です。その妹となれば、維盛北の方。それから、持明院《じみょういん》三位基宗《もとむね》に「女房内々所縁《しょえん》有るか」ともありますが、再び関係図を見てください。彼女の腹違いの姉妹に成子がいて、その夫が基宗、これで注記の示唆するところもお分かりいただけるかと思います。

【資料⑦】人物関係図

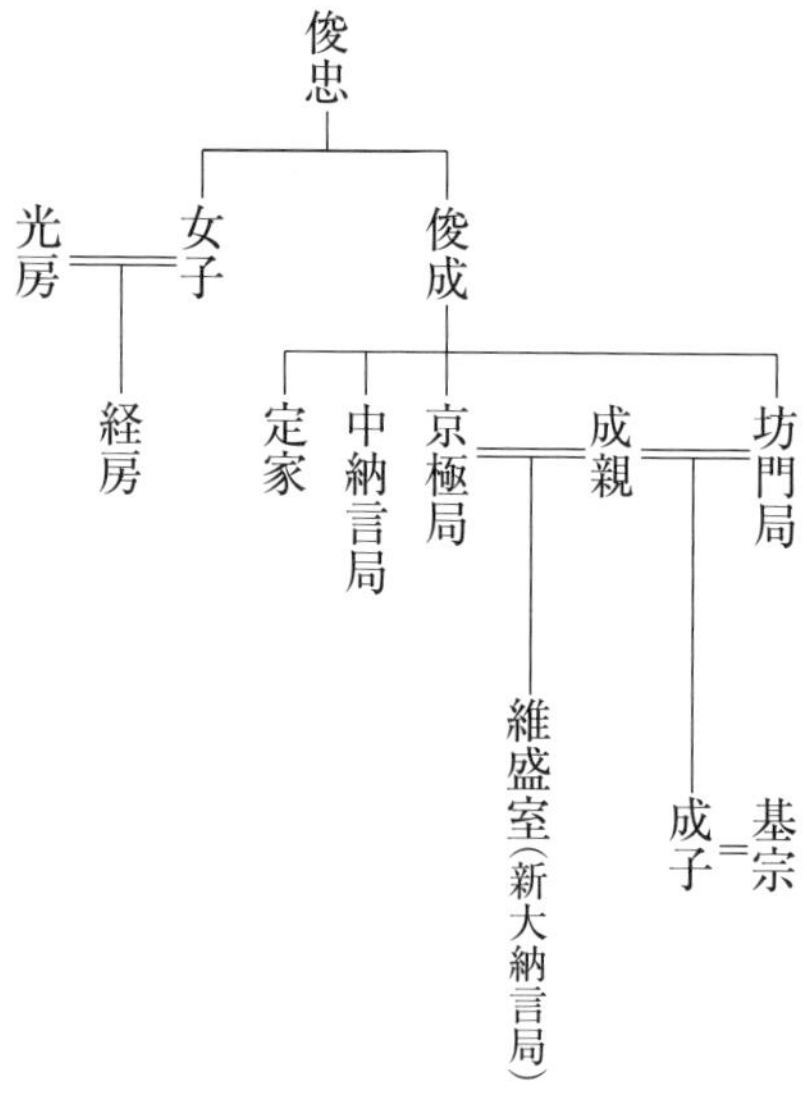

『たまきはる』によりますと、吉田経房は建春門院のところにしばしば訪れていますから、ふたりは若い時から知っていた可能性がありますし、関係図から分かりますように、母方を通じて親戚でもありました。必然的な流れがあって、妻として迎えられたのでしょう。

お寺は、落慶法要をしたことはしたものの、実際には未完成でした。経房はこの時、病にふせっていたのではないかと思われ、二か月後に亡くなってしまいます。未完成にもかかわらず、落慶法要を営んだのは、自分の死期を覚悟したからではと推測されますし、また、再婚した女房の関係者をいっぱい呼んでいるところをみると、彼女のことを思ったからであったかも知れません。

亡くなる直前にしたためられたのが、(ウ)の土地処分状。彼女のために、それなりの生活保障をしてやったことが見えてきます。近江国湯次《ゆすき》庄に関しては、百石のお米を、毎年、女房のもとに届けさせる約束ができていると書き残し、伊勢国和田庄のうちの名田《みょうでん》三町は、従来、女房に知行させてきたから、今後とも「相違有るべからず」と命じています。やさしい配慮が、うかがえるでしょう。

彼女の晩年は、意外と安穏だったのでは、と思われてきたりしますね。しかし、若くして愛し合い、戦争の犠牲となって自ら命を絶った夫、容姿端麗であったその面影が忘れられたかどうか。しかも、忘れ形見の六代の死すら耳にしたことでしょう(付録年表参照)。現実にどんな思いを抱いて生きていたか……。それはそれとして、『平家物語』作者は、再婚の事実をたくみに踏まえ、維盛にそれを勧める言葉を吐かせ、北の方が涙ながらに激しく抗議するという名場面を創ったのでした。

もっとも、私たちの読んでいる覚一《かくいち》本などでは、夫の死を知った彼女は出家したことになっており、後世、事実は忘れ去られていったのでしょう。とはいえ、愛するゆえに、相手からは恨みを買う言葉を口にし、愛するゆえに、相手をなじり非難する――物語の表現は現実に根を持ちつつ、ふたりの狂おしい心の葛藤を描きこみ、愛別離苦の苦悩を伝える一話として、みごとに磨きあげられています。

3　恩情――宗盛の性格

次に、「聖主臨幸《せいしゆりんかう》」という章段の短い一節を取り上げてみましょう。「聖主」は天皇のことで、焼き払われた六波羅や西八条の平家邸宅が、しばしば行幸《ぎょうこう》の対象であったことを惜しむ文面で始められている章段です。その後半、招集されて都にのぼっていた東国武士たちの処遇が問題とされるお話に移ります。それを読みます。

彼らは治承四年七月、つまりちょうど三年前から、「大番《おほばん》のために上洛《しやうらく》」していた東国武士たちでした。大番は、大内裏を警備する仕事で、地方の武士を都に呼び寄せて、その任に当たらせたのです。江戸時代の参勤交代につながっていく制度と言えるんでしょうね。当時は、平家がそれを差配していたと言われております。彼らの名前は、畠山庄司重能《しげよし》・小山田《おやまだ》別当有重《ありしげ》、これは兄弟。それから、宇都宮左衛門朝綱《ともつな》。この三人が都落ちの時点まで都に留められていたのでした。東国にいるその一族は、すでに頼朝の配下に入っているわけですから、切られても仕方がない立場でした。

処刑に決定されようとした時、新中納言知盛が申してる、「御運《ごうん》だに尽きさせ給ひなば、これら百人、千人が頸《くび》をきらせ給ひたりとも、世をとらせ給はん事、難《かた》かるべし」――我々の仰ぐ帝の御運さえ尽きてしまえば、こういった連中を百人、千人切ったところで、天下を握ることなどできはしない。ましてやこの連中が死んでしまったら、故郷の妻子や家僕《かぼく》らがどれほど嘆き悲しむか、それを思えば哀れだ。助けてやったらいい。もし不思議に我々の運命が開けて、また都へ立ち帰るようなことになるならば、めったにない恩情を与えたことになって、この連中はきっと平家のために尽くしてくれるに違いない。だから、本国へ帰すのがいい、そういうふうに言ったのでした。冷静な判断と申せましょうか、運命は人知の及ばぬもの、人の命をどれほど奪おうと、無関係。むだな殺生をせず、それよりは人に悲しみを与えるな、と言う。

兄の宗盛は、この意見がもっともと、弟の言葉に応じて許すことにする。彼らは頭《こうべ》を地につけて落涙《らくるい》し、とうに切られて当然だったのに、今まで命を助けられてきたからには、どこまでもお供を、と申し出ますが、宗盛はさらに、「汝らが魂は、みな東国にこそあるらんに」——お前たちの本心は、家族のいる故郷にあるに決まっているのに、「ぬけがらばかり」連れて行くわけにはいかぬ、「急ぎ下れ」とうながしたのでした。知盛とは五歳違いの兄ですが、ここでは弟の意見に従う姿が描かれている、とはいえ、その言葉は、いかにも宗盛らしいものとなっています。

宗盛の性格には、あの仲綱の馬を奪い取ったような、目先のことしか見えぬ愚かしさの反面、人にやさしい側面が描きこまれています。都落ちを決意した理由で、妹の徳子に対し、あなたにつらい思いをさせたくはないからだと語っていたのもそうですし、かつては、幽閉されていた後白河院と高倉院との親子の対面を果たさせてやり、その幽閉を解くよう父にとりなしもし、以仁王の遺児については、命乞《ご》いをして出家への道を開いてやったとあります。そしてここでも、身内のことを気にかけているであろう武士たちの心を推し量り、すぐ田舎へ帰れと言う。いわば家族の情に、彼は敏感なんですね。やがて宗盛は、壇の浦で我が息子を思うあまり、死にきれなかったとものがたられますが、そこに、このやさしさは通じている……。

知盛も、彼らの命を助けてやるよう提言するのですから、やさしい。でも、兄のそれとは、どうも違う。彼の場合は、人力を尽くしても最後はいかんともしがたい運命のあり方を考えつつ、もしかして、という将来への望みを託して命を助けてやろうとする。知盛の方が物事を冷静に見る目を持っているらしい、そんな感じがする表現となっています。ふたりの差を一言で言えば、感情的であるのと、理性的であるのと、ということになるでしょうか。この差は、今後も描かれ続けていきます。

【資料⑧】吾妻鏡・元暦二年（一一八五）七月七日条

しかるに朝綱あながちに申し請けて云はく、平家に属し在京の時、義兵を挙げ給ふ事を聞き参向せんと欲するの刻《きざみ》、前内府（宗盛）免《ゆる》さず。ここに貞能、朝綱ならびに重能・有重等を申し宥《なだ》むるの間、各《おのおの》身を全うして御方に参り、怨敵を攻め畢《をは》んぬ。これただに私の芳志を思ふのみにあらず、上においてまた功ある者か。

ところで、『吾妻鏡』によりますと、東国武士三人が身を全うすることができたのは、宗盛や知盛の配慮ではなく、平貞能《さだよし》という郎等のとりなしがあったからだとなっています。貞能は、壇の浦の合戦以前に一門から離れて出家し、三人のひとり、宇都宮朝綱を頼って東国に落ちてきていました。朝綱は頼朝に申し出て、その身柄を預かることを許して欲しいと求めますが、許可が下りない。そこで彼は、かつて自分と重能・有重が貞能のおかげで助かったのだと、その時の事情を説明したので、頼朝は納得し許してやった、とあります。⑧の資料です。『吾妻鏡』は、後代の編纂物で全面的には信用できませんでしたが、この場合は事実に近い気がします。『平家物語』は、知盛と宗盛の言動を通して、ふたりの性格の違いをそれとなくにおわせながら、東国武士たちがその恩義に感動し、涙と共にどこまでも同道をと願い出るという、美しい物語に仕立てあげたのでしょう。

4　高次なるものへの志向――歌を愛した忠度

戦争は勝つために行うもの、どちらかが負ける。負けることとの想定内に、自らの死を織り込んでおかなければならない、いや、勝ったところで命が保障されるものでもない、それが戦争でした。そんな戦争の勝敗にこだわり続けるのは、多くの場合、一部の権力保持者で、自分の配下にある集団を守ると称しつつ、わが地位の拡大に生きがいを感じているタイプの人たちではないでしょうか。むしろ一般の人は、日常の中で何らかの楽しみを感じて生きている方が幸せなはず。その楽しみの価値を、あらためて問い直させられることになるのも、戦争という非日常的状況が派生した中においてです。勝敗の世界に埋没させられてしまいそうな己れの存在に気づいた時、一つの貴重な選択をした男がいた、それが歌を愛した薩摩守忠度《ただのり》でした。そのお話、「忠度都落」を読んでまいりましょう。彼は、清盛の弟、時に四十歳でありました。

忠度は、どこから帰ってこられたのでありましょうか、「侍《さぶらひ》五騎、童《わらは》一人、わが身とともに七騎取って返し、五条の三位俊成卿《さんみしゆんぜいのきやう》の宿所《しゆくしよ》におはして見給へば」、と始まっています。途中から引き返してきたということは、忘れていた何かに気づいたことを意味しているでしょう。行く先は五条京極にあった歌の師匠、藤原俊成の屋敷。東西に走る五条大路が、都の東の端を南北に走る京極大路に突き当ですね、六波羅の屋敷群が燃え盛っていた……。混乱に乗じてどういう事態が起こるか分からない、ですから、「門戸《もんこ》をとぢて開かず」です。

　彼は馬上から「忠度」と名乗る。今までなら、それで門が開けられたはずでした。しかし、門内は、「落人《おちうと》帰りきたり」と言って騒ぐばかり。そこではっと気づく、昨日までと違う自分を。ただ馬上から名乗ればことがすんだのは過去、今は落人《おちうど》。それを自覚した彼は、即座に「馬よりおり、みづからたからかに」、人の口を介することなく自身で、説明を試みようとする。特別のことではございません、三位殿俊成様に申しあげるべきことがあって、忠度が帰ってきたのでございます。門を開かれなくてもけっこう、「このきはまで、立ちよらせ給へ」と言う。忠度の性格を知っていた俊成、ありそうなことと思い、「さる事あるらん。その人ならば苦しかるまじ。入れ申せ」と命じ、門を開けて対面する。

　俊成の目に映った忠度の姿は、「何となふ哀れ」でありました。忠度が口を開きます。「年来《としごろ》申し承って後」、この「申し承る」というのは、深く交際する、親交を結ぶという意味、――長年、歌を通じて親しくおつき合いいただき、決していい加減ではなく、大切な方とお思い申し上げてきたのですけれども、この二、三年の間、都の騒動も、地方の混乱も、全部わが平家一門に関わることでしたので、ないがしろに思っていたわけではないにもかかわらず、いつも参上することがなくなっておりました。そう言って、彼はまず、ここのところの非礼をわびる。

次に切り出したのは、「君、既に都を出でさせ給ひぬ。一門の運命、はや尽き候ひぬ」という短い二つの句を連ねた、それゆえに重く動かしがたい響きのある現状の報告。その言葉の向こうには、自らの死が予想されている。すべてを見すえた心境から、最後の願望が語りだされる。「撰集《せんじふ》のあるべき由、承り候ひしかば」——「撰集」は、勅撰《ちょくせん》和歌集を編纂することで、この年の三月、つまり四か月前に、後白河院から編纂の命が俊成に下りていました。そのことを私も聞いておりましたので、「生涯の面目《めんぼく》に、一首なりとも」、あなたのお力で入れていただきたいと思っていたのに、世はたちまち騒乱状態となって編纂作業が途絶してしまい、「ただ、一身の嘆きと存ずる候《ざうら》ふ」——それが、我が身にとっては最大の嘆き、ということは、滅びるであろう一門の運命よりも、ということ。戦いの勝敗は、彼の中ですでに相対化されているのです。

「世しづまり候ひなば」、再び撰集の御《おん》沙汰がございましょう、——世が鎮まるとは、平家の滅びを意味することに他なりません。自分の死と引きかえに、勅撰集の編纂作業が再開される、そう見通しているわけであります。そして、歌を書いた巻物《まきもの》ひとつを取り出す。「これに候ふ巻物のうちに、さりぬべきもの候はば、一首なりとも御恩を蒙《かうぶ》って」選んでいただき、わが霊魂がうれしいと感ずるならば、「遠き御《おん》まもり」、すなわちあの世からあなたを守って差し上げる存在ともなりましょう、と言う。その巻物は、常日ごろ読みためていた歌の中から、自分でいいと思った百余首を書き集めた巻物、数時間前、「今はとて」我が家を出る時に懐に入れたものでした。死を覚悟するなかで、最後までこだわり続けたのは日常の糧《かて》となっていた自分の歌、決して戦いの行方でもなく、同族への思いでもなかったのです。

その巻物を、「鎧のひきあはせ」――前回説明いたしましたが、鎧は右脇《わき》で前後を綴《と》じ合わせる構造になっていて、そこを引き合わせと言い、少々隙間がある、そこから巻物を取り出し、俊成に渡します。開けて見た俊成、「かかる忘れがたみ」をちょうだいいたしましたからには、「ゆめゆめ疎略《そらく》を存ずまじう候ふ。御《おん》疑ひあるべからず」――決しておろそかに扱うつもりはございません、ご安心ください。それにつけても、このような時にお帰りになられたとは、「情けもすぐれてふかう、哀れもことに思ひ知られて」、歌に対する思いの深さも分かり、お気持ちが察せられて、「感涙《かんるい》おさへがたう候へ」と、応ずる。俊成とて、どう言葉を返してよいか、とまどったはず。言うべきことは、ご安心をという一言のみ。

しかし、それを聞けたことが忠度にとっては無上の喜び、「今は西海《さいかい》の浪の底にしづまば沈め、山野にかばねをさらさばさらせ。憂き世に思ひおく事候はず」――すでに自分は死ぬ定め、海で死のうと、野山で死のうと、かまいはせぬ、この世に思い置くことは何一つない。「さらばいとま申して」と短く言い、「馬にうち乗り、甲《かぶと》の緒《を》をしめ」、西をさして馬をあゆませる。「甲の緒をしめ」の一句が、戦場に赴く悲壮な決意を伝えています。その有り無しは、表現効果を左右するほど大きい。

俊成が忠度の後ろ姿をはるかに見送り立っておりますと、忠度の声らしく、漢詩を朗詠する声が聞こえてきます。「前途《せんど》、程《ほど》遠し、思ひを雁山《がんさん》の夕《ゆふべ》の雲に馳《は》す」――。これは、中国から来た使節が本国に帰る時、別れを惜しんで日本人が作った漢詩です。外国使節の泊まる鴻臚館《こうろかん》という宿舎がございましで、そこで餞別《せんべつ》の会を催した際の作品。鴻臚館は、京都は無論、博多や大宰府、難波《なにわ》にもありました。さて、詩の内容ですが、あなたの帰る道のりははるかに遠い、お国にあるとお聞きした雁山、その山にかかる夕べの雲の美しさに私は想像をめぐらしてみる、そこまでが俊成の耳に入ったところ。実はそのあとに、「後会期《こうくわいご》、はるかなり」という一節が続いているのです。再び会える機会はずっと先、いつかも分からない。忠度の胸中に去来していた思いは、これだったのです。俊成にもそれは伝わり、ますます名残惜しく思われて、目頭を押さえつつ屋敷に姿を消したという。再会を期しがたい別れをうたった詩として、広く知られていました。

やがて戦乱がおさまったのち、一一八八年でありますが、『千載和歌集』が編纂されます。ふたりの別れから五年後のこと。俊成は、かつての忠度の様子や言葉を今さらのように思い出し、心動かされましたので、巻物の中にすばらしい歌は幾つもあったんですけれども、「勅勘《ちよくかん》の人」、天子からお咎《とが》めを受けた人という制約上、名前を公にすることができず、故郷の花という題の歌一首を、「詠人知《よみびと》らず」として採用したのでした。「さざなみや志賀の都はあれにしを　むかしながらの山ざくらかな」——さざ波が打ち寄せる志賀の都、栄えた昔は跡かたもなく、昔どおりなのは咲き続けている山桜のみ——。「ながら」という言葉に、琵琶湖の西にある長良山《ながら》という山の名を掛けておりますが、全体に素直な歌です。名前が伏せられたのは、「朝敵となりにし上は」致し方ないとはいえ、「うらめしかりし事」でありましたと、最後は結ばれます。

『千載集』では、ほかにも詠み人知らずとして、歌の採られている平家歌人がいます。資料⑨「勅撰和歌集と平家歌人」を見てください。『千載集』では、清盛の父の忠盛以外は、経正《つねまさ》も行盛《ゆきもり》も経盛《つねもり》も名前が伏せられたままです。まだいるかも知れませんが、今日判明しているのは、忠度を含めた四人。忠盛は保元の乱の前に死んでおり、勅勘の人ではないわけですから、そのまま名前が載っているというしだいです。一二〇五年の『新古今和歌集』の場合は、忠盛の歌のみで、詠み人知らず歌の中に平家歌人のものはないようです。その代り、頼朝の歌が二首入っています。勅撰和歌集といっても、結局、時代と無関係ではありえません。

そして興味深いのは、一二三五年完成の『新勅撰和歌集』になると、平家歌人の名前が復活してくることです。資盛・経盛・経正・忠度・行盛、いずれも堂々と実名を伴って、歌が採用されています。逆にこの時、憂き目を見たのは、承久の乱で流された三上皇、後鳥羽院・土御門院・順徳院でした。『新勅撰集』は、俊成の子の定家個人の撰になる歌集ですが、当初、三上皇の歌も含まれていたにもかかわらず、摂関家から注文がつき、結局は削除されてしまいました。平家の歌人については音沙汰なし。時代が確実に変わっていたのです。『平家物語』の誕生したのは、まさにこの時代と考えられましたね。延慶本は、帝三代が過ぎたから、もはや構うまいと定家は考え、行盛から託されていた歌を選び入れたと記しています。当時の時代的雰囲気の投影された文面と言えるでしょう。

その行盛の歌、『新勅撰集』の詞書《ことばがき》には、「寿永二年、おほかたの世しづかならず侍《はべ》りしころ、よみ

【資料⑨】勅撰和歌集と平家歌人
千載集（一一八八）……忠盛以外、詠み人しらずとして、忠度・経正（二首）・行盛・経盛
新古今集（一二〇五）……忠盛のみ。（頼朝二首）
新勅撰集（一二三五）……資盛・経盛・経正・忠度・行盛

おきて侍りける歌を、定家がもとにつかはすとて、つつみ紙に書きつけて侍りし」とあります。彼もまた、都落ち当日ではなかったにしても、切迫する状況の中で、自らの歌を後世に残そうとしたひとりでした。年齢はおそらく二十代、定家とほぼ同年代、父は重盛と母を同じくする基盛《もともり》でしたが、平治の乱の三年後に亡くなっておりました。

　最近、戦死した画学生の遺作が話題になっていますね。行盛や忠度の歌も、戦争の犠牲にさえならなければという思いと共に、戦いの記憶が残る後世の人々に迎えられたのでしょう。こうした話を通じて、戦争の無残さが伝えられているのです。

5　我にもあらぬ姿——経正の都落ち

承安五節絵［早稲田大学図書館蔵］（模本）

　忠度は清盛の末弟でしたが、彼と等しく『千載集』にも『新勅撰集』にも歌の採られていた経正は、清盛の六歳下の弟経盛《つねもり》の子です。歌だけではなく、琵琶も得意としておりました。ご存じの敦《あつ》盛《もり》の兄に当たる、その経正の都落ちの話に移りましょう。

　経正は、幼少の時、仁和寺の御室《おむろ》の御所に童《わらわ》として仕えていたと紹介されていますね。仁和寺は、天皇のお子さんが出家して入るお寺。本来、その方の住む部屋を「御室《おむろ》」と言っていたのですが、ご本人や、お寺全体を言うようになりました。当時の御室は、後白河院の第二皇子守覚法親王《しゅかくほっしんのう》。彼に仕えていたことがあったというわけです。旅立ちの慌《あわ》ただしい最中、経正は旧主に別れを告げねばならぬことを、「きっと思ひ出でて」、部下五六騎を従え、仁和寺へと馳せ参ずる。「きっと」は、急にとか、とっさにの意。忘れかねなかった大切なことを、すんでのところで思い出したのでした。

「門前にて馬よりおり」、先ほど、忠度は馬に乗ったまま名乗っておりましたが、経正がたずねた方は法親王、馬から下り、丁重に申し入れる。「一門、運尽きて、けふ既に帝都を罷《まか》り出で候ふ。うき世に思ひのこす事とては、ただ君の御名《おん》残ばかりなり」――。彼もまた、いずれ我が身を襲う死を予測しております。すでにこの世に執着する思いはないとはいえ、ただあなた様との別れのみが名残惜しい、と言う。それもそのはず、八歳の時から参上し、十三歳で元服するまで、病気のとき以外は、ほんのちょっとの間もおそばを離れたことがなかったのに、今日を境に、はるか西海の波の果てへと旅立ち、いつの日に帰り来られるかも考えられない、のですから。

経正が仁和寺にやってきたのは、最後のお別れの言葉を伝え、できることならもう一度お会いしたいという目的があったため。しかし、実際にお目通りを願い出るのには躊躇《ちゅうちょ》がありました。自分の姿はふだんと違うもの――「既に甲冑《かっちゅう》をよろひ、弓箭《きゅうせん》を帯し、あらぬさまなるよそほひ」になっておりますからにはと、遠慮がちに申し上げる。痛いほどその気持ちが分かった御室は、「ただその姿を改めずして」と、うながす。戦いとは縁遠いお寺で少年時代を過ごし、琵琶や歌を愛する青年です。今、鎧を身につけ、弓矢を持つ、すなわち殺人の道具を帯びていることの違和感。それが、自分にふさわしい姿と思えるはずはありません。自分自身では認めたくない姿です。「あらぬさま」とは、思いもよらぬとか、望みもしない、とんでもないといった語感を含む語、その一言が、彼の本心をすべて言い表しています。

そうした思いを抱いた者は、何も経正ひとりではなかったでありましょう。資料⑩は、『平家公達《きんだち》草紙』という作品の、ちょっとした一節です。成立は鎌倉中期かとされていますが、はっきりしません。作品名の通り、平家の公達たちの逸話を集めたものです。その中に、都落ちする重衡《しげひら》が、鎧姿で式子《しょくし》内親王の御所に最後のご挨拶にうかがった話があります。重衡は、東大寺の大仏を焼いたんでしたね。式子内親王は歌人として有名ですが、以仁王と、先ほどから登場している守覚法親王の、実の姉に当たります。

紹介文、「この姿のうとましさ、さるは限りのたび、憂き面影をしも留めんことと、思ひやすらひながら、猶《なほ》、いとま申さまほしくて」とあります。鎧を着ている己れの姿を、「この姿のうとましさ」と言い切っているところに、自己嫌悪の気持ちが現れています。

とはいえ、今度がお会いできる最後の時、あなた様の目に私の姿を「憂き面影」のまま留めてしまうのはどうかと躊躇しましたが、それでもなお、きちんとお暇乞《いとまご》いを申し上げたくて、そ

【資料⑩】平家公達草紙・重衡の述懐
この姿のうとましさ、さるは限りのたび、憂き面影をしも留めんことと、思ひやすらひながら、猶、いとま申さまほしくて

れで参上いたしましたと続きます。今の自分は、本来の自分ではないとする鬱積《うっせき》した情念、それが経正に通じている。考えてみれば、どれほどの人が、合戦を我がことと喜んで戦場に向かったでしょうか。それは一握りの人で、多くは経正や重衡と等しい思いを抱いていたのでは、と思われます。いつの時代の戦争もそう。物語の経正の姿は、個人を超え、時代を超えているのです。

「あらぬさまなるよそほひ」と自らを評しながらも、彼の出で立ちは、平家の公達にふさわしいきらびやかなものでした。また、物語本文にもどりましょう。経正が着ていたのは、まず「紫地《むらさきぢ》の錦《にしき》の直垂《ひたたれ》」――鎧直垂に錦を用いることができるのは、大将格の人物のみ。ぜいたく品です。「萌黄《もよぎ》の匂ひの鎧」――紫地の直垂の上の鎧は黄緑色、しかも「匂ひ」とありますから、袖や草摺《くさずり》の先端に行くにしたがって色が薄くなっているもの。腰から下げた「長覆輪《ながふくりん》の太刀」は、木を張り合わせて作った鞘《さや》と柄《つか》の合わせ目の部分全体を、長く金属で覆った太刀。背中の「きりうの矢」は、白い矢羽に何本かの黒褐色の線が入っているもの。「滋籐《しげどう》の弓」は、弓全体に籐を巻いたものでしたね。そして、脱いだ甲《かぶと》を「たかひも」にかける。「たかひも」とは、鎧の背面と前面とを肩の上でつなぐ紐《ひも》、それに甲の紐をからめ、背中にかつぐようにして、彼は庭にひざまずく。

そこへ姿を現した守覚法親王、「御簾《みす》たかくあげさせ」、「これへ、これへ」と板敷の間《ま》へ招き入れる。御簾を「たかく」上げさせたという表現に、相手を積極的に迎え入れようとする御室の温かい姿勢がよく示されています。対座した経正、部下に命じて赤地の錦の袋に入った琵琶を取り寄せ、御室の前に置く。それは、先年来、下し預かっていた青山《せいざん》という琵琶の名器。彼は言います。この琵琶、あまりに名残惜しゅうはございますけれども、これほどの名器、それを田舎の塵としてしまうのには心しのびない。ですから、お返しいたします。「もし不思議に運命ひらけて」——この言葉、知盛も言っておりましたね、再び運が上向きになるなんて考えられもしない不思議なこと、でも万が一にもそうなり、また都へたち帰ることになりましたならば、その時、あらためて下し預かりとうございます、そう、泣く泣く言ったのでした。

御室は心動かされ、一首の歌を書いて与える。「あかずしてわかるる君が名残をば　のちのかたみにつつみてぞおく」——「あかずしてわかるる君」とは、別れたくて別れるわけではないあなたの意。そのあなたへの名残惜しい気持ちを、のちのち思い出す形見として琵琶と共に包んで置きます、という歌です。経正の返歌は、「くれ竹のかけひの水はかはれども　なほすみあかぬ宮のうちかな」——竹の筧《かけい》を流れる水は次々と変わっていきますけれど、なおいつまでも清く澄んでいて、ここは住み飽きることのない御所の内です、というもの。取り返せない過去、その過去に引かれる思いを胸に、彼は仁和寺をあとにします。

かつて起居を共にした人々が名残を惜しむ。その中に、昔、師匠格であったひとりの僧が、桂川のほとりまで送ってくれたのですが、別れ際に歌を詠む。「あはれなり老木わか木も山ざくら　おくれさきだち花はのこらじ」——「老木《おいき》」は年老いた自分、「わか木」は経正のこと、しょせん、どちらも同じこと、早いか遅いかの違いのみで、山桜の花は散って残ることがない。無常を歌ったものでした。経正の返し、「旅ごろも夜な夜な袖をかたしきて　思えばわれは遠く行きなん」——「かたしく」

は自分の衣の片袖を敷いて独り寝をすること。これからのことを想像してみれば、旅で汚れた衣のまま、夜毎さびしく独り寝をして、私はあてもなく遠い所へ行くことになるのだな、という、先の見えない旅立ちへの感慨を込めた歌です。

別れはすべて終わりました。「さて巻いて持たせられたる赤旗、ざっとさしあげたり」――経正のきっとした表情が思い浮かぶ簡潔な表現。その赤旗を見て、そこここに控えて待っていた侍《さぶらい》ども、「あはや」、さあとばかり「馳せあつまり、その勢百騎ばかり、鞭《むち》をあげ、駒をはやめて、程なく」、天皇の一行に追いついたのでした。涙の多い場面から、緊張感の一気にふくらむ場面へ、文体もみごとに切り替えられて、この一話は閉じられます。

経正が青山の琵琶を返上して都落ちした事実は、守覚法親王が書き残してくれておりました。資料⑪の『左記《さき》』という書物です。見ていただきますと、経正が童として仕えていたのは、先代の「故御所」、鳥羽院の第五皇子覚性《かくしょう》法親王だったと分かります。青山も、その故御所から下し預かっていたものでした。それを守覚に返上して、彼は都を去っていったのです。守覚は、経正の父の経盛や忠度などとも歌による交流があり、彼らは仁和寺で開いた毎月の歌会の常連だったようですね。寺には歌会のときに使ったその懐紙《かいし》が残っておりましたが、それを漉《す》き直させて写経用の紙にしたとあります。

【資料⑪】 左記（守覚法親王著）

凡そ今度滅亡せし平家一族の中、旧交浅からざる輩少々侍り。経正但馬守は、故御所（覚性）の御時、祇候の童也。手に四弦《しげん》を操り、心に六義《りくぎ》を学ぶ。然る間、青山を紅顔に下し預く。理髪の後、多歳の程、彼の御琵琶、身を離さず。……然りと雖も、寿永の秋、俄《にはか》に禁中の雲上を辞し、外境の月前に赴かんと欲す。時に経正、青山を持参し返上畢《をは》んぬ。亦、経盛・忠度等、和歌会の衆として、毎月企参の好士也。彼等の旧作の懐紙、皆以って仁性律師に仰せて経の料紙と為す者也。

亡くなった彼らの冥福を祈るためでした。守覚法親王の心には、なぜあの人たちが、という思いが、いつまでも残っていたのではないでしょうか。

物語作者がはたして、経正の旧主を守覚ではないと知っていたかどうか、分かりません。ただ、ふたりをかつての主従とすることで、別れを、つらく悲しいものとして隅々まで描くことに成功していることは確かです。

6 暗雲の旅立ち——都に残った頼盛一族

物語はさまざまな別れを語ったのち、都を出て行く平家一門の姿を追います。「一門都落」の章段です。この時点で、また都残留を選んだ男が出ました。清盛の異腹の弟、忠盛の五男、池の大納言頼《より》盛《もり》、通称、池殿です。母親は忠盛の晩年を支えた池禅尼《いけのぜんに》。平治の乱で、頼朝の命を救ってやった話で知られています。彼はその頼朝の庇護を期待して、残留を決意したといいます。

頼盛が引き返したのは、鴨川と桂川とが合流し、船着場ともなっていた鳥羽離宮の南門まで来た時のことだったという。「忘れたる事あり」と言って、袖につけた平家の赤印《あかじるし》の布を切り捨て、三百余騎の手勢と共に取って返す。これを見た平家の侍《さぶらい》、宗盛の前に馳せ参じ、「あれ御覧候へ」、池殿が帰ります、それに多くの侍がつき従っているのは許しがたい、池殿までは恐れ多いにしても、侍連中に矢を射かけましょう、と言うと、宗盛、長年の恩を忘れて、最後までつき合わぬ不届《ふとど》き者、「さなくともありなん」と答えたので、致し方なく思いとどまった、とあります。

その宗盛、「さて、小松殿の君達《きんだち》はいかに」と問いかける。維盛たちの姿がなかったのです。「いまだ御一所も」、おひとりもお見えではございませんという返事。それを聞いた知盛、涙をはらはらと流し、都を出てまだ一日も過ぎていないのに、早くも人の心が変わっていく情けなさ。まして、将来とてもそうなるに違いないと思ったから、「都のうちで、いかにもならんと申しつるものを」と言って、兄宗盛の方を「うらめしげに」見る——ここにきて、兄弟の差が明確にうちだされていますね。知盛は都落ちに反対、首都決戦にこそ活路を見出せるかもしれないと考えていた代表格だったと分かってきます。それを、宗盛が抑え込んでの都落ち決定だったと分かる。彼は離反する味方すら制御できない、やさしすぎる性格でありました。

文面は、頼盛が都に残ることにした理由を語っていきます。「兵衛佐《ひやうゑのすけ》」とあるのが頼朝で、彼が常に頼盛に特別な配慮を見せ、あなたのことを「故池殿」、池禅尼様の身代わりと思っていると手紙をよこしたり、源氏の武士に池殿の侍には弓引くなと命じたりしていたので、頼盛は、今となっては兵衛佐に助けられる運命なんだろう、そう思って都落ちをしなかったというのです。

頼盛が身を寄せた先は、八条女院の別荘、仁和寺の近くの常葉殿《ときわどの》だったと記されていますね。なぜかというと、彼は「女院《にようゐん》の御めのとご、宰相殿と申す女房に」連れ添っていたからだと説明されています。頼盛の妻は、正しくはその宰相殿の娘で大納言局と称された女性、八条院の乳母子であったことは間違いありません。あの俊寛の姉妹に当たります。そこで、彼は、女院を頼ってその御所に赴いたというわけです。八条院は、鳥羽院の皇女で大変な財産家、もしかしたら以仁王を背後で支えていたかもしれない人物でした。

女院は、万が一の時には助けて欲しいという頼盛の懇願に、「世の世にてあらばこそ」、しかし今はどうかしらと、「たのもしげもなう」答えたという。頼朝ばかりは自分にやさしくしてくれるが、ほかの源氏たちはどうであろうか、なまじっか一門と離れてしまい、「波にも磯にもつかぬ心ちぞせられける」と、最後は不安な心境が語られています。彼は、後日、頼朝の支援で大納言に返り咲き、荘園も全部返却されますが、一門が滅んだ二か月後に東大寺で出家、翌年には世を去ります。

頼盛が離れた平家集団に、維盛たち小松兄弟六人が、千騎ばかりで追いつく。離脱した軍勢の三倍以上、宗盛は待ち受け、「うれしげにて」、「いかにや、今まで」と声を掛ける。維盛が、幼い者たちがあまりに私を慕いますので、あれこれなだめすかして「遅参《ちさん》仕《つかまつ》り候ひぬ」と言うと、宗盛、どうして気丈にも、「六代どの」、ご子息をお連れしなかったのか、と問う。維盛は、「行すゑとてたのもしうも候はず」、将来とて希望が持てませぬのでと答えて、「とふにつらさ」、人から問われるとかえってつらさが増してきて、落涙したという。

ここでは、家族を思う維盛が描かれていると同時に、宗盛が、どうしてご子息を、と、問いかけている点を見落としてはならないでしょう。先に申しましたように、身内の情に敏感なのが宗盛でありました。愛する我が息子、自分なら当然連れてくるのになぜ、という疑問が、彼の中にはあったのでした。維盛が連れて来れなかった理由は、一門の中で自分たち夫婦が白眼視されるに違いないと考えたから。でも、それを口にするわけにもいかず、宗盛にはそこまで人の心が読めるはずもない、物語はそう語っているように見えます。

区切りがいいようですので、ここで中断し、生き残った頼盛一族についてお話してみようと思います。まず資料⑫をご覧ください。「延慶本の頼盛」です。今読んだ頼盛は、小心者として描かれていましたね。延慶本の頼盛は、どうもそうではない。そこから問題にしてみましょう。引用文は、残留を決意した理由を彼が息子や郎等に語っている部分と、彼に対座した時の女院の言葉です。

最初に「行幸には遅れぬ」とありますね。覚一本のように、鳥羽まで一門と行動を共にし、そこから急に引き返したというのではありません。自分の心境を、「中空《なかぞら》になる心地」、どっちつかずで中途半端な気がすると言い、今度はどうしてか「物憂き」、気が進まない、だから都へ帰ると告げる。しかも、武士たる身はうらやましくもないもの、だから「故入道にも随《したが》ふ様にて随はざりき」――兄の清盛入道にも従うようにして従わなかった、と語る。さらに「返す返すも、人は世に有ればとて驕《おご》るまじかりける事かな」と兄を批判し、「入道の末、今ばかりにこそあむなれ。いかにもいかにも、はかばかしかるまじ」と、清盛の子孫は今はいいにしても、将来はどうしたって良くはないだろうと予

【資料⑫】延慶本の頼盛

「行幸には遅れぬ、敵《かたき》は後ろに有り。中空《なかぞら》になる心地のするは。いかに殿原《とのばら》、此の度はなどやらむ物憂きぞとよ。只、是より京へ帰らむと思ふ也。すべて弓矢取る身のうらやましくも無きぞ。されば故入道にも随《したが》ふ様にて随はざりき。……返す返すも、人は世に有ればとて驕《おご》るまじかりける事かな。入道の末、今ばかりにこそあむなれ。いかにもいかにも、はかばかしかるまじ。……」――（八条女院の言）「……かしこくぞ故入道と一つ心にておはせざりつる。今は人目もよし。平家のなごりとて、世におはしなむず。」

想する。頼盛は卑怯《ひきょう》で別行動をとったのではなく、それ相応の理由があり、清盛とは違う物の見方を持っていたから、そうしたのだと言っているわけです。

事実、清盛と頼盛とは仲がよくありませんでした。例の一一七九年のクーデターの際には、ふたりが一戦を交えるというううわさがたち、清盛は弟の官職を奪ってしまっております。十四、五歳も違う腹違いの兄弟、対立があっても不思議ではありません。

八条女院の彼に対する言葉も、好意的です。「かしこくぞ故入道と一つ心にておはせざりつる」——うまい具合に、あなたは清盛と一心同体ではなかった、「今は人目もよし。平家のなごりとて、世におはしなむず」——今は他人の目もよくなってきたから、平家の生き残りとして、世間で認められることになるでしょう。でも、これはちょっとおかしいですね。今、都落ちを思いとどまったばかりの相手に、「今は人目もよし」なんて言う。実はこの言葉、おそらく、のちのちの頼盛一族の繁栄が投影した結果なんだろうと、私は考えています。あとで見ますように、彼の血を引く天皇が即位する時代にやがて移っていき、そこで『平家物語』は誕生してくるのですから。

次に、⑬の『愚管抄』を見てみましょう。頼盛は、当日、首都防衛のために山科《やましな》の地にいて、彼のもとには都落ちの決定が通知されなかったようです。そこで、子息の為盛《ためもり》を派遣して問わせたところ、宗盛は「返事をだにもえせず、心もうせて見え」たという報告を受け、あとを追って都を落ちたものの、「心の内は、止まらんと思ひけり」と書いてありますね。ですから、一行に遅れていたとあった延慶本の記述の方が、実態を反映していたことになります。

それから、資盛のことも出てますね。彼は後白河院の覚えがよかったので、都に残ろうとし、鳥羽からふたりして立ち帰ったとありますが、あとで触れます当時の日記の記述とは異なりますので、これは当てになりません。で、両人は、比叡山にいる後白河院におうかがいを立てたところ、頼盛には八条院へという指示があり、資盛には何の返事もなかったのでそのまま落ちたという。「八条院のおちの宰相」の「おち」は御乳で乳母のこと、彼女は「寛雅法印が妻」で頼盛の「しうとめ」ということですから、その娘と彼は結ばれていたことになるわけで、寛雅は俊寛の父でもあり、先にお話したとおりの関係です。

　さて、この一族ののちのちの繁栄について。資料⑭皇室の平氏人脈図を見てください。頼盛の娘と藤原基家《もといえ》との間にできた北白河院が後堀河天皇の母と分かりますね。後堀河は、承久の乱後、幕府の意向で即位することになった天皇。父の守貞《もりさだ》親王は、後鳥羽院の兄でありながら、五歳で安徳天皇と共に都落ちさせられ、乱後は帰京して基家邸に寄寓する身でした。そこが、乳母すなわち頼盛の娘の嫁ぎ先だったからです。彼のもう一人の乳母が知盛の妻の四条局で、壇の浦からは、彼女が連れ帰ったことにな

【資料 ⑬】愚管抄・巻五

その中に頼盛が山科《やましな》にあるにもつげざりけり。かくと聞きてまづ子の兵衛佐為盛《ためもり》を使ひにして鳥羽に追ひつきて、「いかに」と云ひければ、返事をだにもえせず、心もうせて見えければ、馳せかへりてその由云ひければ、やがて追様《おひざま》に落ちければ、心の内は止まらんと思ひけり。またこの中に三位中將資盛《すけもり》は、そのころ院のおぼえしてさかりに候ひければ、御氣色《みけしき》うかがはんと思ひけり。この二人、鳥羽より打ちかへり法住寺殿に入り居ければ、また京中、地をかへしてありけるが、山へ二人ながら事の由を申したりければ、頼盛には、「さ聞《き》こし食《め》しつ。日比《ひごろ》よりさ思《おぼ》し食《め》しき。忍びて八條院の辺に候へ」と御返事承りにけり。もとより八條院のおちの宰相と云ふ寛雅《くわんが》法印が妻はしうとめなれば、女院の御うしろみにて候ひければ、さて止まりにけり。資盛は申しいるる者もなくて、御返事をだに聞かざりければ、また落ちてあいぐしてけり。

【資料⑭】
皇室の平氏人脈図

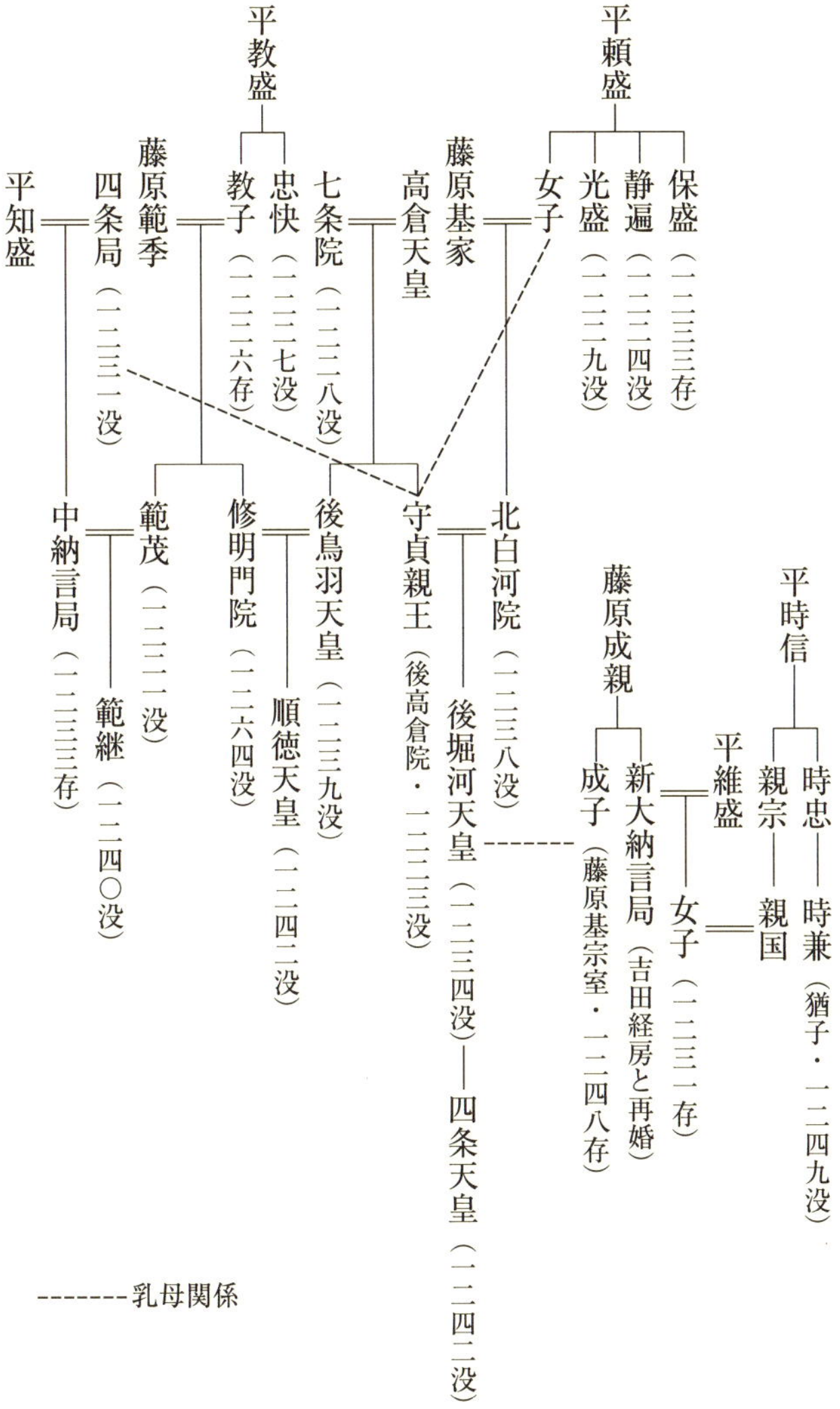
平頼盛
保盛（一二三三存）
静遍（一二二四没）
光盛（一二二九没）
女子
藤原基家
高倉天皇
七条院（一二二八没）
平教盛
忠快（一二二七没）
教子（一二二六存）
藤原範季
四条局（一二三一没）
平知盛
北白河院（一二三八没）
守貞親王（後高倉院・一二二三没）
後鳥羽天皇（一二三九没）
修明門院（一二六四没）
範茂（一二二一没）
中納言局（一二三三存）
後堀河天皇（一二三四没）
四条天皇（一二四二没）
順徳天皇（一二四二没）
範継（一二四〇没）
平時信
時忠
時兼（猶子・一二四九没）
親宗
親国
平維盛
女子（一二三一存）
藤原成親
新大納言局（吉田経房と再婚）
成子（藤原基宗室・一二四八存）
-------乳母関係

ります。基家の息子の基宗《もとむね》と結婚したのが、あの藤原成親の娘の成子で、成長した守貞親王が北白河院との間にもうけた皇子、のちの後堀河帝の乳母になる、というふうに、事は進んでいきます。成子は、資料⑦の人物関係図にも出ておりましたね。そして、一二二一年、後堀河天皇が実現しますと、この人脈が一気に活気を帯びてくるのです。

知盛の未亡人は、藤原定家から「執権」に返り咲いたと評されておりますし、成子は「権女」と半ば揶揄《やゆ》されています（『明月記』）。北白河院邸は、摂関家をも圧倒する華やかさにつつまれていたようです。知盛の忘れ形見の中納言局は、承久の乱で母と同じように夫を亡くしますが、宮中での発言力は増しこそすれ、衰えはしませんでした。その夫は、平家の血を共有する教盛《のりもり》の孫で、姉が順徳帝の母修明門院《しゅめいもんいん》という関係にもありました。順徳帝の時代から、宮中に平家人脈はあったと考えられますが、後堀河時代に入り、いっそう強まったことは間違いありません。

維盛の娘が系図に見えますが、彼女は二度結婚して未亡人になったのち、おばの成子と同居していたりします。頼盛の子では、八条院の乳母子を母とする光盛《みつもり》の羽振りがよく、僧の静遍《じょうへん》も北白河院らの後押しで高野山の復興に力を発揮しています。物語にも登場する教盛の子の忠快《ちゅうかい》も、比叡山の最高位の一つに就きます。

図の人物名の下の（　）の中に、没年と生存が確認できる最終年とを入れてあります。承久の乱後に限っていますが、ずいぶん後世まで、いろんな人が生きていたことがお分かりいただけるかと思います。知盛の妻の場合、八十歳でした。図の中の平家一門のうち、平家滅亡時に三歳と四歳だったのが中納言局と修明門院、あとの人たちは、十代から三十代前半であったと考えられ、戦争の記憶をとどめている貴重な世代だったと言えるでしょう。前にもお話しましたように、『平家物語』はそうした人々の生きていた最後の時代に創られる。陰に陽に、なまの記憶が吸収されているはずでした。延慶本のテキストに頼盛への好意的記述がある理由は、これでお分かりいただけたかと思います。

少々ややこしい話になってしまいましたね。では、また物語本文にもどりましょう。

「落ち行く平家は誰々《たれたれ》ぞ」という語り出しから、名前がざっと挙げられていきます。宗盛・時忠以下、通盛《みちもり》までが公卿《くぎょう》、「殿上人には」とあって敦盛《あつもり》までがそれ、「僧には」の中に、今お話したばかりの忠快もいます。最後に、「都合《つがふ》その勢七千余騎」、「この二三ケ年が間、討ちもらされて、わづかに残るところなり」と、都落ちの総勢が示される。途中で時忠は石清水《いわしみず》八幡を遥拝《ようはい》し、安徳天皇を奉ずるわれわれを再び都へ、と祈る。石清水八幡は、源氏の氏神である以前に皇室を守る武神。祭神は応神天皇です。だから、時忠は祈ったのでした。

人々が後ろを振り返ると、煙が立ちのぼっている。自分たちが火を放ったあとの煙。教盛がそれを見て、歌を詠ずる。「はかなしなぬしは雲井《くもゐ》にわかるれば　跡はけぶりとたちのぼるかな」――何ともはかないことよ、国の主が皇居に別れを告げれば、跡は煙となって空に立ちのぼるだけ。そばにおりました兄の経盛も、一首、「ふるさとを焼け野の原にかへり見て　すゑもけぶりのなみぢをぞゆく」――故郷が焼け野原になる煙を後ろに見て、これからも先の見えぬ煙の中の波路を分けて行くことになる。ひとりは後ろを返り見て詠《うた》い、ひとりは先を見越して詠《うた》う。ともに見えてくるものは、「煙」。

なかなかたくみに、つがわされております。

教盛は、人脈図にありましたように、順徳天皇の母方のひいおじいさんに当たります。忠盛の四男で、当時五十六歳。三男の経盛は、六十歳でありました。異腹の兄弟で、役職上、教盛の方が常に先行しておりましたので、物語に登場する時は、必ず教盛・経盛という順になっております。

ところで、「はかなしな」の歌の作者、延慶本をはじめ多くのテキストが、忠度としています。当初は、忠度だったんじゃないでしょうか。彼は歌人として知られていたわけですし、経盛も先にありましたように『新勅撰集』に歌が採られるほどの人。対して、教盛の歌は伝わらない。ペアーにするのには、忠盛・経盛の方が順当だったはずです。では、どうして教盛・経盛のペアーに改作してしまったのか。そこにはそれなりの意図があったように、私には思われます。

このふたりは、後日、同じ悲しみを共有する立場になっていきます。一の谷で息子たちを共に亡くすのです。経盛の場合は、先ほど出てまいりました経正、その弟の経俊、それから、よくご存じの敦盛の三人。教盛の場合は、嫡男の通盛《みちもり》と末の子の業盛《なりもり》。それに、通盛の妻の小宰相《こざいしょう》。彼女は夫のあとを追って、瀬戸内海に身を投じました。壇の浦では、この年老いた兄弟、ともに手をたずさえて海に入ったと語られます。それは、悲しみの心を分かち合える者同士が死を共にしたことを、暗示的に伝えるものとなっています。ここでも、やがて同じ不幸に見舞われるふたりを、意図的にセットにしたのだろうと思うのです。

ふたりの歌に共通するのは「煙」でしたが、物語は地の文でも、故郷の「煙塵《あんじん》」と前途の「雲路《うんろ》」

とを対比的に取り上げ、「人々の心のうち、おしはかられて哀れなり」と結びます。人、それぞれがそれぞれの思いを抱いて、都を落ちていく。維盛は維盛の、忠度は忠度の、経正は経正の、個人個人の感懐がありました。そして宗盛と知盛は、一門を思う気持ちは同じながら別の考えを胸に持つ。彼らの心は、ただ推し量る以外になく、さぞつらかったろうと忖度《そんたく》するのみ。

実際に生きていたその人の気持ちを、他人はどれだけ分かるものなのでしょうか。しょせん、限界があります。現実に勝る教材はありません。実在した人間を取り上げる軍記物語の作者たちは、その限界をはじめから知っていたはずです。そこが、虚構世界に生きる作り物語の作者たちと違うところです。かつて、『平家物語』は人間の心理を描かないから『源氏物語』に劣る、といった評価が聞かれたものです。しかし、最初から描けないと知り、描くつもりもなかったとしたらどうでしょう。「心のうち、おしはかられて哀れなり」は、そうした限界を知ったところから、自然に生まれてきた表現のように思われます。

この言葉は、いろんな文脈で使われますが、それゆえに、一つとして同じニュアンスのものはないと言えます。男の場合、女の場合等々、そのケースによって、色合いが違ってきます。ここでは「人々」でした。それぞれがどんな思いであったか、個々別々に推し量ってみる……、それが求められているようです。当人の心の内をどう想像するかは、読み手にゆだねられています。この言葉、あらゆる色を内に秘めた珠玉の言葉であるように、私には見えるのです。

さて、この章段の最後に登場させられるのが平家股肱《ここう》の臣、肥後守貞能《さだよし》。『吾妻鏡』に、宇都宮朝綱が在京中に恩義を受け、それに報いるべく頼朝の許しを得て身柄を預かったと記されていた人物です。彼は、淀川の河口に源氏がいると聞いて五百余騎で発向したものの、誤報だったため引き返してくる、その途中で、都落ちの一行に出会います。驚いて馬より飛び下り、宗盛の前にひざまずいて言う。「是《これ》は抑《そもそも》いづちへ」、西国へ下れば落人と見られ、そここにて討たれ、憂き名を流す羽目になるのが口惜しい、そうなるに決まっているから、「ただ都のうちでこそ、いかにもならせ給はめ」と進言する。知盛と同じ考えでありました。

それに対して、宗盛は答える。お前は知らないのか、木曾の五万余騎の大軍がすでに比叡山のふもと東坂本《ひがしさかもと》に満ちあふれているという。法皇も夜半より行方知れず。お前たちだけなら、どうにでもしようが、「女院・二位殿に目のあたり憂き目を見せまゐらせんも心ぐるしければ」、天皇にもお旅立ちいただき、一族の人々をもお連れして、「一まどもや」と考えたのだ、と言う。彼が「憂き目」を見せたくないと考えた対象は、妹の徳子であり、母の二位殿でした。女性たちに優しい宗盛の言動が、再び繰り返されます。「一まどもや」という言葉は、その場しのぎの都落ちで、将来の見通しが何らないことをものがたっていますが、そうした物言いが、今日、最初に読んだ「主上都落」の章段中でも同じだったことを思い出してください。

貞能は、それならば自分はお暇《いとま》をちょうだいし、都で何とでも致しましょうと言って、五百余騎の勢は小松殿、維盛たちに従わせ、三十騎ばかりで都へ引き返す。貞能の帰京に「大きにおそれさわがれ」たのが頼盛、自分を討つために帰ってきたと思ったのです。しかしながら貞能は、西八条の平家邸の焼け跡に大幕を引かせ、一晩をそこで過ごす。平家の君達がひとりでも帰ってくれたらと期待した行為でしたが、それも空しく終わり、心細さがつのる。

彼は、今は亡き重盛を尊敬しておりました。そこで、お墓が戦場となって荒らされるのを恐れ、遺骨を掘り出させ、そのお骨《こつ》に向かって、泣く泣く語りかける。ああなんという情けなさ、ご一門のありさまをご覧ください。「生《しやう》あるものは必ず滅す、楽しみ尽きて悲しみ来る」とは、昔から書きならわしてきた言葉ながら、眼前にこれほどいやなことを見たことはない。あなた様はこうなる事を前もってお悟りになっていて、神仏に祈って早く世をお去りになったんですね。またとない、尊いことでございます。——重盛は熊野の神に、父の悪行をやめさせるか、自分の命を縮めるか、いずれかの選択をと祈り、その結果として亡くなったと語られていました。自分としてもその時、あの世までのお供をすべきだったのに、しょうもない命を生きながらえて、今はこんなつらい目にあいました。死にます折には、必ず同じ仏土にお招きを、と、訴えたのでした。

その後、お骨を高野山に送りまして、「主《しう》とうしろあはせに東国へ」と落ち、宇都宮に身を寄せることになったというわけです。高野山は、ご存じのように、たくさんの人のお墓があります霊山。遺骨を送る習慣が、古くからありました。

ここで、資料①②にもどって見ていただきましょう。①の『玉葉』の末尾に、落ち武者の貞能が帰京して一矢《いっし》を報いるつもりらしいとあります。②の『吉記』では、資盛を中心とした小松兄弟と貞能が、八百余騎で引き返し、源氏と対決するらしいとか、降参するらしいとかの風聞が流れたものの、翌朝、妻子等を迎えとって落ちていった、とあります。資盛については『愚管抄』も、いったん帰京と伝えていましたから、彼らが宗盛たちとは別行動をとろうとしたのは、確かなのでしょう。現実は物語と違い、分裂や軋轢《あつれき》をさまざまに含み、よりシビアなものだったに相違ありません。で、貞能は、『玉葉』の後日記事によりますと、実は一門と共に九州に入り、そこからも排斥された段階で出家、所在不明となり、やがて宇都宮に、というのが事実のようです。

後世、彼の息子がおもしろい事件を起こしています。頼朝が死んだ二か月後、伊勢神宮の末社の小《こ》朝熊《あさま》社のご神体である鏡が盗まれ、三十一年後の一二三〇年に自分がしたと自首した僧がいました。それが、父と共に宇都宮に一時寄寓し、東大寺の大仏再建聖《ひじり》で有名な重源《ちょうげん》の弟子となっていた定阿弥《じょうあみ》陀仏《だぶつ》、俗名貞長《さだなが》という彼の息子でした。自ら申し述べたところによれば、かつて心中に宿願があり、夢想の告げがあってご神体を盗みある所に隠したが、鏡が再び世に現れてよい時期を迎えたので、名乗り出たというのです。なぜその時期かといえば、「明王」が現れたからで、「我君」がまさにそうだと言う。「我君」はすなわち、平氏の血を引く後堀河天皇……。

後堀河天皇の時代は、社会的安定期を迎えておりました。承久の乱後、それまで頻繁に起こっていた武力による騒乱事件が、不思議なほど途絶えます（付録年表参照）。いろんな勢力が、分相応の住み分けをするようになったからでしょうが、そうしたことが天皇の人徳によると考えられた時代でした。定阿弥陀仏の自首を、朝廷は喜んで迎え入れたことでしょう。鏡は伏見の稲荷山から掘り出され、小朝熊社に返納されましたが、彼の罪は、伊勢神宮の度重なる要請にもかかわらず、長い間、不問に付されておりました。朝廷が庇護したのです。先ほどお話した宮廷内における平氏人脈復活の効用が、彼にも及んだのでしょう。このような社会的雰囲気の延長のなかで、『平家物語』は生まれてくるのですね。

7　記憶すべき日——寿永二年七月二十五日の記憶

都落ち全体を締めくくる「福原落」の章段を読んで、今日のおしまいと致しましょう。朝、都を出た平家一門は、その夜、思い出深い福原で一夜を過ごします。時は七月、当時は秋の初め、空にかかるはずの月は「しもの弓はり」と書いてございますが、それは二十五日の月で、左下が弧を描く細い月、夜遅くなって出てくる月です。「深更空夜《しんかうくうや》、閑《しづか》にして」——「空夜」は空に月がないことで、夜が深まってもまだ空は星のみ、静寂があたりをつつんでいる。一族が別荘を営み、一度は都にした土地とはいえ、明日旅立たねばならぬ仮の宿、人々はとめどなく流れる涙を抑えかね、声もなくただ悲しみにふける。

夜が明けてまいります。「福原の内裏に火をかけて、主上《しゆしやう》をはじめ奉りて、人々みな御《おん》舟に召す」——六波羅・西八条のみならず、福原も焼き上げる。つい昨日、都を立ったばかり。名残惜しくないはずはありません。福原では、清盛が千人のお坊さんによる法華経読誦《どくじゆ》の法会《ほうえ》、千僧供養《せんぞうくよう》をたびたびやり、後白河さんも参加しておりました。中国からの使者も接待しました。港が整備され、船の往来に便利になったのも彼の功績。その地をあとに、船を出す。「海人《あま》のたく藻《も》の夕煙《ゆふけぶり》、尾上《をのへ》の鹿の暁のこゑ、渚《なぎさ》々《なぎさ》によする浪の音」——一日が経ってしまったようです。海岸線に目をやると、夕闇迫るなか、海人が塩を取るための藻を焼いている。また、夜明けには、山の峰から鹿の声が聞こえてくる。「尾上《をのへ》の鹿」といえば、しばしば歌に詠まれる高砂《たかさご》の地と決まっていいます。明け方に、その沖を通ったという想定なのでしょう。福原からは四十キロほど。海岸沿いに進んでおりますから、渚に寄せる波の音も耳に入ってくる。再び夜となり、涙でぬれた袖には月が光を宿し、草むらに集まって鳴く「蟋蟀《しつそつ》のきりぎりす」——コオロギの声も聞こえてきます。漢語の「蟋蟀」は、日本の「きりぎりす」すなわちコオロギに当たりますので、こうした言い方がされました。「すべて目に見え、耳にふるる事、一つとして哀れをもよほし、心をいたましめずといふ事なし」。ここまでに名をあげてあったものは、目と耳に訴えるもの、何から何まで人々の心の琴線に触れぬものはなかったというのです。

彼らの心は陸地の方角に引き寄せられ、目に見え、耳に聞こえてくるものに、こだわり続ける。それは、捨てきれぬ過去に結びつくものでした。陸地は、かつて十万余騎の大軍で進軍したところ、「昨日は東関《とうくわん》の麓《ふもと》にくつばみを並べて十万余騎、今日は西海《さいかい》の浪に纜《ともづな》をといて七千余人」——今昔の違いを明瞭に示す一句です。これを境に、海の彼方《かなた》、船の進む先に広がっている光景に筆を反転させる。「雲海、沈々《ちんちん》として、青天《せいでん》、既に暮れなんとす」——雲が深く垂れ込めて、先ほどまでは晴れていた空が、今は暮れようとしている。夕霧が下りて視界をさえぎり、見えるのは一つの島影のみ。細い月が海上の空に浮かぶ。「極浦《きょくほ》の浪をわけ、塩にひかれて行く舟は、半天《はんでん》の雲にさかのぼる」――はるか沖合いの波を分け、意思をなくしたかのごとく、ただ潮《しお》の流れのままに進む船は、中空《なかぞら》にある雲に吸い寄せられていくように見える。前途は暗い闇の中、人々の不安を象徴する表現です。

「日かずふれば、都は既に山川《さんせん》程を隔てて、雲居《くもゐ》のよそにぞなりにける」――ふるさとの都はすでに手の届かぬ彼方となった。「はるばる来ぬと思ふにも」――『伊勢物語』の有名な東下りにある歌「唐衣《からごろも》着つつなれにし妻しあれば　はるばる来ぬる旅をしぞ思ふ」を踏まえつつ、「ただ尽きせぬものは涙なり」と続ける。その東下りした在原業平《ありはらのなりひら》が、隅田《すみだ》川で名を都鳥《みやこどり》と教えられたのと同じ白い鳥が、波の上に群れている、「かれならん」、「名もむつましき都鳥にや」と思うと、さらに都への懐かしさがつのってきて、高まる思いを抑えがたい。

「寿永二年七月廿五日に平家都を落ちはてぬ」――結びの一句です。「日かずふれば」と前にあったのですから、とうに都を出た二十五日は過ぎております。しかし、平家一門の人たちにとって忘れられない日は、我が家に火を放ち、都をあとにしたその日以外であるはずはありません。のちのちまで、寿永二年七月二十五日は記憶され続けたでありましょう。簡潔に、その記憶すべき日を語って、平家都落ちの全体は閉じられるのです。深々とした余韻とともに。

第四章●戦いの現実——一の谷合戦の酷

本章で読む章段

巻九「三草勢揃《みくさせいぞろへ》」　二日路を一日《ひとひ》にうって
「一二之懸《かけ》」　一の谷、まっ先駆《か》けう
「二度之懸《かけ》」
　みづから手をおろさずは
「坂落《さかおとし》」　義経を手本にせよ
「越中前司《ゑっちゅうのせんじ》最期」　敵《かたき》を討つといふは
「忠度《ただのり》最期」
　味方ぞと言はば、言はせよかし
「重衡生捕《しげひらいけどり》」　さは契らざりしものを
「敦盛《あつもり》最期」　弓矢とる身ほど
「知章《ともあきら》最期」
　よう命は惜しいもので候ひけり
「落足《おちあし》」
　今度討たれ給へるむねとの人々
「小宰相身投《こざいしやうみなげ》」
　いくさはいつもの事なれば

今日は、源平の戦いの雌雄を決したと言ってもいい一の谷の合戦を読むことになります。

平家が都落ちをしたのは、寿永二年、一一八三年の七月二十五日でございました。木曾義仲がそのあと、都に入ってまいります。九州まで落ちた平家一門は、そこも追い出される。物語は九月としておりますが、『吉記』によれば十月二十日だったようであります。やがて四国の屋島に居を構え、反転攻勢に転ずる。岡山県内で二つの戦いがありました。まず閏十月には水島《みずしま》合戦、都から下ってきた木曾軍を破ります。続く十一月の室山《むろやま》合戦では、義仲や頼朝の叔父に当たる源行家《ゆきいえ》を相手に勝利を収めます。これにより、平家の勢いは復活していきました。

一方、木曾義仲は、都で大変な不人気、政治的判断力に劣り、武士たちに規律を守らせることもできなかったらしい。乱暴狼藉《ろうぜき》が横行し、後白河さんの目にもあまる状況でありました。義仲は、頼朝から叱責《しっせき》されたりしています。文覚《もんがく》はご存じでしょうか、頼朝に謀反をすすめた張本人と物語が語る神護寺《じんごじ》を再興したお坊さん、頼朝は彼を派遣して義仲をしかるんですね。しかし効果はない。後白河院は彼を都から追い出そうと画策し、最後は、院と義仲との合戦になってしまいます。十一月十九日のことでした。これを、法住寺合戦といいます。三十三間堂の道を挟んで向かい側に、法住寺というお寺があって、かつての後白河院御所の名残だというお話はしましたね、そこが合戦の舞台となったのです。勝敗はあっけなく、院側の大敗に終わります。

これを契機に、頼朝は義仲を討つべく、範頼《のりより》・義経の弟たちを都に送り込むわけです。頼朝と義仲とは、もともとうまくいくはずがなかったというのは、ご存じでしょうか。義仲の父親は、頼朝の一番上の兄義平《よしひら》に殺されていたのです。保元の乱が起こる前年、武蔵国、埼玉県でのことでした。時に義仲は二歳、以後、木曾の山中で育てられる。ふたりには、最初から猜疑《さいぎ》心やら敵愾《てきがい》心があったはずで、うまくいくはずはありません。範頼・義経軍は、年が明けた寿永三年正月二十日、都に入り、義仲追討に成功します。義仲の討たれたのは、琵琶湖畔の粟津《あわづ》という所。前年の七月に都に入ってから、わずか六か月の生涯に過ぎませんでした。

平家の方は、当時、屋島から福原へと勢力を挽回《ばんかい》しておりました。義仲も、一度は平家と手を握ろうとしております。福原と京は一日の距離、平家が都に帰ってくるという風評が飛び交い、『玉葉』にも、かなりの頻度でそれが記される状況になっていきます。一の谷は福原の西南西七キロほどのところ、そこが主戦場となった一の谷の合戦は、義仲追討から十六日後の二月七日のことでありました。

1　東国武士の功名心――開戦の端緒

「三草勢揃《みくさせいぞろへ》」という章段の冒頭、「正月廿九日、範頼・義経、院参して」と始まっております。ふたりは、平家追討のために発向するよしを後白河院に伝え、院からは三種の神器、鏡と勾玉と剣でしたね、それを無事取り返すようにとの命が下りる。関東からのぼってきた軍勢は、ほとんど身体を休めることなく、次の戦場へと向かうことになります。太陰暦の小の月は二十九日、大の月は三十日でしたね。この正月は小の月でした。

物語は、都の情勢を語った後、福原にいる平家の人々のようすに筆を転じます。「同じき二月四日」と日付がありますが、それは清盛の命日、仏事が執り行われました。日々の戦いで月日のたつのを忘れているうちに、年がかわり、清盛の亡くなった春を迎えていたのでした。「世の世にてあらましかば」——以前の通りの世であったなら、りっぱな仏事も執り行ったであろうのに、「ただ男女《なんにょ》の君達《きんだち》さしつどひて、泣くより外の事」はなかったという。このついでに、昇進人事が行われ、教盛に中納言から大納言になるようにと、宗盛から指示がありましたが、「夢のうちにも夢を見る」ようなことという歌で教盛は返事をし、とうとうなりませんでした。実際には勢いを盛り返していた平家ですから、もっと明るい雰囲気があったに違いないと思うのですが、物語はあくまでも前途の暗い、涙の絶えぬ彼らの姿を映します。敗北が約束された集団として。

福原の状況を語ったのち、再び筆を追討軍の方に移す。意図的に交互に筆を運んでいるわけです。源氏軍は、四日は清盛の命日に配慮して攻撃せず、五日は攻める方角の西が悪い、天一神《なかがみ》とか大将軍《たいしょうぐん》といった神様のいる方角で、いわゆる方塞《かたふた》がり。「六日は道忌日《だうきにち》」とありますが、これは旅立ちを忌む日。結局、「七日の卯刻《うのこく》」午前六時に矢合わせ、と定められたのでした。追討軍が都を立ったのは四日、「大手《おおて》」正面攻撃部隊と、「搦手《からめて》」側面攻撃部隊とに分かれての出発。

大手は兄の範頼、「相伴ふ人々」、武田以下、名前が列挙されたのち、「都合《つがふ》その勢五万余騎」と記されております。朝八時に都を出て南下、夕方五時ころ、摂津国昆陽野《つのくにこやの》、兵庫県伊丹市の西に広がっていた原野に着く。搦手は九郎義経、「同じく伴ふ人々」、「都合その勢一万余騎」。都の西の出口、丹

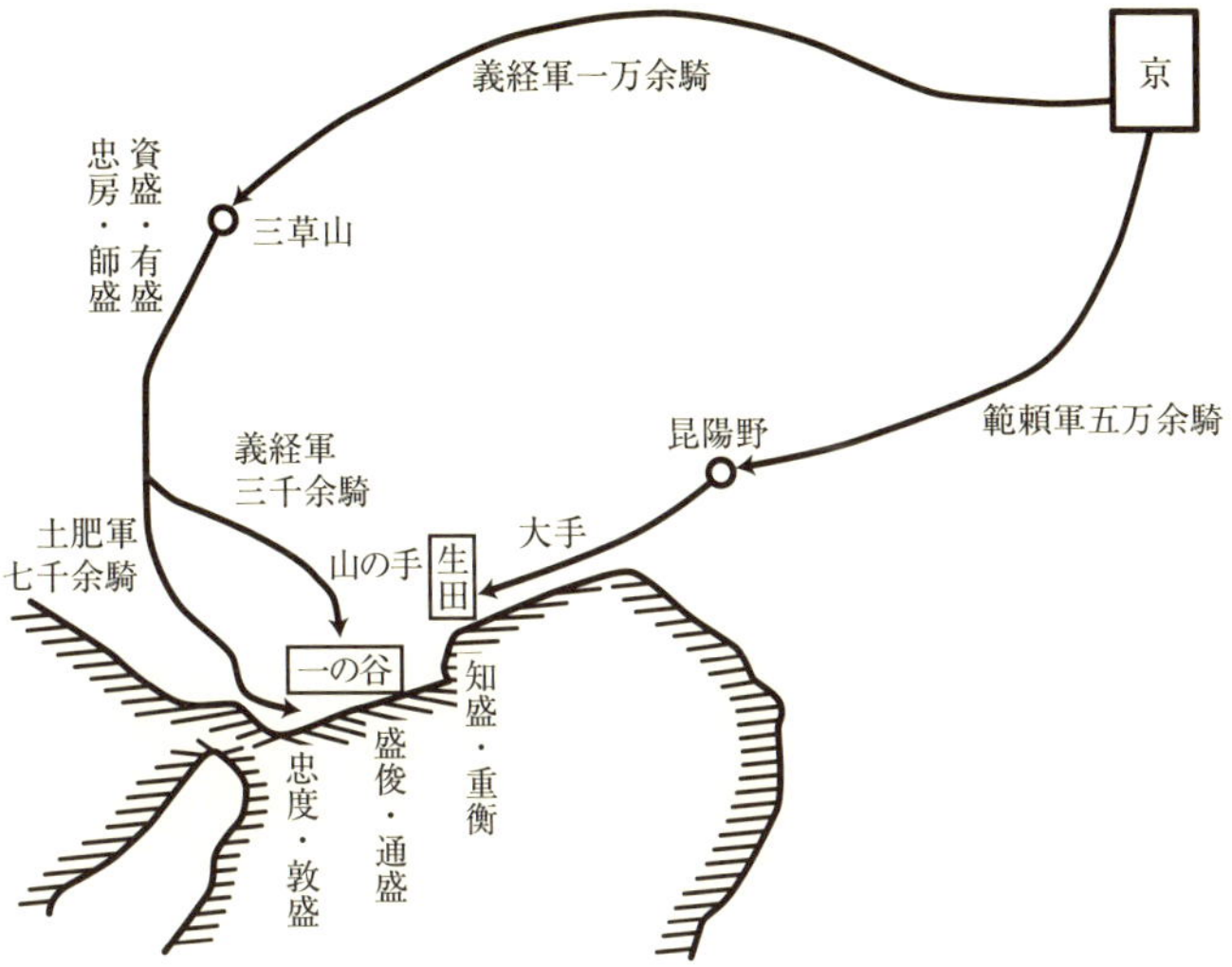

波路を通り、「二日路《ふつかぢ》を一日《ひとひ》にうって」丹波と播磨の国境《くにざかい》にある三草《みくさ》山の東のふもとに着く。当時の行軍は一日三十キロから四十キロが普通、通常なら二日かかるところを一日で踏破したと語ることで、彼の人並みではない行動力を印象づけようとしています。源氏軍の総勢は六万余騎、対する平家軍は十万余騎と他の箇所で紹介されており、数の上では平家の方が優勢だったということになります。

　地図を見てください。今、説明いたしました大手と搦手の動きを、ご確認いただければと思います。そして、三草山の平家側陣営に、資盛・有盛《ありもり》・忠房《ただふさ》・師盛《もろもり》とありますね。いずれも重盛の子供たちの小松一族。維盛はいませんが、彼は病気だったという設定になっております。この小松一族の守る陣地に、義経は夜襲をかけ、殲滅《せんめつ》してしまう。常に奇襲作戦をとる、というのが義経のイメージです。敗れました資盛・有盛・忠房は屋島へ、末の子の師盛だけは、そのまま一の谷の軍勢に加わったことになっています。そのため、討たれてしまうんですが。

　三草山で勝利をおさめた義経軍は、一の谷の後背へ回り、そこで、三千と七千に分かれる。義経は三千の軍勢を率いて、ご存じの坂落しの現場へと向かい、七千余騎の方は、土肥《とい》次郎実平《さねひら》が率いて播磨の海岸線へ出て、西の方から一の谷を攻める態勢を整える。彼は神奈川県湯河原《ゆがわら》出身の武士でした。物語はこういうふうに、源氏軍の動きを説明をしていくわけであります。

　そのなかで、義経に従って一の谷の裏手に出た東国武士の果敢な行動を語る章段が、「一二之懸《かけ》」です。登場する武士は、熊谷《くまがい》二郎直実《なおざね》。「六日の夜半ばかりまでは」と、書き出されておりますね。七日が合戦当日でしたから、その前夜の夜中までは、「熊谷・平山《ひらやま》」ふたりの武士はまだ搦手にいたという。熊谷は埼玉県熊谷市出身、平山の出身地は東京都日野市で、名は季重《すえしげ》。さて、熊谷、息子を呼んで言う、「此手《この》は、悪所を」――悪所とは、馬にとっての難所の意、ここは崖《がけ》だからまさに悪所、そこを馬で落とそうというからには、「誰《たれ》さきといふ事もあるまじ」――誰かれの先なく、みな一緒ということになろう。それはおもしろくない。土肥が向かった「播磨路へむかうて、一の谷のまっ先駆《か》けう」と言うんです。彼の頭の中にあるのは一番乗りの手柄。息子の小二郎直家も、我が意を得たりとばかり、即座に賛同する。

　その時、熊谷、ふと思った。そう言えば、こちらには平山がいる。やつも集団戦は好まぬ男。平山のようすを見てこい、と、命じて下人を遣わす。予想通り、平山は一足先に準備を整え、ひとり言を言っている。他人はいざ知らず、この自分に関しては、人に後れをとるまいものを、と言う声。平山の下人が、のんびり草を食う馬を、憎らしい長食らいだと鞭打つと、そうするではない、その馬の命も今宵《こよい》限りだ、と言って立ち上がる。それを聞いて急いで走り帰り報告すると、やはりそうかと、すぐさま熊谷親子も出発したのでした。こういうのを抜け駆けの功名《こうみょう》という。味方を裏切り、出し抜いて手柄を立てる。まさに抜け駆けの功名をねらう熊谷と平山でありました。

熊谷親子は、旗指しの男――家紋を染めた旗を持つ家来、と共に三騎、ふだん人も通わぬ古い道を通り、一の谷の波打ち際に出てきます。まだ深夜、明日の合戦に備えて土肥次郎の七千余騎が陣取っている。その手に加わるかと思いきや、「熊谷は浪うちぎはより夜にまぎれて、そこをつっとうちとほり」、平家の陣営の西の木戸口に押し寄せる。誰にも気取られぬよう、波打ち際をさっとすり抜けたのであります。味方を二度も出し抜く。しかし、まだ夜は深い。木戸の内の敵も寝静まって音もせず、味方もあとに続く者とていない。

熊谷は息子を呼びつけて、また言う。我も我もと先陣をねらっている連中が多いに違いない。「心せばう直実ばかりとは思ふべからず」――了見狭く、自分たちだけだと思ったらいかんぞ。先に来て、夜の明けるのを待ち、この辺に待機している者がいるかも知れぬ、「いざ名のらう」とうながし、敵陣の楯をつき並べてある際まで進み、大音声《だいおんじょう》をあげて、「武蔵国の住人、熊谷次郎直実、子息の小二郎直家、一の谷先陣ぞや」と名乗る。ここで分かるように、名乗りをあげるという行為は、手柄を味方に周知させ、恩賞をもらう時の証人になってもらうためなんですね。で、高らかに名乗った、しかし、平家方は、「よし、音なせそ」――返事をするな。ほっておけ。敵の馬の足を疲れさせ、矢を全部射尽くさせればいい、と言って、相手にする者もいなかった——それはそうでしょう、真夜中なんです。矢を射たって当たりっこない。こっけいにまで見える熊谷のがむしゃらさ。手柄のためならなりふりかまわぬ姿が、誇張されて描き出されています。

このエのち、例の平山が旗指し一騎を従えて現れます。暗闇の中でお互いに誰かと尋ねあい、それと分かると平山が、貴殿はいつからかと問う。熊谷は、宵からだと答える。これはうそですよね。昨日の夕方からと答えて、威張って見せる。もっとも、当時の「宵」の語は、今と違い、かなり夜の時間帯を含んだ使われ方がされているようですが、それにしても、平山の気持ちを知っている熊谷、ずっと前からと誇張してみせたということなのでしょう。

平山は口惜しがり、実は同僚の成田《なりた》にだまされて後れをとったのだと言う。成田が、先駆けの手柄というのも、味方の見ている前でやってはじめて人に知られるもの、ただ一騎、敵中に突っ込んで無駄死にして何になると言うので、なるほどと思いやつを待っていたら、追いつきそのまま知らん顔をしてわきを通り抜けた、そこで、卑怯にもだましたなと逆に抜き返した来たが、やつはずっと後になったろうと、事の次第を説明する。功名心にはやっていたのは、熊谷だけではなかったとものがたるわけです。

徐々に夜が明けてまいります。熊谷は、平山に聞かせようと、再び名乗りをあげる。さすがに今度は平家も黙ってはいない。夜通し名乗る熊谷親子めとばかり、一群が木戸を開けて打って出ますが、平山と熊谷、互いに引けをとるまいと激しく応戦する。熊谷は馬を射られて徒歩《かち》立《だ》ちとなり、息子も

「生年十六歳《しやうねん》」と名乗って戦っているうち左腕に矢を受け、馬から下りて父と一緒になる。心配した父親が教訓して言う、「常に鎧《よろひ》づきせよ」――鎧をゆすりあげて、矢が立っても裏まで通らないようにしろ。それから、「錣《しころ》をかたぶけよ」――甲《かぶと》の下の方に垂れて首筋を護る部分が錣でしたね、前進する場合は左肩を前にして進むわけですが、その時、顔面を射られないように錣を傾けろ、というのです。初心者への教訓。息子は初陣だったのでしょう。この親子の闘争心に圧倒されて、平家の侍《さぶらい》、敬遠して戦いを挑む者がいなかったという。

そのうち、熊谷より先に、平山の方が開いていた木戸口から中へ突っ込んでいきました。最初に攻め寄せたのは熊谷ながら、敵陣に駆け入ったのは平山が先ということで、のちのち一二の争い、おれが一番乗りだ、いや、おれだという争いになったといい、そこで章段名は「一二之懸」となっているわけです。これが物語の語る、一の谷側の開戦状況でありました。東国武士たちの手柄への執念、それが開戦の火蓋《ひぶた》を切って落とさせたというのです。

引き続いて、大手の状況が語り出されます。戦場は、生田《いくた》の森、生田神社のあるところ。こちらは「二度之懸《かけ》」という章段名です。

源氏五万余騎の勢の中に、武蔵国の住人で、河原太郎・次郎という兄弟がいたと、まず紹介されていますね。その河原太郎が弟を呼んで言います、「大名《だいみやう》は、我と手をおろさねども、家人《けにん》の高名《かうみやう》をもって名誉す」――「大名」は、名田《みようでん》すなわち土地管理責任者たる自分の名をつけた田地、を、たくさん持っている豪族を言いました。「小名《せうみやう》」に対して、当時から使われていた言葉です。例えば、梶原とか、土肥とかいった連中であります。そういう上流の武士は、自ら身を砕かなくとも、部下の手柄をもって自分の功績とできる。しかし、「われらは、みづから手をおろさずは、かなひがたし」――おれたちは、自分自身で手柄をあげねば、恩賞をもらうことも不可能だ。敵を前にしながら、じっと待っているのがもどかしい、おれが敵陣の柵内へまぎれ入り、一矢射ようと思う、生きて帰ることはありえまいから、お前はここに残り、兄が一番乗りをしたという証人になれ、と言う。

弟の河原次郎、涙を流しながら、兄を責める。口惜しいことを、言われるもの、ただふたりしかいない兄弟、兄を死なせ、弟ひとり生き残ったところで、どれほどの栄華があるものか、「所々《ところどころ》で討たれんよりも、ひと所でこそ、いかにもならめ」――別々の所で死ぬよりも、同じ場所でどうともなろう、と逆提案するのです。「木曾最期」のお話は、ご存じでしょう、義仲と今井四郎兼平《かねひら》とが、「一所《いっしょ》」つまり同じ場所で死を共にしようとして、あえて危険な選択をする話。「一所」で死のうとするのは、後世《ごせ》でも同じ所に生まれたいという願望の表現行為でした。河原兄弟も、それを求めて、死を共にしようとする。

ふたりは下人たちを呼び寄せ、田舎にいる妻子のもとへ最後のようすを伝えるよう命じ、「馬にも乗らず、げげをはき」――「げげ」とは、わらぞうり。彼らは馬すら持っていない下層武士。弓を杖にして、「逆茂木《さかもぎ》」を上り超え、敵陣の柵の中へ入っていきました。逆茂木は、枝の先を切って鋭く尖らせた木や、とげのある茨《いばら》の木などを、敵陣に向けて柵として組み立て、敵の馬が越えられないようにする、一種のバリケード。攻める方は、「足軽《あしがろ》」またはアシガルと言っていた足軽く働く下人を使い、それを取りのけさせてから、馬で攻め込む、そういう段取りになるわけです。

二人が行動を起こした時は、まだ星空でした。星明かりで「鎧の毛」、鎧の威《おど》しの糸の色も定かに見えない。「毛」は、鎧を作るのに使った組紐《くみひも》や皮紐《かわひも》のこと。そんな暗闇の中で、河原太郎が「大《だい》音声《おんじやう》」をあげる。先ほどの熊谷と同じです。「武蔵国の住人、河原太郎私高直《きさいちのたかなほ》・同《おなじき》次郎盛直《もりなほ》、源氏の大手、生田の森の先陣ぞや」。平家の方は驚きます。「東国の武士ほど、おそろしかりけるものはなし」、こんな大軍の中へただふたりで討ち入ったところで、なにができる、まあいいだろう、適当にあしらえ、と、相手にする者はいなかった。――兄弟の姓「私《きさいち》」は、「私市」とも書き、東京都あきる野市出身、今でもこの姓の方が住んでいらっしゃいます。

敵から無視されたふたり、「究竟《くつきやう》の」、この上ない「弓の上手」でありましたから、矢をさんざんに射かける。憎らしいやつめ、ならばと出てきたのが、弓矢で西国に知られた「備中国の住人、真名辺《まなべ》四郎・真名辺五郎」兄弟のうちの五郎、矢を引き絞ってひょうと放つと、河原太郎の鎧の胸板《むないた》――鉄でできております、その胸板をつっと射抜いたのであります。「弓杖《ゆんづゑ》にすがり、すくむところを、おとの次郎、走りよって」、兄を肩に担ぎ、後ろ向きに逆茂木《さかもぎ》を上り越えようとする。ちょうどよい矢の的、真名辺の放った第二の矢が次郎の鎧の草摺《くさずり》のすき間を射抜く。真名辺の下人が両人の首を取り、あえなく兄弟は同じ枕に伏してしまったのでした。

哀れな下層階級の武士の最期と言えるでしょう。恩賞をもらうため、自ら危険な現場に捨て身で臨み、手柄をあげねばならぬ、そういう武士たちの姿を描いたわけであります。明らかに武士の階層を意識した話です。熊谷や平山も一匹狼的で、配下の侍《さぶらい》集団などおらず、従えているのは旗指しの騎馬武者ひとりに下人だけでした。彼らがいわゆる「小名」クラス、河原兄弟はさらにその下です、馬すら持っていなかったのですから。

河原殿ご兄弟、ただ今、一番乗りをしてお討たれになった、と、下人たちが大声で知らせる。聞きつけた梶原景時《かげとき》、仲間内の不注意で兄弟を犠牲にしてしまった、もはや合戦の時、「寄せよや」と命じて鬨《とき》の声をあげさせ、それを契機に、五万余騎の軍勢の鬨もどっとあがる。逆茂木を取りのけさせ、「梶原五百余騎」、喚声をあげて敵陣に攻め込む。「五百余騎」と書くことで、河原兄弟や熊谷などとは違う一大勢力の持ち主だと分かる表現になっていますね。その差が伝わるよう、意図されているのは確かでしょう。

こののち、景時はいったん退却しますが、その時、嫡男景季《かげすえ》のいないのに気づく。深入りして討たれたらしいと聞き、生きていようと思うのも我が子ゆえ、この上はと、再び取って返し、縦横無尽に切りまくり、ついに息子を探し出して連れ帰ったと語られていきます。二度まで敵陣に突っ込んだので、「二度之懸」という章段名になっているしだいです。

さて、一の谷も生田の森も、こういうふうに向こう見ずな東国武士の挑戦から、合戦は予定外の形で始まったとされます。彼らの根底には手柄をあげたい野心があり、それは生活の貧富と結びつく問題でもありました。もっとも延慶本にさかのぼってみますと、河原兄弟の話は、梶原軍が押し寄せたなかで、率先して「馬より飛び下り」逆茂木を上り超えようとしたところを射倒されたことになっていますし、兄が弟に語る悲壮な決意や、生死を共にという弟の言葉もなく、下層武士の悲哀なんてまったく感じられません。後世の改作者が、貧しいふたりに作り変えたのでしょう。結果的に、いわば武士の三階層、下級・中級・上級の、それぞれの姿を連続して描き出すことになり、作品に深みを加えていると言えそうです。

それはそれとして、東国武士の無謀とも思える果敢な行動が戦いの口火となったとする点は、延慶本でも同じです。そこで思い出していただきたいのが、「橋合戦」の章段の足利又太郎忠綱です。あの馬筏《うまいかだ》を組んで宇治川を渡った人物を、東国武士の彼としたのは、物語作者の創作だろうと私は申しました。事実を曲げ、西国武士のふがいなさを強調する筆遣いから、そう推測されたのですが、ここでもどうでしょう。実際に暗闇の中で馬鹿みたいに名乗りをあげたり、熊谷親子と平山が、後続部隊もいないのに、旗指し二騎と下人ふたりを加えたわずか七人で敵陣に攻め込んだり、そんなことをしたと考えられるでしょうか。東国武士の勇猛さを、ことさら拡大して表現したい欲求が、虚構を作り出しているように私には思われます。

物語では、東国武士と西国武士とを対比的に、もちろん東国武士の優秀さを照らし出す形で描こうとする姿勢が一貫しています。鎌倉幕府の権威がいきわたっていた時代に作られた作品であれば、それは当然だったでしょう。そうした姿勢をもとに、戦いをしかけるのは常に東国武士の側、という構図ができあがっています。彼らの勇猛さの裏には欲望に燃える心がある、戦いの幕を切らせたのはその心と、作者は語りたがっているように見えます。

2　奇襲・だまし討ち――坂落とし

攻撃は三方から計画されていました。一の谷の海岸線、生田の森、そして一の谷の山の手。その残る山の手が「坂落《さかおとし》」の現場でした。

例の三千余騎を従えました義経、断崖の上から平家の陣営を見おろし、まず馬を落としてみようと言って、鞍をつけた馬を坂から追い落とす。すると、そのうちの三匹が下にくだりつき、身ぶるいしてすっと立つ。それを見た義経、馬は乗り手が心して落とせば大丈夫だぞ、「くは落せ、義経を手本にせよ」と、先頭に立って落とす。大勢があとに続きましたが、その時、「後陣《ごぢん》に落す人々のあぶみの鼻は、先陣の鎧・甲にあたるほど」であったという。「あぶみ」は、鞍についている足をのせるところですよね、あとから続く人のそれが、何と先に行く人の鎧や甲に触れるほどだったというんです。とんでもない坂、五十度も六十度もあることになるでしょうか。そこを、「二町計《ばかり》ざっと落いて」――一町が百九メートルですから、二百二十メートルほどを、勢いよくざっと落とし、うまい具合にそこが壇になっておりましたので、一休みする。

さらに下を見おろしますと、「大盤石《だいばんじやく》の苔《こけ》むしたる」岩肌の断崖絶壁、「つるべ落しに十四五丈ぞくだったる」というありさま。一丈は約三メートルですから、四十メートルあまり、「つるべ落し」はまっすぐ垂直に下っているさまを比喩的に言ったものですが、今行っても、そんなところはぜんぜんありません。ですが、物語はそう書くのであります。兵《つわもの》たち、後ろへ引き返すわけにもいかず、前の崖《がけ》は落とせそうもない、もはやこれまでと茫然自失して動きを止める。

そこに登場したのが、佐原《さはら》十郎義連《よしつら》、三浦半島出身の男。われらの住む三浦では、鳥一羽を追い立てても、朝夕、こんなところを馬で馳せまわっている、三浦地方では馬を調練する馬場同然、と言うや、「まっさきかけて」落とせば、人々もそれに続く。「ゑいゑい声をしのびにして、馬にちからをつけて落す」――うまい表現ですね。甲高い声ではだめ、腹に力を入れて低く、「ゑいゑい」と言うと、馬にも自然に力が入ってくる感じがする、なかなかうまい表現。それでも恐怖心に駆られ、目をふさいで落とす。それは人のなせる業《わざ》ではなく、まるで「鬼神《きじん》の所為《しょゐ》」と他人の目に映ったという。三千余騎、下にくだり着くと同時に鬨《とき》の声をあげる。その声がこだまして、十万余騎とも聞こえたのでした。これにより、合戦の様相は一変したと語られていきます。

源氏の武士が建物に火をつけると、山風にあおられてたちまちに燃え広がる。平家の陣は混乱状態におちいり、軍兵《ぐんびょう》どもはあわて騒いで前の海へ多く走り入る。汀《みぎわ》には、船がたくさん用意してあったにもかかわらず、われ先に乗ろうとして、鎧武者四五百人、あるいは千人も混み乗ったからたまらない、沖に出ると、目の前で大船三艘が転覆してしまう。その後は、雑人《ぞうにん》どもは乗せるなと、船べりに取りついた手を容赦なく切り落としたという。大手の生田を守る平家勢も、背後で火の手が上がっているのを敵側から教えられ、われ先にと逃亡を始める。勝敗は、これで決したのでした。

この流れを受けて、ひとりの武将の最期が語られます。「越中前司最期《ゑっちゅうのぜんじ》」の章段です。彼の名は平盛俊《もりとし》。父の盛国は、厳島神社の『平家納経』の一巻を分担し、同社に舞楽面も納めているほどの人物、主家と同じ桓武平氏の血を引いておりました。武家の家来は、主君と血筋を等しくする家子《いえのこ》と、そうでない郎等《ろうどう》とに分かれますが、彼は典型的な家子。その日は、山の手の侍大将《さぶらいだいしょう》であったと紹介されています。侍大将は、家来の身分ながら武士を直接差配する立場の者、その上の全体の総指揮官たるのが、大将軍《たいしょうぐん》でしたね。

義経がためしに馬を坂の上から落とした時に、三頭の馬が無事おり立った場所、それが越中前司の屋形のあたりとありました。まさに坂落としの現場にいた彼、「いまは落つともかなはじ」と思ったのか、馬を止めて敵を待っているところに、猪俣《いのまた》の小平六則綱《こへいろくのりつな》という埼玉県児玉《こだま》郡出身の武士が現れる。則綱は、「よい敵《かたき》と目をかけ、鞭《むち》あぶみを合せて」馳せ来る。鞭で馬の尻を打ち、あぶみで馬の腹をける、これを「鞭あぶみを合せて」と申します。追いつくや、名乗りもせず名乗らせもせず、「おし並べてむずとくうで、どうど落つ」――腕力に自信があったのでしょう、組み討ちを挑み、地面にどうと落ちる。それもそのはず、鹿の角を素手《すで》で引き裂くほどの力持ち、しかし、盛俊の方も六、七十人力といううわさの持ち主、組み敷かれてしまいました。

首を切られかかった猪俣の小平六、力劣りはしたものの、「心は剛《かう》」、肝っ玉が据わっていた。「すこしもさわがず、しばらく息を休め、さらぬ体《てい》にもてなして」、何でもないようなそぶりを見せて、下から声をかける。そもそも、私が名乗ったのをお聞きになったか、と、変なことを言う。「敵《かたき》を討つといふは、我も名のって聞かせ、敵にも名のらせて」からのこと、そうすれば誰の首かも分かり、手柄となる。名も知られぬ首を取って何になさる、と言うんですね。でも、これはおかしい。先ほど読みましたように、名乗る余裕を与えずに組み討ちを挑んだのは彼の方。明らかに矛盾している。急場逃れのために、あれこれ言い立てているに過ぎません。それから敬語を使っていることも、見逃してはならないでしょう。相手の方が身分は上、と分かっているのです。

しかし盛俊、その言葉に引っ掛かってしまう。「げにも」と思ったのか、自分からまず名乗ります。自分はもと平家の一門であったが、「身、不肖なるによって」、現在は侍となった越中前司盛俊という者、お前は何者か、名乗れ、聞こう、と言う。そうすると、「武蔵国の住人、猪俣小平六則綱」と名乗るのでありますが、その名乗り方に注意していただきたい。「武蔵国の住人」としか言っていませんね。いわゆる肩書きがないのです。一方は、「越中前司」ですから、かつて越中守であったと分かる。単に何々の住人と名乗る男は、公の職、衛門尉とか兵衛尉とかいった官職に何もついたことのない、そういう男だということになります。田舎から出てきただけの武士なのです。このやりとりで、身分の差がはっきり分かる。

猪俣はさらに言葉をついで言う。世の情勢を見るに、源氏の方は強く、平家は敗色濃くお見受けする、貴殿の主君が勝つならば、敵の首を取って恩賞にあずかりなさることもできようが、この情勢では無理。私の首を取って何になさる、助けて下さるなら、ご一族何十人おられようとも、自分の恩賞と引き換えてお助けしよう、と、命の交渉を始める。それを聞いた越中前司は怒りだす。何を言うか、この盛俊、身は不肖なれど、「さすが平家の一門也」、源氏に頼んで命を助けてもらおうとは思わぬ、また、源氏の方でも、盛俊に命乞いしようなどとは断じて思うまい、憎らしい口の利き方、と言って、相手の首に刃《やいば》を立てようとする。彼にはプライドがありました。それは血筋からくるもの、「さすが平家の一門也」です。猪俣にはそれがないばかりか、恩賞の有無、利得の有無が最大の関心事といった口ぶり。その狡猾《こうかつ》さが、盛俊を怒らせたのです。

激怒した相手に驚いた猪俣、「まさなや、降人の頸かく様《やう》や候ふ」――とんでもない、降参した人の首を切っていいものでしょうか、と言う。とっさに口から出たのでしょう、たくみに言を左右する。「降人」と聞いて盛俊は、「さらば助けん」と応じてしまう。うまくだまされていくのであります。ふたりは田んぼの「くろ」、あぜに腰を下ろし、一息つく。前は固い地面ながら、後ろは深田になっている場所でした。

しばらくすると、武者一騎が馳せて来る。盛俊が気にしだしたのを見た猪俣、あれは私と親しい人《ひと》見《み》四郎という男、私を見つけてやってくるらしい、心配ご無用、と言いながら、心中では、近づいたらチャンスと思っている。しだいに近づいてまいりますと、はじめはふたりに気を配っていた越中前司、騎馬武者の方にすっかり気を取られてしまう。そのすきを見て、猪俣、勢いよく立ち上がるや、一気に相手の胸を諸手《もろて》でどんと突く。後ろは深い田んぼ。動きのとれない盛俊の上に馬乗りになり、相手の腰《こしがたな》刀を抜きとって三度まで突き刺し、首を取ったのでした。自分の武器は取り上げられていたから、相手のものを利用したわけですが、そうした行動を描きとることで、彼の抜け目のなさ、したたかさが表現されています。

その場に人見が到着すると、「かやうの時は、論ずる事もありと思ひ」、要するに、人見が自分の武勲と言い立てるかも知れぬと考え、「大音声をあげて」、常日ごろ鬼神《おにかみ》とうわさの高かった平家の侍、越中前司盛俊を、この猪俣の小平六則綱が討ったぞ、と叫ぶ。周囲の人に知らしめるためでした。相手の名を聞いていたことが、ここで功を奏し、その日の殊勲者の筆頭に掲げられたというしだい。あくなき手柄への欲求、それが彼を突き動かしている行動原理でありました。

3　見下す目——忠度と東国武士の価値観の差

この話は、即、「忠度最期」の章段につながっていきます。忠度は、俊成に歌を託して都落ちをした歌人。一の谷の海岸寄りに配置された、西の手の大将軍であったと紹介されています。

彼は「その勢百騎ばかりが中にうち囲まれて、いとさわがず、ひかへひかへ落ち給ふ」——落ち着き払った態度、逃げも隠れもせず、堂々と馬を進める。盛俊同様、死を覚悟しているようすが伝わってきます。そこに現れたのが、小平六と同じ猪俣党に属する岡辺六野太忠純《ろくやたただずみ》。大将軍と目をつけ、馬を疾駆させて追いつき、「そもそも、いかなる人でましまし候ふぞ。名乗らせ給へ」と声をかける。高度の敬語を使っていますから、最初から身分の高い人と見ていました。返ってきた返事は、「これは味方ぞ」という意外な言葉。しかし、後ろを振り返った甲のうちをのぞき込めば、「かねぐろなり」——お歯黒をしている。味方にこんな人はいない、平家の君達、疑い無しと思い、すぐさま馬を押し並べてむずと組む。百騎ほどいた兵《つわもの》たちは「国々のかり武者」——にわかに駆り集めた武者、忠誠心など毛頭なく、われ先にと逃げ去っていく。

　薩摩守忠度、「にっくいやつかな。味方ぞと言はば、言はせよかし」——味方と言ったからには、味方と言わせておけばよいものを、こしゃくな、と言う。しかも、彼は熊野《くまの》育ちで力が強く、動きも素早い、すぐさま短刀を抜き、六野太を馬上で二刀《ふたかたな》、地に落ちたところで一刀《ひとかたな》、三刀《みかたな》まで突き刺したのでありますが、二刀は鎧の上で中まで通らず、一刀は甲の内側だったものの、相手は軽傷で死にもしない。取って押さえて、首を掻こうとしたその時、六野太の童《わらわ》——主君の身の回りの世話をする少年が、後ればせに馳せつき、刀を持つ忠度の右腕を、ひじもとから切り落としてしまう。

「今はかうとや思はれけん」、もはやこれまでと思われたのか、しばらくそこをどけ、最後の念仏を唱えると言って、「六野太をつかうで、弓《ゆん》だけばかり投げのけられたり」——「弓だけ」、弓の長さは、通常七尺五寸、二・三メートルぐらいです。その距離まで左手一本で、鎧武者を放り投げる。いかに力が強かったか。その後、西に向いて座し、「高声《かうしやう》に十念」を唱えます。南無阿弥陀仏を十遍、最後に「光明遍照《くわうみやうへんぜう》十方世界、念仏衆生摂取《しゆじやうせつしゆ》不捨」と唱える、その言葉が終わらぬうちに、六野太が背後に回り、首を討ち落としてしまったのでした。

　六野太、よい大将軍を討ったとは思いながらも、名を聞かなかったために、誰とも分からない。目に入ったのが、箙《えびら》に結びつけられた紙切れ。解いてみれば、一首の歌が書かれている。「ゆきくれて木《こ》のしたかげを宿とせば　花やこよひのあるじならまし　忠度」——それによってはじめて、誰か分かったのであります。すぐさま首を太刀の先に貫き、「高くさしあげ、大音声をあげて」、誇らかに叫ぶ、「この日来《ひごろ》、平家の御方《おんかた》に聞こえさせ給ひつる薩摩守殿をば、岡辺の六野太忠純が討ちたてまったるぞや」。それを耳にした敵も味方も、「あないとほし、武芸にも歌道にも達者《たつしや》にておはしつる人を」、もったいない方をお討ち申し上げたと言って、涙を流さぬ者とていなかったという。

この東国武士たちの行動の原理がどこにあるか、よくお分かりになったのではないでしょうか。手柄を立てるため、ただそれだけ。一番乗りを争い味方を出し抜くのは当たり前、よい敵と見ればだまし討ちも当然、他人に手柄を奪われまいと瞬時に考える。今までに出てきたそうした人間と、ここの岡辺の六野太忠純も似たり寄ったりです。猪俣と違い、相手の名を最初に聞くことは聞きますが、「味方ぞ」という応答がうそと分かれば、問いただしもせず、すぐさま組みつく。最後の段階では、右手を失い眼前で念仏を唱えている相手、名を聞くこともできたはず、しかし、念仏が終わるか終わらないかのうちに首を打ち落とす、早く決着をつけたい一心で。名が判明すると、何の躊躇もなく大声でわが名を誇示する。それを聞いた人々の涙によって、彼の野蛮さ、人間としての浅薄さ、愚かしさが浮かびあがる構造になっています。

忠度の「味方ぞと言はば、言はせよかし」の一句が印象的です。それは、六野太的な生き方に対する批判になっています。忠度は、当初から逃げるつもりはありませんでした。死を覚悟していた都落ちの話を思い出してもらっても、すぐ分かるはずです。とすれば、味方と偽ったのは逃げるためではない。欲しければくれてやる命。が何ゆえ、手柄のためにそれほど狂奔《きょうほん》するのか、欲望の鬼となって恥ずかしくはないのか、そうした問いかけが、批判となって込められているように思われます。敵と

承安五節絵［早稲田大学図書館蔵］（模本）

味方の関係すら、なんら絶対的なものではありません。時により敵ともなり、味方ともなる、かりそめの関係。本人が味方と言うなら、言わせておけばいいではないかという、この言葉の裏には、戦いの中で右往左往する人間の醜い生き様を、鋭く見下している目がある。それは、歌こそわが命と考えている男の目でもありました。

　箙《えびら》に結んであった「ゆきくれて」の歌の題は、「旅宿の花」というものです。旅の途中で日が暮れて、桜の木の下で一夜を明かすことになったならば、舞い散る花がその夜の宿のあるじとなろう、という歌。忠度の実作かどうか、今日では分かっていませんが、人生を旅に仮託するパターンを踏まえ、偶然の出会いを喜ぶ精神がうたわれていると言えるでしょう。欲得を超越した、六野太的な生き方とはまったく違う心のありよう……。この歌は改作段階で加わったらしいのですが、これを加えることで、忠度が、東国武士たちとは相反する価値観の世界に住む人間であったことを、より分かりやすく伝えようとしたのに違いありません。

4　背信——重衡の不運

物語は、山の手の侍大将盛俊と、西の手の大将軍忠度の討ち死にに続けて、大手の副将軍重衡《しげひら》生け捕りの話を展開させます。うまく視点を動かすわけです。それを読んでいきましょう。

本三位中将《ほんざんみちゅうじょう》重衡、東大寺の大仏を焼いた男、「本三位」の「本」は、同じ呼称の役職者、つまり三位中将が複数いる場合の最古参を意味します。二十八歳。清盛の四男として物語の中では位置づけられていますが、正しくは五男。前回、重盛のすぐ下に基盛という弟がいたことをちょっとお話ししましたが、彼が次男で、宗盛は三男、知盛が四男というのが正確なところです。基盛は保元・平治の乱で活躍したにもかかわらず、早くに亡くなったものですから、『平家』の作者は宗盛を次男に繰りあげ、重盛との比較を、嫡男対次男という分かりやすい形に仕立てたのだろうと思います。

前回は『建礼門院右京大夫集』の伝える資盛のお話もしましたが、この作品には重衡も登場しておりまして、夜、女房たちが集まっているところで鬼物語をして、皆を怖がらせた、なんて書かれています。茶目っ気があったんですね。それでも、人のためにはいろいろと気配りしてくれる人だったと、そう、右京大夫は回想しております。その重衡が、ここで生け捕られるわけです。

生田を守っていた彼は、味方の勢が「みな落ち失せて、ただ主従二騎にな」って、逃げることになる。手勢がいなくなったのは、忠度の場合と同じく駆り武者だったから。一緒に落ちるのは、乳母子の後藤兵衛盛長《もりなが》。自らは「童子鹿毛《どうじかげ》」という名馬に乗り、盛長には「夜目《よめ》なし月毛《つきげ》」という秘蔵の馬を与えて、二頭で海岸線を逃げる。後ろからは、梶原源太と庄の四郎とが激しく迫ってきます。なぎさに味方の船が見えても、そこまで行く余裕はない。ただひたすら「湊《みなと》河・かるも河をもうちわたり」、「板やど・須磨をもうちすぎて」、西をさして馬を走らせる。

生田から須磨まで、実際には十キロ近くあります。その距離を馬で逃走し続けたというのは、非現実的。ご存じでしょうが、日本の在来種の馬は、外国から輸入された今の馬より三十センチほど背が低かったんです。鎧武者を乗せて走り回るのにも、限界がありました。それを無視しているのが物語。いかに長い距離を逃げたか、そこを強調したかったのでしょう。無視しているといえば、生田と一の谷との距離もそうです。大手と搦手の戦場は十キロ離れているのに、それを感じさせない表現になっています。一の谷で上がった火の手が生田から見えた、なんていうのもありえない話。そうした問題については、あとでまとめてお話いたしましょう。

ふたりは「究竟《くつきやう》の名馬」に乗っていたとあります。だから、長距離を走らせることもできた、一方、追いかける源氏の馬は疲労した馬、とても追いつけそうには見えなかった。敵がどんどん遠のいていく、そこで梶原、「もしや」と思って遠矢を射かける。その矢は、何と重衡の馬の「さうづ」——「三頭」と書くんですが、尻骨の盛りあがったところ、そこに当たってしまうのです。それを見ました乳母子の盛長、「我が馬、召されなんずとや思ひけん」、自分の馬が取り上げられると思ったのか、馬に鞭打ち一目散に逃げる。重衡はその後ろ姿に向かって叫ぶ、「いかに盛長、年ごろ日来《ひごろ》さはちぎらざりしものを。我をすてて、いづくへゆくぞ」——常日ごろそうは約束していなかったではないか、私を見捨ててどこへ行くのか、と言うんですが、盛長の方は「空《そら》聞かずして」、聞こえぬふりをして、鎧に付けた平家の目印の赤い布も引きちぎり、ただ逃げに逃げてしまったのであります。

重衡、後ろから敵は近づく、馬にはすでに力がない、海へ馬をうち入れたものの、「そこしも遠浅にて」、身を沈めることもできない。不運でした。馬から下り、鎧を脱いで腹を切ろうとしますが、そこに庄の四郎が馳せついて馬より飛び下り、「まさなう候ふ」——自害なんぞはとんでもありません、どこまでもお供いたしますゆえ、と押しとどめ、重衡を自分の馬に乗せ、自らは乗り替《が》えの馬に乗って引きあげたのでした。

乗り替えの馬というのは、戦場で馬が傷ついた時に乗り換えるための予備の馬。部下に預けておきます。庄の四郎は、それを取り寄せて乗ったことになりますが、盛長が乗っていた「夜目なし月毛」も、重衡秘蔵の馬とありましたから、主君より預かっていた乗り替えの馬だったのです。彼が「我が馬、召されなんず」、取り上げられると思ったというのは、しごく当然のことで、むしろ主従の倫理に照らせば、自ら提供すべきものでした。ところが、それに乗って逃げてしまったのですから、明らかな背信行為、裏切りでありました。

盛長の背に投げかけた重衡の「年ごろ日来《ひごろ》さはちぎらざりしものを」という約束違反の非難は、具体的にどういうこととお思いになりますか……。延慶本はこのあと、その馬をよこせと、重衡に言わせ、万が一の時は馬を返却する約束だったことにしていますが、この覚一本の場合は、それとは違うニュアンスのものに変わっているように、私には見えるんです。乳母子と主君と言えば、先にも思い出していただいた今井四郎兼平と木曾義仲の関係が代表的なもの。そのふたり、「幼少竹馬《ちくば》の昔より、死なば一所《いつしよ》で死なんとこそ契」っていたと義仲が語り、再会を果たすと、「契りはいまだくちせざりけり」と喜んだとあります。このように、死を共にしようと前もって契っていたとするものが、覚一本では七例も数えられます。避けられぬ死に対して、心構えをし、共に死ぬことを約束しておく――重衡と盛長の場合もそうだったと、暗に示されているように思うのです。

先ほどの河原次郎も、兄に「ひと所で」と言っていましたね。都落ちでは、維盛がかつて北の方と、「同じ野原の露」「ひとつ底のみくづ」と約束していたとありました。壇の浦では、平家一門の人たちや侍《さぶらい》たちが、手を取り合って「一所」に沈んだとあります。死ぬならば「一所」で、と契りを交わし、そのとおりになった者やうまくいかなかった者たちの姿を、色濃く描き込んでいるのが、覚一本の世界。それを考えますと、重衡もまた、と想像されてくるわけです。

義仲と兼平とは、最後まで心の通じあった主従として描かれていました。同じ乳母子と主君との関係でも、ここでは乳母子が主君を裏切った話になっています。残っているのは、主君が乳母子を裏切るケース。それは次回、読むことになりますが、人ふたりの関係というものは、互いにうまくいくか、どちらかがどちらかに背を向けるか、この三つのパターンしかないでしょう。そのいずれをも『平家物語』は語っている、乳母子と主君との関係を例に。ふところの深さが、こうしたところにも見えてるんじゃないでしょうか。

重衡の不運が強調されている文脈も、見過ごしてはなりません。その不運は、東大寺の大仏を焼いた時の不運にもつながっていきます。奈良を攻撃した際、合戦が夜になり、味方の同士討ちを避けるために、奈良坂の上で民家に火を放ったところ、十二月二十八日のことゆえ北風にあおられて、東大寺・興福寺に火の手が及んだと、物語は語っています。夜のいくさでは当然のことをしたまで、焼くつもりなど毛頭なかった、にもかかわらず、結果責任を問われ続けるのが、囚《とら》われの身となったのちの彼なのです。その不運に、この不運が重なって見えるのです。

5 勝者の不幸――熊谷直実の苦しみ

では次に、有名な敦盛の最期のお話へ。

「いくさやぶれにければ」――勝敗が決しましたので、熊谷直実は、平家の公達が助け舟に乗ろうと海辺に行くに違いない、「あっぱれ、よからう大将軍にくまばや」、いい大将軍に組み、手柄をあげたいと考え、磯の方へ馬を進める。例の勲功をあげたい一心です。すると、目に入ってきたのは、海に馬を打ちいれ、「五六段ばかり」といいますから、五、六十メートルほど泳がせている、立派な装いの人物。それに向かって熊谷は声をかけます。「あれは大将軍とこそ見まゐらせ候へ」、卑怯《ひきょう》にも敵に後ろをお見せになる、「かへさせ給へ」と、扇をあげて招く。

相手は招かれて、取って返しますが、熊谷は待ち切れない。「汀《みぎは》にうちあがらんとするところに、おし並べてむずとくんでどうど落ち、とっておさへて頸をかかんと甲《かぶと》をおしあふのけて見ければ、年十六七ばかりなるが、うす化粧して、かねぐろなり」――またたく間に勝負は決しております。あっけないほど。待ち切れなかった熊谷、相手が波打ち際に上がろうとしたところを襲う。相手の体勢ができる前に組みついたのです。名乗りもせず、名乗らせもせず、あの猪俣のように。しかし、そのあとがあっけない。地面に落ち、組み伏せて首を取ろうと甲を押し上げる、そこまで、相手の動作がまったく描かれません。まるで無抵抗であったかのよう……。

甲は深くかぶるものでした、顔を守るために。それを「おしあふのけて見ければ」、何と十六、七の少年、しかも薄化粧をしてお歯黒までしている。勝負が簡単に決したはずでした。連戦練磨の東国武士と、おそらくいまだ人をあやめたこともないみやびな貴公子。年の程から連想されるのは、今朝の戦いで左の腕に負傷した「我が子の小次郎」、十六歳。その息子とは違い、顔かたちが誠に美しい。どこに刀を立ててよいかも分からない。

あらためて声をかける、「そもそも、いかなる人にてましまし候ふぞ。名のらせ給へ。たすけ参らせん」――熊谷は衝撃を受けたのでした。名前を知りたいと思うと同時に、お助けしたいという衝動が心中を走る。相手が逆に聞き返します、「汝《なんぢ》はたそ」。それといったほどの人物ではございませんが、「武蔵国の住人、熊谷次郎直実」と答える。どこそこの住人というだけの名乗りから、即、その身分が分かりました。そこで、相手は言う、それなら、お前に対して名乗るつもりはない。――自分より身分の低い敵を「あはぬ敵《かたき》」と申しまして、相手にしなくてもいいという慣習がありましたから、ここで名乗るつもりはないと言ったのです。さらに言葉を継ぎ、お前にとって私は「よい敵《かたき》」、私が名乗らずとも、首を取って人に問えば見知っている者がいるはず、と言う。「あはぬ敵」に対して、自分と同等かそれ以上の敵は「よき敵《かたき》」でした。

熊谷は、「あっぱれ大将軍や」と感動いたします。りっぱな大将軍とたたえたのは、力の強さからではなく、精神的な孤高さゆえ。負けると分かっていながら引き返してきたことは、あっけない勝負を通して、身体で彼は分かっていました。死を覚悟しての振る舞い、組み伏されても堂々たる受け答え——この人一人をお討ち申しあげたところで、負けるべきいくさに勝つはずはない、また、逆に、お討ち申しあげなくても、勝つべきいくさに負けることも決してあるまい。人ひとりの命と合戦の勝敗とは無関係、お助けしたい、そう思うのであります。

しかも、我が子が軽い矢傷を負ったのすら、自分はつらかった、ましてこの若君の父上、息子が討たれたと聞いて、どれほどお嘆きになるか、何とかしてお助けしたいもの。——身分を越え、同じ父親として味わうに違いない、自分とは比べ物にならないほどの悲しみに連想が及ぶ。熊谷、この時、四十七歳でありました。助けるチャンスをうかがうべく、「きっと」後ろを振り返る。見えてきたのは、迫りくる味方の五十騎。もはや助けられない。涙を抑えながら申します。お助けしようと思いましたが、雲霞《うんか》のごとく味方が迫っております、死を免れることはおできになるまい、人手におかけするよりも、同じことならば「直実が手にかけまゐらせて」、後世《ごせ》の供養を私めが、と言えば、相手は「ただとくとく頸を取れ」とうながす。あくまでも、いさぎよい。

熊谷は、「あまりにいとほしくて」、どうしてよいかも分からず、心は困惑するばかり。しかし「さてしもあるべき事ならねば」、そうしているわけにもいかず、泣く泣く首を掻き切ったのでした。人は困った時には、時間よ止まれと言いたくなるもの、が、しょせんは無理な相談で、いずれかの決断をしなければなりません。「さてしもあるべき事ならねば」は、こうした文脈の中で、しばしば使われる言葉です。時は非情です。

熊谷はあらためて、思う。「あはれ、弓矢とる身ほど口惜しかりけるものはなし。武芸の家に生れずは、何とてかかる憂き目をば見るべき」――弓矢を取る身ほど、情けないものはなかったと、今気づいた、武士の家に生まれなければ、何でこんな、殺したくもない相手を殺すような、つらい思いをするだろうか。「情けなうも討ちたてまつるものかな」と、武家たる身の苦悩を、彼はかみ締める。それは同時に、今までの、武勲第一主義の行動原理をすべて否定することに通じます。自戒の念と懐疑が、彼の心の中に生まれてきたのでした。勝者も不幸だったのです。熊谷の苦しみは、現代における戦場帰還兵士の精神的後遺症の問題とも重なって見えないでしょうか。

「やや久しう」彼は泣き続けますが、それが内省の時間でした。やがて相手の鎧直垂を裂いて首を包もうとして、錦の袋に入った笛に気づく。それを見て、彼はまた心を突かれる。今朝、柵の内から聞こえてきた管弦の音はこの人々のもの、東国勢は何万騎いても、戦場へ笛を持ってくるような人はいるはずがない、高貴な方はみやびなものと、涙を新たにする。自分たちは勝ち負けに執着して生きている、この人たちは違う世界を持っていたのだと思うわけです。忠度もそうでありました。岡辺の六野太は、忠度の歌を見ても何ら心を動かされませんでしたが、罪の意識にさいなまれる熊谷は、違ったのでした。これを契機として、彼は出家し、法然の弟子になったともいたとものがたられといきます、ご存じのとおりです。戦いのもたらした結果が、ひとりの男の価値観を変えてしまったのでした。

6 自責——未熟な少年たちの死

「敦盛最期」に直結して「知章《ともあきら》最期」が語られます。敦盛は十七歳、知章は十六歳、少年の死が連続します。意識的に配列されたものでしょう。

冒頭の部分に、教盛の「末子《ばっし》」の業盛《なりもり》が討たれたとあり、次に経盛の「嫡子」経正、それから経《つね》俊《とし》・清房《きよふさ》・清定《きよさだ》の三人が「一所」で討ち死にしたとありますね。業盛は延慶本に十六、七歳ほどと記される少年、経正は例の仁和寺に琵琶を返して都落ちした人物、経俊はその弟、清房・清定は清盛の末の子と養子。いずれも十代から二十代の若者という感じです。これも意図的に、ここにまとめて彼らの死を置いたのでしょう。そして、親の名として、教盛と経盛がきちんと記されていることも見落としてはなりません。前回お話したこと、思い出してください、子供たちを亡くしてしまう親たちです。教盛は、このあと嫡男の通盛を討たれますし、経盛は、敦盛の父でもありましたから、経正・経俊と三人の子を失ったことになります。

知章の最期も、彼ら若者たちの死の一つ。父の知盛は、生田の森の大将軍、味方の勢が皆、落ち失せたのち、わずか主従三騎になり、助け船に乗ろうと磯に向かって馬を走らせる。伴うのは、我が子の知章と侍《さぶらい》の監物《けんもつ》太郎頼方《よりかた》。背後から十騎ばかりが急追してくる。監物太郎は弓の上手、先頭の人物を射落としたものの、相手の大将と思われる人物が知盛に組もうとして馬を並べる、それを見た知章、ふたりの間に割って入り、敵を組み落としてみごとに首を取り、立ちあがろうとしたところに、敵の童が襲いかかり、討たれてしまう。油断があったのでしょう。監物太郎が馬から飛び下り、童を討って仇《かたき》をとりますが、馬は手放してしまいました。徒歩《かち》となった彼は、主君を逃がそうと矢を射尽くし、太刀を抜いてあくまで戦い、壮絶な最期を遂げるのです。

ふたりが討ち死にする間に、知盛は名馬に乗っておりました、海に馬をうち入れ、泳がせて、味方の船にたどりつくのですが、複雑な、おのれを責める苦い思いが、彼の中にはありました。その苦しい心中を、兄の宗盛に向かって語る。

息子の知章に先立たれました、監物太郎も殺してしまい、今は心細くなってしまいました。「いかなれば、子はあって、親を助けんと敵《かたき》に組むを見ながら、いかなる親なれば、子の討たるるを助けずして、かやうにのがれ参って候ふらんと、人のうへで候はば、いかばかりもどかしう存じ候ふべきに、我が身の上になりぬれば、よう命は惜しいもので候ひけりと、今こそ思ひ知られて候へ」——「いかなれば」、どうして、何で、我が子がいて、親を助けようと敵に組むのを見ていながら、どんな親であるがゆえに、子の討たれるのを助けもしないで、このように逃げてきてしまったのかと、他人のことであったならば、どれほどいらいらして非難したくなるかも知れないのに、いざわが身の上になってみれば、つくづく命は惜しいものであったと、今初めて思い知りました。どうお考えか、皆さんの心中を察するに恥ずかしい、と涙ながらに言う。

体験こそが真実だったと、言っているのです。彼も、「死なば一所」わが息子と、と、思っていたのではないでしょうか。でも、逃げてしまった。第三者なら非難もしようが、わが身自身のしたこととなれば、忸怩《じくじ》たる自責の思いのみ。結局、自身の中におぞましい命への執着があったと考えざるを得ないのでした。以前に、以仁王の乳母子の宗信のお話、延慶本の内容を紹介しましたね。あの宗信、隠れていた池から飛び出して、宮のなきがらに抱きつきたいと思ったんですが、身体が動かず、命はつくづく惜しいものだと悟ったと、のちに人に語ったとありました。それと、今の知盛の物言いは同じです。前もってこうありたいと思い、その場でそうせねばと考えても、どうにもならぬものがある。それが分かるのは、体験を通してだけ。理念も道徳も、体験した現実の前では色あせ、雲散霧消する。そんなことを語っているようです。

弟の告白を聞いた宗盛、お前の息子は立派だったが、うちの清宗《きよむね》と同年で、今年は十六歳だったな、と言ってわが子の方を見て涙ぐんだという。でも、この兄弟の涙、どうもその質が違う。宗盛は、いわば近視眼的な人間に描かれていました。人の心が分からず、他人の馬を奪い取り、だまされやすく、優しいことは優しいのですが、先を読むこともせずに、ひとりで都落ちを決定する。その宗盛に、知盛の心境が分かったのでしょうか。やがて宗盛は壇の浦で、海中に入りながら、清宗ゆえに死にきれず、生け捕られてしまいます。この時、我が子を見て胸に抱いたのは、万一この子が死んだら、という個人的思いで、自らを責める弟の苦しい心中とは無関係、そんなふうに想像できる表現になっています。彼の涙は、息子を心配する気弱な父親の涙。ここでも、心が通じ合っていない兄弟の姿が、相応に描き出されているのです。

知盛の涙は、人間存在のありようを知ってしまった悲しみの涙でしょう、こんなもんだったのかという。「よう命は惜しいもので候ひけり」という発見は、彼ひとりのものではなかったはず。いざとなれば肉親すらも捨てて、わが身大切になってしまう人間たち、自覚的にも無自覚的にも……。特に戦争という極限状況の中では、それは往々にして起こることでした。物語作者はその重い現実を、知盛の体験告白に集約して語ったのです。

初回に、「生き身」の話をしました。俊寛の「生き身なれば、嘆きながらも過ごさんずらん」という言葉を取りあげ、肉体に宿る潜在的な生命力を言い表したもの、と申しました。その「生き身」、潜在的生命力が、今の知盛には、わが子を見捨てて逃げる方向に働いてしまったと言えるんじゃないでしょうか。さらさら逃げるつもりはなかったのに、なぜか身体が逃げてしまった、そんな懐疑の先にあるのは「生き身」ゆえという答え。「生き身」は、プラスとマイナスの両面を持ったコイン、そんなつぶやきが、戦乱体験者の声として聞こえてくるような気がします。

さて次に、「落足《おちあし》」の章段から、一の谷で討たれた平家一門の人々を総括し、その名を列挙している部分を見ておきましょう。先に申しました教盛の嫡子通盛の名もあります。彼は七人の武士に取り囲まれて、討たれました。これまでにお話しなかった人物としては師盛《もろもり》。三草山を固めていた小松兄弟の末っ子、三草山で敗北後、彼だけは一の谷へ向かったと言いましたね。十四歳の少年とある。船に乗って沖に出たのですが、味方の武士が乗せてくれというので引き返します。ところがその男、大男の上、鎧を着たまま船に勢いよく飛び乗ったものですから、船をひっくり返してしまい、師盛は敵の手に落ちたと語られます。名前のあげられている人は十人、若者ばかりです。

そこで、「延慶本の構成」とした資料をご覧ください。犠牲になった平家の人々の記事が、どう配列されているかを示したものです。ここから、作者の意図したものが見えてきます。盛俊・忠度・重衡、三人の記事配列は、覚一本と同じですからよろしいですね。その次から注意していただきたいんです。「新中納言、落ち給ふ事（付けたり、武蔵守、討たれ給ふ事）」、つまり知盛・知章親子のことから語り出されるのですが、今読んだ知盛の心中吐露、それは四つの記事を挟んだあとに、一の谷合戦全体を締めくくる形で置かれています。

その間にあるのはまず敦盛のこと。延慶本の場合は、敦盛の首を父親の経盛のもとへ、熊谷が手紙を添えて送った話がついております。次に、備中守師盛が船を転覆させられて討たれた記事、それから、通盛の討ち死に、すぐ続けてその弟業盛が、戦場にあった古い井戸にはまって討たれた記事、と展開します。組みつかれて井戸に落ち込んだというんですね。さて、あらためて見てみますと、通盛を除いて、あとは四人とも十代の少年だったと気づきます。それを受けて、知盛の告白はあるのです。

【資料①】延慶本の構成
越中前司盛俊、討たるる事
薩摩守忠度、討たれ給ふ事
本三位中将、生け取られ給ふ事
新中納言、落ち給ふ事
（付けたり、武蔵守、討たれ給ふ事）
敦盛、討たれ給ふ事
（付けたり、敦盛の頸、八島へ送る事）
備中守、海に沈み給ふ事
越前三位通盛、討たれ給ふ事
大夫業盛、討たれ給ふ事

それは、子を亡くした親たちの代弁ともなっていますし、この配列は、戦争でもっとも犠牲となりやすいのは、未熟な少年たちであることを伝えてもいます。それを意図したのでしょう。現代の戦争でも犠牲者は弱者。作者には、戦争の悲劇が分かっていたのです。

7　男と女の心のみぞ――小宰相の入水

それでは今日の最後、「小宰相身投《こざいしょうみなげ》」のお話に入っていきましょう。通盛の妻が、夫のあとを追い、瀬戸内海に身を投ずる話。女性もまた弱者、戦争の犠牲者でした。

『建礼門院右京大夫集』によりますと、小宰相は大変美しかったそうで、彼女に失恋した男性がいたとのこと、もしその人と一緒になっていれば、海に入ることもなかっただろうに、「ためしなかりける契りの深さ」が知られると、右京大夫は書いています。

小宰相は、船の中で夫の悲報を聞きます。それは合戦当日の七日の夕方、その時から十三日の夜までは起きあがることもなさらなかったとあります。夜が明ければ十四日になり、屋島に着くことになるその日の「宵うち過ぐるまで」――「宵」は、先に申しましたように、暗くなった夜の時間帯も含んでいますから注意してください――要するに、夜中過ぎまで横になっておられたが、人々が寝静まったころ、乳母に向かって話し出す。今までは、夫が死んだという情報は間違いと信じてきたけれど、今日の夕方から本当と心に決めました、その後、生きているあの人に会ったと言う人は誰もいないのですから、と切り出し、最後となった夜のできごとを語る。

「あすうち出でんとての夜」——明日は出陣という夜、ちょっとしたところで一緒になりましたところ、いつもより心細げにうち嘆いて、あしたの合戦にはきっと討たれるだろうと思われることだ、私が死んだら、あなたはどうなさるか、などと言ったので、自分は、「いくさはいつもの事なれば」——合戦はいつものことなので、はたしてその通りになろうとは思いもしなかったことが、今は悔やまれる。それが最後と分かっていたならば、どうして後世《ごせ》で再会をと約束しなかったでしょうか、していたに違いないのに。それが悲しい。

彼女は、まさか、あしたに限って死ぬとは思いもしなかったのです。しょっちゅう戦場に出て、いつも無事に帰って来ていましたから。しかし、実際の現場に立つ者にのみ働く、直感というものがあります。通盛はその直感で、自らの死を予感し、小宰相にはそのことが理解できなかった、ということなのでしょう。現場に立つ者と、立たない者との違い。戦いにおいては、男と女の違いでした。なぜ私は、あの人の寂しく不安だったに相違ない気持ちを、あの時、分かってあげようとしなかったのだろうと、今さらのように彼女は後悔する。

夫の気持ちに寄り添うこともせず、そのかわりに自分は「心づよふ思はれじと」——気の強い女だと思われまいとして、日ごろ隠していた妊娠の事実を告げた、という。彼女は、内心、反発してたんですね、気弱な夫の言葉に。それが外に現れたに違いないと思い、ごまかすために身ごもったことを伝えたのです。気まずい雰囲気をほぐすためにした秘密の告白でした。そうすると、あの人は、この上なく喜んで、自分は三十になるまで子がいなかったのに、ああ男の子であってくれ、「憂き世の忘れ形見にも思ひおくばかり」――死ぬつもりですから、そう言う。そして、何か月めかね、気分はどうか、船の生活だから落ち着いて出産できるかしらと、あれこれ心配してくれたのも、結局、「はかなかりけるかねこと」――「かねこと」は前もって言いおく言葉、あの一つ一つの心配事が、生前に言い残したむなしい言葉となってしまったことです。

そこまでが、最後の夜の回想です。これからどうしょう、聞くところによれば、女はお産の時、「十《とを》に九つは必ず死ぬるなれば」、恥ずかしい思いをして死ぬのもつらい。「しづかに身身となっての ち」――子を生むことを「身身となる」と申しました、いい言葉ですね。で、出産後、その子を形見として育てようとも思うのだけれど、幼い我が子を見るたびに、「昔の人のみ恋しく」なって、物思いの数は増えても、子によって心が慰められそうにもない。「つひにはのがるまじき道なり」――、最後には避けて逃げられない道、つまり死が待っている。ここではじめて、彼女は自らの死をほのめかすのです。

私がもし耐え忍んで生きていったにしても、「思はぬほかのふしぎ」、これは再婚を暗示した言葉です、再婚話が起こるかも知れない。それを想像すれば、いやなこと。「まどろめば夢に見え、さむれば面影にたつ」あの人です。「生きてゐて、とにかくに人を恋しと思はんより、ただ水の底へ入らばやと思ひ定めてあるぞとよ」――最終的な決意が乳母に伝えられたのでした。そして、あなたが嘆くのはつらいけれども、私の残す装束をお坊さんに布施として差し出し、亡き夫と私の菩提《ぼだい》を弔い、後生《ごしょう》を祈ってもらいたいし、書き置いた手紙を都へ伝えても欲しいと言う。すでに覚悟を決めていましたから、遺書も用意されていました。

当然、乳母は思いとどまらせようと、涙ながらに懸命に説得を始めます。私が小さい子を都に捨て置き、年老いた親も残してこれまでお供をしてきたこの気持ちを、どうお考えなのですか。今度、一の谷でお討たれになった方々の北の方のお嘆きは、みな同じです。「御身《おんみ》ひとつのこととおぼしめすべからず」、あなただけが悲しいのではありません、と言う。こういう時には、自分の世界に閉じこもっている相手の心を、他者に向けて開かせなければなりません。乳母は、まず自分に、次に同じ不幸に見舞われた奥方たちに目を向けさせようとする。つらいのはあなただけじゃない、と。だから、無事に出産なさって、お子様をお育てになり、そののち、出家なさって亡き人のご菩提をお弔い申し上げなさいませ、と説得する。

また、あなたは後世《ごせ》でご主人様と「かならずひとつ道へ」とお思いでしょうけれども、「生《しやう》かはらせ給ひなんのち」、生まれ変わったのちは、あの世は「六道・四生《ししやう》」に分かれていて、「いづれの道へ」お行きになられるか、「ゆきあはせ給はんことも不定《ふぢやう》なれば、御身を投げてもよしなき事なり」と言う。後世再会をどれだけ強く願っても、あの世はさまざまな世界に分かれていて、どのようなところに生まれるかも不確か、いとしい人と出会えるかも不確かゆえ、身をお投げになっても、かいのないこと、というわけです。

六道はご存じですね。地獄・餓鬼・畜生・修羅・人間・天上、迷える世界であります。その六道に生まれるのには、四つの生まれ方がある。それが四生です。お腹《なか》から生まれるのを胎生《たいしょう》、卵から生まれるのを卵生《らんしょう》、湿潤なところから生まれるのを湿生《しっしょう》、これは昆虫の例なんかを想像しているようです。それから、どこからどうして生まれるのか分からない場合を化生《けしょう》、と言いました。仏様とか菩薩様とかの生まれ方だそうです。江戸時代になりますと、これがお化けのことになってしまうんですね、化生のもの、とかいって。仏様がお化けになるなんて、おもしろいですよね。ともあれ、六つの世界に四つの生まれ方がある。計、二十四通り。

それは迷える世界のことです。実は、浄土だっていっぱいある。阿弥陀様の西方《さいほう》極楽世界は、九品《くほん》浄土と申しまして、九つに分かれていますし、南には観音様の浄土、弥勒《みろく》菩薩のいる浄土は上方、お薬師《やくし》様の浄土は東、普賢《ふげん》菩薩の浄土は北にあります。だから、あなたのお生まれになる先がどこになるか、とうてい分かるはずもなく、ご主人に会える確率は百分の一もない、おやめなさい、無駄です、となるわけです。さらに乳母は、都に残っている方々のお世話を、誰にせよとお考えになっているのか、恨めしい限りです、と言って、口をつぐみます。

小宰相は、相手の心を傷つけ悪く受け取られたと思ったんでしょう、ごまかそうとします。人というものは、一般的な恨みごとからでも、身を投げようなどとよく言うもの、でも、実際にそうする人はまれ、だから、私も大丈夫。万が一、思い立ったら、あなたに知らせないはずはありませんよ、夜が更けました、さあ寝ましょう、と言います。乳母は、ここ数日、口に物をお入れにならぬ方、きっと死ぬことを、内心、決めているに違いないと思い、その時は必ず私も一緒に、と懇願し、傍らに控えていたのですが、つい、うとうととしてしまう。

そっと船端に出た小宰相、月の沈みゆく方角が西、そちらに向かって静かに念仏を唱えます。「南無西方極楽世界教主弥陀如来、本願あやまたず浄土へみちびき給ひつつ、あかで別れし妹背《いもせ》のなかへ、必ずひとつ蓮《はちす》に迎へたまへ」——あらゆる衆生を救う誓いをお立てになった阿弥陀様、その誓いどおり、浄土へお導きくださり、愛し合っていたのに別れてしまった私たち夫婦の間柄、必ず同じ蓮の上に迎えとって再会を果たさせて下さいと、泣く泣くはるかな浄土に願いをかけ、「南無」と唱える声と共に、海に沈んでいったのでした。

彼女は、乳母の説得を聞いた上で、ということは、あの世で会えぬかも知れない事を承知の上で、入水《じゅすい》しました。どうしてもそうせざるを得ない思いに駆られて。それは、最後の夜に、ふたりの心に溝ができてしまっていたからでしょう。しかも、夫への無理解ゆえに自分の方で作ってしまった溝。取り返しのつかない過去に作った心の溝を埋めるためには、どれほど可能性は低いにしても、来世での再会に希望を託す以外になかったのです。夫婦間の心のすれ違いは日常よくあること、それを今生《こんじょう》の別れ際に設定し、なぜ小宰相は通盛のあとを追ったのかという問いへの答えとしたのが『平家』作者でした。社会的立場による男と女の差を意識しながら……。

やがて海中より彼女は救いあげられ、乳母の嘆き悲しむなか、息を引き取る。そのなきがらは、通盛の鎧に包まれ、ほのぼのと夜の明けはじめた海に沈められました。一緒に海に入ろうとした乳母は、抱きとめられ、通盛の弟忠快の手で出家をとげます。古来、夫に先立たれた妻は尼となるのが通常、あとを追うとは、たぐいまれなことであったとして、一話は結ばれます。

このあと、ふたりのなれそめの話になっていきますが、ところで、彼女の入水は十三日の夜、明けて十四日には屋島に着こうという前夜でしたね。合戦は七日。一の谷から屋島まで、そんなに日にちがかかるものでしょうか。せいぜい一昼夜もあれば充分なはず。ここには意図的な時間の操作があったようなんです。というのは、十三日が通盛の初七日に当たるからです。

死者を弔うのは、七日ごとで、七七日《なななぬか》の四十九日が一区切り。この期間を「中有《ちゅうう》」と申しまして、死者のあの世での行き先が決まっていない時期だといいます。その後、百か日、一周忌、三回忌と仏事を営み、全部で十回。この十回、死者はあの世の冥府《めいふ》で、いわば裁判を受けるのです、生前に何をやったかという。閻魔《えんま》王はご存じですね。彼は五番目、三十五日目の裁判を受け持つ。初七日は秦広《しんこう》王、四十九日は泰山府君《たいざんふくん》といったように、十の王、十王が裁判をして、死者の行き場所が最終的に確定されるというわけです。七回で審判が終わり、あとの三回が再審といったところですかね。小宰相は、初七日を、夫を待つ限界として死を決行したことになります。七日ごとの審判の場で彼に遭遇できるかも知れない、そんな思いが彼女の中にあったとでも言いたかったのでしょうか、ともあれ、作者が初七日を意識していたことは、間違いありません。

延慶本では、熊谷が敦盛の首を父の経盛のもとに送り届けた話がついていましたね。それも十三日、経盛はその礼状に「七日の内に」我が子の首を見られたと謝辞を記しています。死後の世界に対する意識が、今日とはずいぶん違って鋭敏だったのです。

一の谷合戦全体の締めくくりは、門脇《かどわき》中納言教盛の嘆きになっております。嫡子通盛にも、末子《ばっし》業盛にも死なれ、子として残るのは教経《のりつね》と僧の忠快のみ、通盛の形見と思っていた小宰相もこうなってますます心細くなった、というのです。前回、教盛のひ孫が順徳天皇に当たることや、忠快の出世についてもお話しました。教盛は目立たない男ですが、延慶本では覚一本より多く登場して、清盛に批判的な姿も伝えられています。原作者は、それなりに特別な意識を彼に持っていたのでしょう。

それはそれとして、小宰相の入水は、男女の心の機微、ふとした心のすれ違いに因があったのだと語っているところに、深い文学性を再確認しておきたいと思います。

8　一の谷合戦の虚実

さて、一の谷の合戦の実際は、どうだったのでしょう。今までの歴史研究では、まだ充分に事実関係が把握できていないように、私には思われます。資料を見ながら、問題を追ってみます。

まず東国軍の軍勢の数。物語は六万余騎と書いてございました。範頼軍五万、義経軍一万と。しかし、資料②、『玉葉』寿永三年正月の十三日条によれば、「僅《わづ》か千余騎」。翌日の記事を見れば、「関東飢饉《ききん》の間」、兵力が少なかったと判明します。これ以前の、前年十一月七日条には義経軍が「僅か五、六百騎」、

【資料②】玉葉・寿永三年正月条
十三日……九郎の勢、僅か千余騎と云々。
十四日……関東飢饉《ききん》の間、上洛の勢、幾ばくならずと云々。
二十日……義仲‥阿波津《あわづ》野辺にて伐《う》ち取られ了んぬと云々。

十二月一日条にも「僅か五百騎」とありますから、それくらいの軍勢に過ぎなかったことは間違いありません。以下、『玉葉』の記事をたどることにします。

正月二十日に義仲が討たれたのでしたね。資料③、二十六日条を見ていただきますと、「平氏追討の議を止められ、静賢《じやうけん》法印を以って御使ひとなし」、つまり、和平の議を進めるべく、静賢を平家のもとに派遣し、「子細を仰せ含めらるべし」、詳細を納得させよう、ということになったらしい、とあります。彼は後白河院の近臣で、『平家物語』でも高い評価を得ている人物です。

ところが、その同じ日、頼朝に対して、平家追討の宣旨が正式に下されていました。それを証明するのが、一つ飛んで、資料⑤の二月二十三日条に載る追討の宣旨の日付です。その結果なのでしょう、④の二十七日条では、「御使ひを遣はす」のをやめて、「偏《ひとへ》に征伐」することになったらしいとし、それは、「近習《きんじゆ》の卿相《けいしやう》」による「和讒《わざん》」か——後白河院の取り巻き連中が院をだましておとしいれたからか、と記しています。その

【資料③】同、二十六日条
　猶《なほ》、平氏追討の議を止められ、静賢《じやうけん》法印を以って御使ひとなし、子細を仰せ含めらるべしと云々。

【資料④】同、二十七日条
　平氏の事、猶、御使ひを遣はす事を止め、偏《ひとへ》に征伐せらるべしと云々。近習《きんじゆ》の卿相《けいしやう》等、和讒《わざん》かと云々。所謂《いはゆる》、朝方・親信・親宗也。

【資料⑤】同、二月二十三日条
　近日、下さるる所の宣旨……
　　応《まさ》に散位《さんに》源朝臣頼朝をして前内大臣平朝
　　　臣以下の党類を追討せしむべき事
　　　……………
　　　　　寿永三年正月二十六日

【資料⑥】同、正月二十九日条
　追討使を遣はさるる事、一定《いちじやう》也。今日、已《すで》に下向（去る二十六日、出門）と云々。其《そ》の上、猶、静賢、使節を遂ぐべきの由、仰せ有り。静賢、辞退と云々。其の故は、御使ひを遣はさるは、彼の畏懼《ゐく》の心を休めしめ、三神の安穏入洛《あんをんじゆらく》の為也。而《しか》るに、勇者を遣はし征討の上、何ぞ尋常の御使ひに及ばんや。道理、叶《かな》はず。又、使節、遂げ難きの故也と云々。申す所、尤《もつと》も理《ことわり》有るか。凡《おほよ》そ近日の

——儀、掌《たなごころ》を反す如し、不便《ふびん》々々。

「近習」の徒とは、藤原朝方《ともかた》・同親信《ちかのぶ》・平親宗《ちかむね》の三人。『玉葉』を書いた九条兼実は、この時に右大臣でございました。朝方は権中納言、親信と親宗は参議で、いずれも格下。あいつらが悪い、といった感じで呼び捨てにしてますね。もちろん兼実は、和平支持者でした。宮廷内に、主戦論と和平論があったわけです。

⑥の二十九日条を見てください。追討使が、この日、下向したとありますね。これは都を出て行ったことで、「去る二十六日、出門」とあるので、追討使が家を出たのは三日前だったと分かります。出陣する時は、必ず日の吉凶を選びました。出陣に適した日に、まず家を出て、どこかに宿営をし、それからあらためて日を選んで戦場に行くんですね。ですから、宣旨が下りた二十六日、即座に出門し、準備を進めて二十九日に都を出て行ったことになります。

その次に注目すべき一文があります。「其《そ》の上、猶、静賢、使節を遂ぐべきの由、仰せ有り」です。追討使が出発したにもかかわらず、なお、静賢を使者として後白河さんは遣わそうとしたというんです。使節の目的は、当然、和平でしょう。しかし、静賢は「辞退」します。彼の述べた理由は、使者を派遣するのは、彼らの恐れおののいている心を「休めしめ」、「三神」、三種の神器を無事に都に返させるためだ。ところが、武士を遣して「征討」しようとしているその上で、何で「尋常の御使ひに及ばんや」——通常の使者を差し向ける必要がありましょうか。「道理、叶《かな》はず」、矛盾しており、使節の目的を「遂げ難」いからだという。兼実は、「申す所、尤《もっと》も理《ことわり》有るか」、静賢の言うところが正論だと書いていますところで、物語では、正月二十九日に範頼と義経が院参し、二月四日に都を出、義経は「二日路《ふつかぢ》を一日《ひとひ》にうって」、三草山に着いたとありました。事実経緯は、今見たとおり。物語は時間を集約し、現実の時間をぐっと縮めて、緊迫した展開に仕立てているわけですが、⑦の二月二日条を見てもらいますと、義経軍の行動も、そんなに迅速なものではなかったと分かります。ある人が言うには、追討使はまだ大江山のあたりに逗留しているという。なぜかというと、「平氏、其の勢、尫弱《わうじやく》に非ず」――決して弱体ではなく、九州の勢も若干つき、「下向の武士、殊《こと》に合戦を好まず」という状況だからだという。数の少ない源氏勢は、進軍を躊躇《ちゅうちょ》していたのです。

その源氏軍の「土肥《とい》二郎実平《さねひら》、次官親能《ちかよし》」といった人物、この二人は頼朝の代官とありますが、彼らの意見は、「御使ひ誘《いざな》ひ仰せらるる儀、甚《はなは》だ甘心申す」というものでした。「誘ひ仰せらるる儀」とは、相手の懐柔策。「甘心」は、快く思うとか、納得できるという意味。使者の派遣に賛成なのです。しかし、「近臣の小人等（朝方・親信・親宗等）」が、「一口同音に追討の儀を勧め申」し、それが法皇の本心でもあり、今さらできあがった流れに掉《さお》さしても仕方がない。しかも、左大臣

【資料⑦】同、二月二日条

或る人、云はく、西国に向かう追討使等、暫《しばら》く前途を遂げず、猶、大江山辺に逗留と云々。平氏、其の勢、尫弱《わうじやく》に非ず、鎮西《ちんぜい》、少々付き了んぬと云々。下向の武士、殊《こと》に合戦を好まずと云々。

土肥《とい》二郎実平《さねひら》、次官親能《ちかよし》等（此の両人、頼朝の代官也。武士等に相副《そ》え、上洛せしむる所也）、或いは、御使ひ誘《いざな》ひ仰せらるる儀、甚《はなは》だ甘心申すと云々。而るに、近臣の小人等（朝方・親信・親宗等、少弁、北面の下臈等に触ると云々）、一口同音に追討の儀を勧め申す。是、則《すなは》ち法皇の御素懐也。仍って流れに掉《さを》さす左右《さう》無き事か。此の上、左大臣、又、追討の儀を執り申さると云々。凡そ此の条、其の理、然るべしと雖も、神鏡《しんきやう》・剣璽《けんじ》を重んぜられざるの条、神慮、如何《いかん》。天意、又、主とせざる者か。

まで追討を主張している。三種の神器が軽んじられているようで、「神慮、如何《いかん》」と、兼実は嘆いています。「近臣の小人」という言い方が、彼のいらだちを示していますね。

四日には、平氏が安徳天皇を連れて福原に着き、九州はまだ味方していないものの、「四国・紀伊国等の勢、数万」、という情報が入ってきています。来る十三日に、まちがいなく入京とも。それに対し、官軍は、「手を分かつの間、一方、僅か一二千騎に過ぎず」というありさま。とうてい勝ち目はなく、「天下の大事、大略分明《たいりやくふんみやう》」とあります。「大略分明」とは、平家の勝利、ほぼ疑いなしということ。この文脈から見て、そうですよね。実はこれ以前にも、平家上洛のうわさが日々飛び交っていたようすが書かれております。平氏の勢力挽回《ばんかい》は、誰の目にも明らかでした。

六日になりますと、平家の勢は「二万騎」、官軍は「僅か二三千騎」ゆえ、「加勢せらるべきの由」を、朝廷に申請してきております。四日条に、官軍の一部隊が「一二千騎」とありましたから、大手・搦手の両部隊を合わせれば「二三千騎」、計算は合っていますね。他方、平氏勢についてはさらに、「其の勢、幾千万と知らず」と、書き加えられてもいます。平家側の圧倒的有利、これが合戦前日に、都に伝わった情報でした。

さて、七日が合戦当日、翌八日条に報告された合戦状況が記

【資料⑧】同、四日条

源納言、示し送りて云はく、平氏、主上を具し奉りて福原に着き畢《をは》んぬ。九国未だ付かず、四国・紀伊国等の勢、数万と云々。来る十三日、一定《いちぢやう》、入洛すべしと云々。官軍等、手を分かつの間、一方、僅か一二千騎に過ぎずと云々。天下の大事、大略分明《ふんみやう》と云々。

【資料⑨】同、六日条

或る人云はく、平氏、一の谷へ引き退き、伊南野《いんなみの》へ赴くと云々。但し其の勢、二万騎と云々。官軍、僅か二三千騎と云々。仍って加勢せらるべきの由、申し上ぐと云々。……又聞く、平氏引き退く事、謬説《びうせつ》と云々。其の勢、幾千万と知らずと云々。

されています。その中で注目すべきは、「辰《たつ》の刻より巳《み》の刻に至り、猶、一時《いっとき》に及ばず、程なく責め落し了《をは》んぬ」とある一節。午前八時から十時まで、「一時」すなわち二時間にも及ばぬ戦いであったという。実にあっけない、意外な結末でした。二、三千騎の勢で、少なくとも二万騎の相手を、二時間足らずで破った、信じられますか。この記事によりますと、「九郎」義経が丹波の城に続いて一の谷を落とし、「加羽《かば》の冠者」範頼が、浜地より福原に寄せ、摂津源氏の多田行綱《ゆきつな》が、まっさきに山の手を落としたようです。関東からのぼってきた軍勢は、最初「千余騎」とありました。それに、この行綱のような都周辺の武士が加わって、数がふくらんでいたのでしょう。それにしても、二、三千騎……。なお、行綱は、鹿の谷事件を密告した男でしたね。

平家側に関しては、「城中に籠る者」、柵内に陣営を敷いていた者は、ほとんど一人残らず討たれたと記されています。ただし、最初から船に乗っていた人々もおり、四、五十艘ばかりが島の辺に待機していたが、陸地に「廻《めぐ》り得べからざるに依り」、陸の連中は、陣屋に火を放って焼け死んだ、という。「内府《だいふ》」は、内大臣宗盛のことで、彼も死んだと疑われたようですね。

【資料⑩】同、八日条

式部権少輔範季《のりすえ》朝臣の許より申して云はく、此の夜半許《ばか》り、梶原平三景時の許より飛脚を進《まゐら》せ、申して云はく、平氏皆、悉《ことごと》く伐《う》ち取り了んぬと云々。其の後、午の刻許りに、定能卿来たり、合戦の子細を語る。一番、九郎の許より告げ申す（搦手也、先ず丹波の城を落し、次に一の谷を落すと云々）、次に加羽《かば》の冠者、案内申す（大手、浜地より福原に寄すと云々）。辰の刻より巳の刻に至り、猶、一時に及ばず、程なく責め落し了んぬ。多田行綱、山の方より寄せ、最前に山の手を落さると云々。大略、城中に籠る者、一人残らず。但し、素《もと》より乗船の人々、四五十艘許《ばか》り、島辺に在りと云々。而るに、廻《めぐ》り得べからざるに依り、火を放ち焼け死に了んぬ。疑ふらくは内府《だいふ》等かと云々。

この、まったく予想に反した平家大敗には、裏があると私は思います。そのなぞ解きの鍵を与えてくれるのが、『吾妻鏡』に載る宗盛の手紙なんです。二月二十日条登載の資料⑪、後白河院の院宣に対する返事です。その院宣は、三種の神器返還を要請したもので、生け捕られた重衡が中に立ち、交渉が始められました。物語では、彼が交渉を強要されたことになっておりますが、『玉葉』によれば、自らその役を買って出たのが事実でした。

『吾妻鏡』は、後代の編纂物で、あまり信用できないと申してきました。一の谷の合戦記事も、『平家』を見て書いたんだろうと私は思っています。範頼軍は五万六千余騎、義経軍は二万余騎と書いてありますが、範頼軍の数は延慶本と一致し、熊谷と平山の先陣争いもそっくり載っていて、彼らを迎え撃った平家勢が二十三騎だったという、その数まで延慶本とは一致します。三草山合戦についても、平家軍が小松兄弟の率いる七千余騎だったとすることや、義経に夜討ちを進言した人物まで同じ。特に、小松兄弟を特別視する目は、『平家物語』のものでしょう。その信用できない『吾妻鏡』なんですが、ここのところは別のようなんです。

宗盛の返書、冒頭に「十五日の御札《おんさつ》」とあるのが院宣で、二十一日に屋島に着いたようですね。「蔵人右衛門佐《うゑもんのすけ》の書状」も見たと書いていますが、この人物は藤原定長《さだなが》で、重衡を介しての交渉の責任者だったことが『玉葉』から分かります。のちに参議になりました。資料では途中を省略しましたが、その文面、天皇と女院の還御《かんぎょ》のご要請は承知いたしましたが、以前にも同じ院宣をちょうだいしながら、洛中穏便ならずして帰ることができなかった、その後、洛中も穏やかになったというので、九州を出て還御の途についたところ、源義仲が院宣と称して備中国水島で行く手をふさいだ、しかし、それを打ち破って屋島に到着した、といった内容になっています。

以下、引用本文を見ていただきましょう。「去月二十六日」、摂津に天皇の居を移し、「事の由を奏聞《そうもん》し」、院宣に従うために都近くまで行幸してきた、とあります。その二十六日、都では和平か、追討か、二つの論が行き交っている状況が、『玉葉』から推測されました。おそらく、宗盛からの奏上が届き、急遽《きゅうきょ》、対応を迫られた朝廷内が右往左往したのでしょう。去る四日は父の命日で、仏事を修するために船中にいたとありますが、問題はそのあとの文面です。

六日の日、「修理権大夫《しゅりごんのたいふ》」が書状を送ってきて、「和平の儀有るべきに依り、来る八日出京し、御使ひとして下向すべし」――和平のため、八日に私が使者としてそちらに向かうと、言ってきたのですね。さらに、そちら側の「勅答」、安徳天皇の御返答を得て帰ってくる前に、「狼藉《らうぜき》有るべからざるの由」を、関東の武士等に上皇がお命じになったから、そちら側も同じ旨

【資料 ⑪】吾妻鏡・同二十日条記載、宗盛の院宣返状

去る十五日の御礼《おんさつ》、今日（二十一日）到来、……蔵人右衛門佐《うゑもんのすけ》の書状、同じく見給ひ候ひ畢《をは》んぬ。……去月二十六日、又解纜《かいらん》、摂州に遷幸《せんかう》し、事の由を奏聞《そうもん》して、院宣に随はん為、近境に行幸す。且つ去る四日、亡父入道相国の遠忌《をんき》に相当り、仏事を修せん為、船を下りる能《あた》はず、輪田《わだ》の海辺を経廻《へめぐ》るの間、去る六日、修理権大夫《しゅりごんのたいふ》、書状を送りて云はく、和平の儀有るべきに依り、来る八日出京し、御使ひとして下向すべし。勅答を奉りて帰参せざる以前に、狼藉《らうぜき》有るべからざるの由、関東の武士等に仰せられ畢んぬ。又、此の旨を以って早く官軍等に仰せ含めしむべしてへり。此の仰せを相守り、官軍等、本より合戦の志無きの上、存知に及ばず。院使の下向を相持つの処《ところ》、同七日、関東の武士等、叡船《えいせん》の汀《みぎは》に襲ひ来る。院宣、限り有るに依り、官軍等、進み出づる能《あた》はず。各《おのおの》引き退くと雖も、彼の武士等、勝つに乗りて襲ひ懸り、忽《たちま》ち以つて合戦、多く上下の官軍を誅戮《ちゆうりく》せしめ畢んぬ。此の条、何様《いかやう》に侯ふ事や。子細、尤も不審。若《も》し、院宣を相持ちて左右《さう》有るべきの由、彼

を、「早く官軍等に仰せ含めしむべし」と書いてあったという。

この「官軍」は平家軍のこと。

で、我々は、この仰せを守り、「院使の下向」を待っていたところ、七日、突然「関東の武士等、叡船《えいせん》の汀《みぎは》に襲ひ来る」、天皇の船が停泊する磯に襲撃してきた。院宣に反するには限界があったので、当方の「官軍」は進撃できず、ばらばらに退却したのに、関東の武士らは勝利に勢いづいて襲いかかり、たちまちに合戦となって、多くの「官軍」を殺してしまった。「此《こ》の条、何様《いかやう》に候ふ事や」、「尤《もつと》も不審」、理解しがたいことだ。もしかして、和平交渉の結果を待てということを、関東の武士に命じられなかったのか、武士がそれを承服しなかったのか。あるいは、我々を油断させるために「奇謀を廻らさるるか」、一体全体どういうことか、私はいまだに困惑し、霧の晴れやらぬ思い。今後のため、詳細を承りたい、と言っております。

そこで、問題の書状を送ってきた「修理権大夫」は誰かといえば、主戦論者三人のひとり、藤原親信だったのです。兼実に「近臣の小人」と評されたひとり。となれば、平家を引っかけたと見るのが順当でしょう。この宗盛の返書、正当に扱われてきたかどうか。肯定的立場の歴史家の方すら、軍勢の数等を『吾妻鏡』に従っています。このあと、返書の後半では、和平は望むところなのに、いまだ明瞭な院宣がない、源平には「相互の意趣」なく、頼朝と平氏との合戦は「一切、思ひ寄らざる事」とも書き、最後は、和平と還御の件につき、「早く分明《ふんみやう》の院宣」をこうむりたいと結んでいます。

の武士等に仰せられざるか。将又《はたまた》、院宣を下さると雖も、武士、承引せざるか、若し官軍の心を緩《ゆる》めん為、忽ち以って奇謀を廻らさるるか。倩《つらつら》次第を思ふに、迷惑恐嘆し、未だ朦霧《もうむ》を散ぜず候ふ也。自今《じこん》以後の為、向後《きやうこう》将来の為、尤も子細を承り存ずべく候ふ也。唯、賢察を垂れしめおはすべし。

先に、返書の冒頭に名前のあった「蔵人右衛門佐」、こと定長が、この時の交渉の責任者だったと申しましたね。その定長から、返書の内容を兼実が聞いた記事が⑫です。和平を望んでいることや、源平で戦う意思のないことが伝えられており、今、紹介しました返書の後半部分の内容と照応しております。ただし、源平対等の処遇を求めているらしい宗盛の要請は、頼朝が承諾しないだろうから、「難治の事」、うまく事をおさめるのは難しいと書いていています。私は、ここがポイントだと思う。宗盛の返書は、頼朝の意向を探るべく、そのまま写されて鎌倉へ送られたのではないでしょうか。それが、後代、『吾妻鏡』に取り込まれたと考えるのです。

そもそも問題の返書では、「蔵人右衛門佐の書状」を見たと言いながら、その具体的内容には、いっさい言及していませんし、書状のぬしの実名すら記そうとしていません。前後の文脈から、この一文だけ、完全に浮きあがっています。誰かの創り物なら、こんな不自然な記述をするはずがない。その不自然さが、かえって、これが本物であることをものがたっています。

『玉葉』の八日条に、平家は「城中に籠る者、一人も残らず」討たれたとあり、船も救出に向かう余裕がなかったとありましたが、それは虚をつかれた結果だったに違いありません。朝廷と関東武士とが連携して平家をだまし討ちにした、それが一の谷合戦の実態だったでしょう。

【資料⑫】玉葉・三月一日条

定長語りて云はく、重衡、遣はす所の使者(左衛門尉重国)、帰参、又消息《せうそこ》の返事有り。申し状、大略、和親を庶幾《しょき》するの趣き也。所詮、源平相並びて召し仕はるべきの由か。此の条、頼朝、承諾すべからず。然れば、難治の事也。但し、此の上は、別《べち》の御使ひ来たるの時に於いて、子細を奉り、重ねて所存を申すべしと云々。

では、どうして『平家物語』も『吾妻鏡』も、その実態を隠し続けたのでしょうか。そこに作品が作られた時代性が、深く関わっているように思われます。鎌倉時代は言うまでもなく、東国武家社会が大きく羽ばたき、政治の実権を獲得していった時代、そこでは東国武士の力強さ、たくましさこそが賞賛されるべき対象でした。朝廷貴族の発案による姑息《こそく》な手段に乗って、だまし討ちによる大勝利を収めたなどということは、語り継がれるべきものではなく、むしろ恥だったはず。『吾妻鏡』の隠蔽は、当然でした。

『平家物語』は、ドラマでした。軍勢の数をふくらませるのは常套《じょうとう》手段。時間も劇的に再構成し、人間を描くのにも性格の一面を凝縮して表現していく。東国武士については、良くも悪くも勲功に一途に燃える姿を語っています。彼らの、いわば力への渇望が、平家を追い落としていったと語っているに等しく、宇治川の合戦で、足利又太郎忠綱を平家の武将のふがいなさに対比させて登場させたのも、そうした構想によるだろうとお話したのでした。一の谷の合戦も、その路線に従って全体が構成されていました。東国武士の向こう見ずな挑戦から、戦いは始まったと。しかし、力の空しさと罪をも、熊谷に吐露させているのが『平家』でした。力のプラスとマイナス、両方が意識されているのです。このような物語の構想のなかに、卑怯なだまし討ちが入ってくる余地は、まったくなかっただろうと思います。事実性を超えていくのが、物語世界でした。

9　戦いの現実――宗左近の詩

最後に、戦いの現実は過去も現代も同じだということをお話して、おしまいにしたいと思います。宗左近の長編詩集『炎える母』を知っていただきたく、詩の何篇かを用意しました。

この『炎える母』とは、私が学生時代、ちょうど卒論を書いている時に出会いました。読んでみて、これは正に知盛体験だと思いました。知盛は我が子を見捨てて逃げましたが、宗左近は母を捨てて逃げてしまった苦い体験を背負い続けているのです。

東京大空襲の時でした。田舎に疎開している妻と子のもとへ、荷物を運ぶためにお母さんが上京し、荷物を持って帰ろうとした夜、空襲となり、焼夷弾《しょういだん》の雨の中を逃げることになったのです。焼夷弾は、炸裂《さくれつ》すれば油が流出し、あたり一面を焼き尽くす爆弾。火の海の中を、お母さんの手を引っ張るようにして逃げたんです。背中からは、熱い炎が迫ってくる。懸命に逃げているうちに、どうした弾みか、母の手が自分の手から抜け落ち、振り返ると、母は炎える母となっていたのでした。帰って助けなければという意識はどこかにありながら、炎に追われて、身体は前へ前へと走り続ける、肉体が勝手に動く。知盛と同じでありました。

その体験を、詩人は長い間、表現できませんでした。この詩集『炎える母』が生まれたのは、二十二年後のことです。幾つか読んでみたいと思います。長いので、途中までですが。

サヨウナラよサヨウナラ

見えている炎の海はたちさったけれど
見えない炎の海があふれかえっているのだから
炎えつづけて炎えやまない母だから
炎されつづけて炎されやまないわたしだから
この炎えている炎えあがってくる白い現《うつつ》に
サヨウナラはないサヨウナラはいいえない

のびあがり
身をよじり
ひるがえり
うねり
くねり
ねじれ
まがり
波だち

たぎり
湧きたち

炎えつづけて青く炎えやまない母だから
焦げつづけて赤く焦げやまないわたしのなかの母だから
サヨウナラはいいえないサヨウナラはない

母の最期の姿が、どう表現しようともしきれない塊《かたまり》となって、詩人の心のなかに残り続けている――「サヨウナラはない」ものとして。堂々巡りのような言葉が、苦悩の深さを語っています。もう一篇。これも導入部だけですが。

墓

わたしは立っている
炎えても炎えても
炎えやまない
ないこころ

をいだいて

ないということを
燃料として
おのれを炎して
ないこころ
をいだいて

「ないこころ　をいだいて」という言葉が、重く響きます。戦争は、昔も今も、同じような苦しみを人間に与え続けてきたのです。決して戦いは、賛美されるべきものではありません。『平家物語』の作者も、それが分かっていたのでした。

今日は、「一の谷合戦の酷」という副題をタイトルにつけました。この「酷」の文字に、私としては、いろいろな思いを込めたつもりです。

【資料⑬】宗左近の詩集『炎える母』より

ご挨拶

わたしの骨は母の焼け残った骨によってできている
母の焼けおちた肉がわたしの骨をとりまいて
炎える肉となっていぶっている
わたしの生きるための炎のすべては
炎え落ちない母を炎え落すために炎えている

だから女よ
炎えているわたしの肉は
おまえをつつんでこんなに冷たいのだ

ない愛

わたしが炎のなかにつきおとす
母が炎えることによっておそらく
ないわたしの愛が炎えはじめたのだ
あるわたし自身をむごたらしく炎すために

第五章●終局と残映——語りつがれたもの

本章で読む章段

巻十一「先帝身投《みなげ》」

めづらしきあづま男をこそ

「能登殿《のとどの》最期」

死出《しで》の山のともせよ

「内侍所《ないしどころ》都入《みやこいり》」

約束はたがふまじきか

「大臣殿《おほいとの》被斬《きられ》」

うき名を流すもあれゆゑ

「重衡《しげひら》被斬《きられ》」

逆縁をもって順縁とし

灌頂巻《くわんぢやうのまき》「女院《にようゐん》死去」

過去聖霊《しやうりやう》、一仏浄土へ

今日が最後です。壇の浦の戦いから、物語の末尾の、建礼門院の崩御《ほうぎょ》までを読むことになります。タイトルは「終局と残映」といたしました。『平家物語』が誕生してきたのは、第三回目にお話ししたように、朝廷内で平家人脈が復活し、社会的にも親平家的雰囲気が広がりを見せ、戦乱を体験した最後の世代が生き残っている状況下でしたね。「残映」という言葉を使ったのは、そうした要素を考えてのことなんです。

前回やりましたのは一の谷の合戦、一一八四年二月七日の戦いでございました。壇の浦はその翌年の三月二十四日、それに先立つ屋島の合戦は、一か月前の二月十八日のことでした。一の谷の合戦後ほぼ一年近く、義経は、都の治安維持を名目に戦場に赴くことはなく、兄の範頼が平家追討の任に当たっておりました。後白河院が頼朝の意向を無視して、義経に官位を与えて厚遇しようとし、義経もそれを受け入れたため、頼朝が怒って実質的な禁足令を出したからだと言われています。

範頼は、周防《すおう》の国、山口県まで下り、九州を支配下に置くために侵攻を試みるのですが、うまくいかず、戦況は膠着《こうちゃく》状態になっておりました。年が明けて一一八五年正月、義経に頼朝から四国攻略の命が下ります。『玉葉』によりますと、二月十六日に大阪湾を出て、十七日に阿波《あわ》、徳島に着岸、十八日には香川の屋島を攻めたのだそうです。驚くべき迅速な行動力。夜も寝ないでの行軍だったんでしょう。虚をつかれた平家は、またしても惨敗を喫することになります。そして、そのまま壇の浦へと、戦場は移っていくことになるわけです。

物語では、壇の浦の開戦を前に、宗盛と知盛との意見の対立が描かれます。まず、人々を鼓舞すべく、知盛が全軍に檄《げき》を飛ばします。いくさは今日が最後、いかなる勇者であろうと、運命尽きぬれば致し方なし、されど名は惜しいはず、東国の連中に弱気を見せるな、と言うのです。本来、これは総大将たる兄の宗盛がやるべきことでしょう。それを弟の知盛が代行した形になっているところが、すでに物語です。彼の檄に応じて、武士たちの士気は高まっていく。しかしひとりだけ、態度のおかしいやつがいる。

知盛は、兄のもとへ行って言う。阿波民部重能《あわのみんぶしげよし》は心変わりしたと思われます、切りましょう——重能は、平家にとって股肱《ここう》の臣、都落ち以降も忠誠を尽くしてきた男、それが裏切ったという。宗盛は信じられない。「見えたる事もなうて」、証拠もないのに、どうして切れようと言って、重能を呼びつけ、心変わりしたのか、元気がないぞと声をかける。裏切った男が、裏切ったのかと聞かれて、はいと答える馬鹿はおりません。そこが宗盛の限界でした。知盛は太刀に手をかけ、兄の顔色をしきりにうかがいますが、ついに許しが下りず、どうしようもありません。

重能は、屋島の合戦で息子を生け捕りにされ、この段階ではすでに源氏側に内通していました。それを見抜いたのが知盛。一方、宗盛には分からなかった。宗盛は近視眼的人間に描かれていると、申してきました。ここもそうですね、「見えたる事」がなければだめ、想像力を働かせることができない。知盛は、表面の態度から相手の心を見通していました。遠くまで見る目が、彼には用意されているのです。

この重能の内通により、平家の策略は全部源氏側に伝わります。平家は中国製の大きな船、唐船《とうせん》を持っておりました。ご存じのように、平家は日宋貿易をやって珍しい文物を手に入れていましたが、その代表が唐船。それに、ふだんは安徳天皇や建礼門院を乗せていたのですが、その日は雑兵を乗せ、敵が唐船を目指して集まってきたところを取り囲み、攻撃するという作戦でした。作戦の漏れたことを知った知盛は、あの男を切り捨てるべきであったものをと後悔したものの、時すでに遅く、平家側についていた四国・九州の武士が次々に寝返り、勝敗の大勢は決したのでした。このあと、平家の人々はどのような最期を迎えるのか、それを読んでまいりましょう。

1　伝わった言葉——今わの時のたわぶれごと

まず、「先帝身投《みなげ》」の章段から。「源氏のつはものども、すでに平家の舟に乗り移りければ」という状況が、眼前に展開しております。漕《こ》ぎ手の水手《すいしゅ》やかじ取りもみな射殺され、切り殺され、船の自由は奪われてしまいました。その時、知盛が小舟に乗って、「御所の御舟《おんふね》」、安徳帝や建礼門院、女房たちの乗る船に参上して報告する。「世のなかは、今はかうと見えて候ふ」、もう最後と思われます、見苦しいようなものは、みな海へ入れなされよと、すすめたりもする。後世、うわさの種になるような変なものは残すな、いうわけです。そして、自ら掃除を始める。

それを見た女房たち、「中納言殿、いくさはいかにや、いかに」、と「口々に」聞きます。いくさはこれまでと聞かされても、戦場に立ったことのない彼女たちには、実情がよく飲み込めなかったのです。彼は答える、「めづらしきあづま男をこそ、御覧ぜられ候はんずらめ」と。しかも、「からからと」笑いだす。皆さん方の見たこともないような、色が黒くて、ひげもじゃで、そんな「あづま男」を見ることになるでしょうよ、と言ってからからと笑ったという。最後の覚悟を決めている男の明るさ――。女房たちは、「なんでうのただ今のたはぶれぞや」、何で今のこんな時にそんな冗談を、と言って「声々に」責め立てたといいます。印象的なやりとりです。ひとりの男を大勢の女たちが取り囲んでなされた会話、男と女の違いや、前線に立つ者と後方にいる者との違いが、一つの場面としてあざやかに切り取られています。

この情勢を受けて、「二位殿」時子が決断をいたします。もちろん清盛の妻、すでに六十歳。日ごろから覚悟はできておりました。出家していましたから、「にぶ色の二つぎぬ」、薄墨《うすずみ》色の二枚重ねの着物を着、「神璽《しんし》」、三種の神器のうちの勾玉《まがたま》をわきにはさみ、草薙剣《くさなぎのつるぎ》の宝剣を腰に差しまして、孫の安徳帝を抱いて立ち上がる。自分は女の身ながら、敵の手にかかることはしますまい、「君の御供《おんとも》に参るなり」――帝《みかど》とともに旅立ちます、帝に忠誠を尽くそうとされる人々は、すぐあとに続きなさい、と言って、船端へ歩み出る。

主上はことし八歳。今の七歳。年よりは成長して見え、「御かたちうつくしく」――気品があり、「あたりも照りかかやくばかり」。髪は長くゆらゆらとして、背中を過ぎるほどの長さ。でも、やはりまだ幼いのです、「あきれたる御さまにて」――事態がよく分からず、困惑しているようすで聞く、「尼ぜ、われをばいづちへ具してゆかむとするぞ」――私をどこへ連れていこうとするのか。この言葉に、時子は胸を突かれる。分かっていると思っていたのに、何もお分かりではなかった。こみ上げてきた涙を抑えて言います、「君はいまだしろしめされさぶらはずや」――まだご存じないのですか。あなた様は前世にて立派な行いをし、国王としてお生まれになったものの、悪縁に引かれ、運命はすでにお尽きになっている。それゆえ、まず東に向かい伊勢大神宮にお別れをし、次に浄土からのお迎えを願って西に向かい念仏をなさいませ。この国は心憂き所、極楽浄土というめでたい所へお連れ申し上げるんですよ、と涙ながらにさとす。

安徳天皇は、青みがかった黄色の「山鳩色《やまばと》の御衣《ぎよい》」を着ておりました。髪は背に垂らしているほかに、「びんづら」――耳のところで丸く束ねていました。涙を顔いっぱいに流し、言われたとおり、小さなかわいらしい手をあわせ、まず東を伏し拝んで天照大神に別れを告げ、その後、西に向かって念仏を唱える。すると、「二位殿やがて」――「やがて」は、すぐさま、そのままの意ですから、さっと抱いて、「浪のしたにも都のさぶらふぞ」とお慰めしつつ、「千尋《ちいろ》の底」、深い深い海の底に、

【資料①】閑居の友

建礼門女院の御庵《いほり》に、忍びの御幸の事

文治二年の春、建礼門女院、世を捨てて籠り居させ給へるもとに、いかさまにしていまそかるらむとて、夜をこめて、忍びの御幸ありけり。

そのおはします所に、いとあやしげなる尼の、年老いたるありけるに、「女院はいづくにおはしますぞ」と問はせ給ひければ、「この上の山に、花摘《つ》みに入らせ給ひぬ」と答《いら》へけり。いとあはれに聞こし召して、「いかでか、世を捨つといひながら、みづからは」と聞こえさせ給へば、尼の申すやう、「家を出でさせ給ふはかりにては、いかでかさる御行なひも侍らざらむ。忉利天《たうりてん》の億千歳の楽しみ、梵天《ぼんてん》の深き禅定《ぜんぢやう》の楽しみにもかやうの御行ひの力にて、会はせ給はんずるには侍らずや。うき世を出でて、仏の御国《みくに》に生まれんと願はん人、いかでか捨つとならばなほざりの事侍るべき。前《さき》の世にかかる御行なひのなかりける故にこそ、かかる憂き目を御覧ずる事にて侍らめ」といひけり。御供の人々も、「姿よりはあはれなる物いひかな」といひしろひ、また、院もあはれにおぼし召したり。

お入りになったのでありました。

「浪のしたにも都のさぶらふぞ」という言葉も印象的です。それと、三種の神器を持って海に入ろうとしたことが連動するように、私には思われます。勾玉と宝剣は時子が、鏡はこののち、乳母がかかえて海に入ろうとします。三つの宝物は、天皇の位にとっては不可欠なもの。それを持って行こうとしたということは、あの世の都で、再び安徳天皇を中心とした宮廷社会を築く目的を持っていたことになるでしょう。これからの文面には、人々が手に手を取り組んで入水していったという表現が、繰り返し出てきます。平家一門の人たちは、かつての栄華のあの世における再現を、いわば共同幻想として抱きながら、死を共にしたのではなかったでしょうか。

資料として、『閑居の友』という作品に収められている一話を、掲げておきました。この作品は、承久の乱後の一二二四年ごろ、完成したと言われております。その中に、大原にいた建礼門院を後白河法皇が訪ねたお話、『平家物語』の「大原御幸《ごかう》」の章段とよく似ているため、出どころは多分同じと思われる話

さて、御住居《すまゐ》を御覧じまはしければ、一間《ひとま》には、阿弥陀の三尊立て参らせて、花・香いといみじく供《そな》へさせ給へり。一間《ひとま》には、臥させ給ふ所と見えて、あやしげなる御衣《ぞ》、紙の衣《きぬ》などあり。障子《さうじ》には、経の要文ども書かれたり。机には、経読みさしてあむめり。心を静むべき文《ふみ》ども、ならびに地獄絵など、さもと覚えて並べ置かれたり。これを御覧ずるに、何となく昔の御あたり近き御宝物どもにはたとしへなきを、あはれに悲しくおぼさる。

誰《たれ》もあはれとやおぼされけん、あるは、直衣《なおし》の袖を顔に当て、あるは、面《おもて》を壁に向へて、おのおの言葉少なになりておはしけるほどに、山の上より、尼二人下りたりけり。一人は花籠《はなこ》を持ち、一人は爪木《つまぎ》を拾ひ持ちたり。やうやう近づき給ふを見れば、花籠《はなこ》持ちたるは女院にてものし給ひけり。爪木《つまぎ》持ちたるは、昔近く召し使はせ給ひける人なりけり。おのおの涙を流して、あきれあひ給へり。

さて、傍《そば》の間《ま》より入らせ給ひて、御袖かき合はせて、向ひ参らせておはしましけり。

「いかにも事にふれて便りなき御事も侍らんかし」など、さまざま語らはせ給へば、「何かは便りなくもわびしくも侍るべき。いみじき

がありまして、紹介してあるのはそれです。一番最後のところに、「かの院の御あたりの事を記せる文」があったので、「見過ぐしがたくて」、それを書き載せたとありますね。「かの院」が建礼門院のことで、彼女に関して書いてあったものを写した、というのです。

その後半、女院が壇の浦のことを回想して話した部分があります。「今上《きんじやう》をば人の抱き奉りて」と、時子を「人」と書いていますが、『愚管抄』でも時子ですので、まず間違いないところ。人々は三種の神器を持ち、「かの御供に」つまり天皇のお供にと言って、海に入ったとあります。その後、再び時子入水のようすが語られ、「焼石《やきいし》・硯《すずり》などを懐に入れて」浮き上がらぬための重しにし、今上に東と西を拝ませてと、物語にあったと等しいいきさつが記されています。もっとも、物語では、懐に重しを入れたのは女院としており、作り変えられた形跡があります。「焼石」は、「温石《おんじやく》」とも申しまして、火であぶった軽石《かるいし》、布で包んでから懐に入れる、昔の懐炉《かいろ》ですね。

それから、母の遺言が記されています。自分も海に入ろうと

善知識《ぜんちしき》にこそ侍れ。常に思ひ出で侍れば、涙も止《とど》まらず。花の都を出でしより、返り見れば、我が住処《すみか》とおぼしくて、煙立ち昇りて、行く先も涙にくれふたがり、いづれか山河ともわかれず。八島《やしま》の里にまかりたりしかば、そのかみ見し直衣《なほし》などのやうに覚《おぼ》えで、弓矢のほかに捧《ささ》げ持ちたる物なし。さて、ここも叶ふまじとて、八島を出でて、行方も知らぬ海に浮みて、起き臥しは涙に沈み侍りしほどに、船に恐しき者ども乗り移り侍りしかば、今上《きんじやう》をば人の抱き奉りて、海に入り給ひき。人々、或は神璽を捧げ、あるは宝剣を持ちて、海に浮みて、かの御供に入りぬと名乗りし声ばかりして、失せにき。残れる者ども、目の前に命を失ひ、あるは、縄にてさまざまにしたため、いましむ。少しも情《なさけ》を残す事なし。今はとて、海に入りなんとせし時は、焼石《やきいし》・硯《すずり》など懐《ふところ》に入れて鎮《しづめ》にして、今上を抱き奉りて、まづは伊勢大神宮を拝ませ参らせ、次に西方を拝みて入らせ給ひしに、我も入りなんとし侍りしかば、「女人《にょにん》をば昔より殺す事なし。構《かま》へて残り留まりて、いかなるさまにても後の世を弔《とぶら》ひ給ふべし。親子のする弔ひ

したのを止められ、女人《にょにん》を昔から殺すことはない、ぜひとも生き残り、どのようにしてでも後世《ごせ》を弔《とぶら》いなさい、親子のする弔いは、必ず願いがかなえられる、あなた以外に誰が、あなたの子である今上の後世や、母である私の後世を弔う人がいましょう、と、言ったというんですね。だから自分は、亡くなった人々の救済を祈るために、生き残ることにしたというのです。すぐ続いて安徳の姿を「何心もなく、振り分け髪にみづら結《ゆ》ひて」と語っているあたり、物語に通じています。母の遺言は、物語のこの場面にはないんですが、先ほど名前を出した「大原御幸」の章段にはあります。さまざまな形で、体験が後世に伝えられ、作品の素材となったのです。

は、必ず叶ふ事也。誰《たれ》かは今上の後世をも、我が後世をも弔はん」とありしに、今上は何心もなく、振り分け髪にみづら結《ゆ》ひて、青色の御衣《ぎょい》を奉りたりしを見奉りしに、心も消え失せて、今日まであるべしとも覚えず侍りき。されども、後世を弔ひ奉らむとて、身を捨て、命を軽めて、祈り奉れば、いかでか諸仏菩薩も納め給はざるべき。かかれば、これに過ぎたる善知識はなしとこそ覚え侍れ」とぞ、申させ給ひける。

　さて、夜も更け、月も傾きにければ、御供の人も涙にしをれつつ、返りにけるとなん。

　これは、かの院の御あたりの事を記せる文に侍りき。何となく見過ぐしがたくて、書き載せ侍るなるべし。

　その点で一つ、私が勝手に想像していることがあります。知盛の冗談、印象的でしたね。「めづらしきあづま男をこそ、御覧ぜられ候はんずらめ」です。なかなか創作できる言葉ではないんじゃないでしょうか。そこで、②の資料。延慶本には、都に連行される女房たちが途中まで来た時のこととして、「新中納言の今はの時、たはぶれて宣《のたま》ひし事さえ思ひ出でられて、悲しからずと云ふ事なし」という一節があるのです。知盛の最後に言ったたわぶれごとが、いまさらのように思い出されて、悲しみがよみがえってきたという。あの人は、死ぬ覚悟ができていてあんな冗談を言ったんだと……。死んだ人の最後の言葉は、人の記憶によく残るものです。女房たちが共通の話題にしたというのも、納得がいきます。皆で問い詰めて、返ってきた言葉だったのですから。あれはやはり、本当だったのではないか。

【資料②】延慶本の女房たちの回想
新中納言の今はの時、たはぶれて宣《のたま》ひし事さへ思ひ出でられて、悲しからずと云ふ事なし。

都に帰ってくる女房たちの中には、知盛の北の方の治部卿局《ぢぶきょうのつぼね》、のちの四条局もおりました。時に夫と同年の三十四歳。以前にお話しましたように、彼女は守貞親王、のちの後高倉院を、都まで連れて帰らねばならない任務がありました。ここで、あらためて思い出していただきましょう、一二二一年、八十歳になるまで生きていたのでした。承久の乱後の宮中で実力を発揮し、娘の中納言局も活躍するのでした。夫の最期のありさまを、母は娘に伝えなかったはずはありません。都落ちの時に一歳、壇の浦では三歳。父親の顔も覚えてはいない彼女に、父の役職名の中納言を、女房名として名乗らせてもいました。成長したその娘に、お前のお父さんは最後にこんな冗談を言ったと、話してあげたのではなかったでしょうか。おそらく、回りの人たちにも話した、それがやがて、『平家物語』作者の耳に届くことになる、そんな回路を、私は想像しているのです。

2　生への執着――生き残った宗盛

物語はこのあと、徳子も海に入ったと書いてございます。しかし、柄《え》の長い熊手《くまで》――『蒙古襲来絵《え》詞《ことば》』に描かれている、手の部分が鉄製のもの、その熊手で、長い髪の毛を巻かれ、船に救い上げられたとあります。また、帝の乳母でありました重衡の北の方が、三種の神器のうちの鏡を持って海に入ろうとしながら、着物の裾《すそ》を船端に射つけられて、果たせなかったことなどが記されます。その後、一門の断末魔《だんまつま》を語る「能登殿最期」の章段へ。では、その冒頭から見ていただきましょう。

「さる程に、平《へい》中納言教盛卿、修理大夫《しゆりのだいぶ》経盛兄弟、鎧の上に錨《いかり》を負ひ、手を取り組んで海へぞ入り給ひける。小松の新三位中将資盛・同じき少将有盛、いとこの左馬頭《さのかみ》行盛、手に手を取り組んで、一所に沈み給ひけり」と、書き出されております。教盛と経盛とが、意図的につがわされて登場しているることは、都落ちや一の谷で見てきたところです。ペアーのゆえんは、息子たちに先立たれた悲しみを共有する親同士というものでした。教盛は当時五十八歳、経盛は六十二歳の共に老人、真に心を分かち合える者同士がお互いに手を携え、あの世へ旅立っていったと物語は語りたかったのです。

そして、次の、資盛・有盛・行盛の三人のグループ、これにも作者の隠されたメッセージが込められておりました。資盛と有盛は小松家の子、すなわち今は亡き重盛の子供たちです。行盛は、前にお話しましたが、平治の乱後に亡くなった基盛――重盛と母親が同じ一歳下の弟、その基盛の子でした。ということは、この三人、父に先立たれた子供同士なのです。教盛と経盛の場合の逆。こちらは、親を失った悲しみを共有する子供たち。年齢的にもほぼ同じでしょう。彼らは、あの世で待つ我が子や親のもとへ行くべく、手を取り組んで海に入ったのだと読み解くことが求められているのです。二つのグループが意図的に配置されたことは、疑いありません。

さらに物語は、「人々はかやうにし給へども、大臣殿《おほいどの》親子は海に入らんずる気色もおはせず、船端に立ち出でて、四方見めぐらし」と、今度は親子がともに健在な場合を語りだします。親と子がともに生きていれば、逆に死に切れない。子を亡くした親も、親を亡くした子も、この世に未練はなく、死ぬことにいさぎよい。が、両方が生きていれば……と、そう、物語はたくみにつないでいくんですね。その親子とは、宗盛と清宗でした。

宗盛は茫然自失の体、「あきれたるさまにて」――事態がよく飲み込めぬようすで、船端に立っておられたのを、平家の侍が「あまりの心うさに」、総大将たる者、何とだらしないと思い、そばを通るようにして、「大臣殿を海へ突き入れ」てしまう。子の右衛門督《うえもんのかみ》清宗は、それを見てすぐにあとを追う。しかし、ほかの人たちは「みな重き鎧の上に」、さらに「重き物を」背負ったりしていたのに、「この人、親子は」そうもなさらない上、「なまじひに、くっきやうの水練にておはしければ」、沈むこともなく、宗盛は我が子が沈めば自分も、助かるならば自分も、と考え、清宗の方も、父のなるように我もと思い、「たがひに目を見かはして」泳ぎ回るうちに、まず清宗がつかまる、となれば宗盛は「いよいよ」死ねず、とうとう生け捕られてしまったのでした。

鎧は、二十五キロから三十キロありました。水に浸かればもっと重くなる。鎧を着たまま泳ぐのは、至難の業《わざ》。延慶本は、宗盛が鎧を着用していなかったと説明しています。あるいは、そう理解すべきなのかも知れません。先に生け捕られたのが息子の方だったとするところ、事実はさておき、これから、子に対する親の情を語っていく物語としては、当然、そのように組み立てていったのでしょう。

子に引きずられる親の情が、眼目でした。

ここに、「大臣殿の御《おん》乳母子、飛騨三郎左衛門景経《かげつね》」が現れます。主君の生け捕りになったのを見て、その船に乗り移り、「我が君とりたてまつる者は、なに者ぞ」と言って、太刀を抜いて切りかかる。相手は、義経の腹心の部下、伊勢三郎義盛《よしもり》。ふたりの間に割って入った童も、たちまちに首を打ち落とされる。義盛あやうしと見えたのですが、横並びの船から、源氏の武士が矢を射かけて景経に痛手を負わせ、主従二人がかりで乗り移り組み伏せる。「飛騨の三郎左衛門景経、聞こゆる大《だい》ぢからの剛《かう》の者」ではありましたけれども、運が尽きたのか、「いた手は負うつ、敵《かたき》はあまたあり。そこにてつひに討たれ」たのでした。彼の行為は、生け捕られてしまった主君に、これ以上の生き恥をかかせまいとするもの。救おうとしたのではなく、主を殺し、自らも死のうとしたのです。

主君たる宗盛は、それをどう見ていたか、物語は「大臣殿は生きながら取り上げられ、目の前で乳母子が討たるるを見給ふに、いかなる心地かせられけん」と、含みのある表現で結んでいます。同じ船の中で、自分のために景経は壮絶な最期を遂げたのです。その臣下の気持ちが彼にはどれほど分かったたか。それが分かるような人間であったなら、おめおめと生け捕られはしなかったはず、といったニュアンスが伝わってきます。申しわけないと思ったにしても、しょせん、乳母子よりも我が子の方が大切な宗盛でした。これは、いわば主君に命をささげた乳母子に対する精神的な裏切りと言ってていいでしょう。一種の背信です。

前回、乳母子と主君との関係について、三つのパターンが『平家物語』の中には取り込まれていると申しました。乳母子に裏切られた重衡の話を読んだ時です。それが三つのうちの一つ。木曽義仲と今井四郎兼平とは理想的な形。残された、主君が乳母子の心を裏切るパターンが、この宗盛と景経の場合だったということになります。多様な人間模様が、すくいとられているのです。

『愚管抄』によりますと、確かに宗盛は水泳がうまく、泳いでいるところを助けられたようです。資料の③を見てください。「宗盛は水練をする者にて、浮き上がり浮き上がりして、生かんと思ふ心」がついて、生け捕られたとありますね。それから、主上を抱いて海に入った時子を、「ゆゆしかりける女房也」と評してもいますし、建礼門院を海から救い上げたとも、書いております。これを見ますと、やはり宗盛は鎧を着用していなかったのかと思われてきますが、もしそうだったとすれば、文官のトップたる大臣の身として、鎧着用をはばかったのかも知れません。

【資料 ③】愚管抄・巻五

長門の門司の関、壇の浦と云ふ所にて船のいくさして、主上をばむばの二位（宗盛母）抱きまゐらせて、神璽・宝剣とりぐして海に入りにけり。ゆゆしかりける女房也。内大臣宗盛以下、数をつくして入海しける程に、宗盛は水練をする者にて、浮き上がり浮き上がりして、生かんと思ふ心つきにけり。さて生け捕りにせられぬ。主上の母后、建礼門院をば海より取り上げて、とかくして生けたてまつりてけり。

【資料 ④】玉葉・養和元年（一一八一）八月一日条

此の儀、尤も然るべし。但し、故禅門、閉眼の刻《きざみ》、遺言して云はく、我が子孫、一人と雖も生き残らば、骸《むくろ》を頼朝の前に曝《さら》すべしと云々。然れば、亡父の誡《いまし》め用ゐざるべからず。仍って此の条に於いては、勅命たりと雖も、請け甲し難き者也と云々。

資料④は、『玉葉』の養和元年八月一日条。第二回目に、宗盛の人物像を問題とした時にも、ちょっと触れました。清盛の死から六か月後のことです、頼朝から一つの提案が後白河院に届けられました。西国は平家にまかせるが、東国は自分にまかせてほしいというもの。これを院が宗盛に伝えたところ、亡父の遺言をもちだして断ったという。「故禅門、閉眼の刻《きざみ》、遺言して云はく、我が子孫、一人と雖も生き残らば、骸《むくろ》を頼朝の前に曝《さら》すべしと云々。然れば、亡父の誡《いまし》め用ゐざるべからず」——子孫の中でひとりでも生き残る者がいたなら、頼朝の面前にしかばねをさらせと言ったというのですね。その遺言を無視できない、と答えたわけです。

ですから、宗盛が壇の浦で生き残ったのは、頼朝のいる鎌倉まで行く目的があったからだと解する説も、出てくることになります。しかし物語は、あくまでも子供ゆえに死に切れなかった父親の姿を描いていきます。わが子への情に突き動かされ、恥も外聞も忘れてしまった男。子が生きているなら、自分も生きていたいという生への執着、それを描きたかったのが『平家物語』の作者でした。話の導入部に、先立たれた親子の、それぞれのケースをもってきているのは、実に暗示的なのです。

3　勇者の最期——能登守教経

生き恥をさらすことになる宗盛に対して、いさぎよい最期を遂げる若者、能登守教経《のりつね》の話が続いて語られます。教盛の次男で、一の谷で討たれた通盛の弟です。

「およそ能登守教経の矢さきにまはる者こそなかりけれ」——あえて彼の矢面《やおもて》に立って挑戦しようとする者はいなかったという。「矢種《やだね》のあるほど射尽くして」、今日を最後と思っていたのでしょう、大太刀と大長刀を左右の手に持って切りまわれば、「おもてを合はする者ぞなき」、皆、逃げ腰となり、多くの者が討たれてしまった。それを見ていた知盛、使者を立てて、「能登殿、いたう罪なつくり給ひそ」――あまり罪つくりなことをなさいますな、「さりとて、よきかたきか」――そうしたところで、相手はそれ相応の敵か、と、殺生をいさめる。そう言われて、教経、「さては大将軍にくめごさんなれ」、ということは、大将軍に組めと言うんだなと心得て、義経をねらい、次々と船に乗り移って攻め戦う。

しかし彼は、義経の顔を知らない。鎧がいいのを義経かと思い、それを目当てに、追いかけまわす。義経の方は先に心得ていて、正面に立つようにはするんですけれども、うまくすれ違って、組み討ちに応じようとはしない。義経はこの時二十七歳、教経は二十六歳。同年齢の戦いでした。義経、うまく立ち回っていたのが、どうしたわけか、能登殿が判官の乗る舟に乗り当たり、しめたこの人物とばかり、「あはやと目をかけてとんでかかる」。判官、「かなはじ」と思ったのか、長刀をわきにかかえ込んだまま、「みかたの舟の二丈ばかり」離れているのに、「ゆらりと」飛び乗ったのでした。二丈といえば六メートル。二十五キロあまりの鎧を身につけて長刀を持ち、ぐらつく船から船への大跳躍。想像を絶する義経の身軽さ、敏捷《びんしょう》さが、ここでは強調されます。

なお、義経の「八艘飛び」というのが有名ですが、それは江戸時代になって作り出されたお話で、『平家物語』にはありません。

さて教経は、あとに続いて飛ぶことができません。もはやこれまでと思ったのでありましょう、太刀・長刀を海へ投げ入れ、甲も脱いで捨てます。鎧の腰から下についている草摺《くさずり》を引きちぎって捨て、胴ばかり着て、髪の毛はざんばら髪、「おほ手をひろげて」仁王立ちとなる。あたりを威圧して、なみの恐ろしさではないありさま。大声を張り上げ、「われと思はん者どもは、寄って教経に組んで生け捕りにせよ」、鎌倉へ行って頼朝に会い、一言、声をかけてやろうと思うぞ、さあ寄って来い、と言うのですが、近寄る者は一人もいない。

そこに現れたのが、土佐国の安芸《あき》郷に住む安芸太郎実光《さねみつ》という男、三十人力の「剛《かう》の者」。自分に匹敵する大力の郎等ひとり、弟の次郎も並ではない「したたか者」、そのふたりに向かって、われら三人で挑めば、たとえ背丈「十丈の鬼」なりとも、どうして押さえつけられぬことがあろうと言い、小船に乗って乗りつけ、いっせいに太刀を抜いて切りかかる。能登殿は驚きもせず、最初にかかってきた安芸太郎の郎等を、「すそを合はせて海へどうど蹴《け》入れ給ふ」。足払いをくらわせたのです。続いて迫ってきた安芸太郎を「弓手《ゆんで》の脇《わき》」、つまり左手のわきに挟みこみ、弟の次郎を「馬手《めて》の脇」、右わきに抱え込んでぐっと締め上げ、さあ、おまえたち、こうなったからには、おれの死出《しで》の山の供をせよと言って、「生年《しやうねん》廿六にて海へつっとぞ入り給ふ」——これが最後の戦いでした。躍動感あふれる描写が、いさぎよいひとりの男の生を浮き彫りにしています。

教経は、いわば野球で言えば四番バッター。逆転満塁ホームランが打てるような、そんな立場として描き込まれています。「六ケ度軍《いくさ》」という章段がございますが、それは彼が六回戦って六回とも勝利をおさめた話。ですから、物語としては、最後にこの男に一働きさせる見せ場を作る必要があったのです。そして、みごとに作り上げました、義経をあわやというところまで追いつめた場面として。しかしそれもむなしく、敵ふたりを両わきにかかえて海に入る、二十六歳の若さで。これがドラマです。彼は力の上で、誰にも負けてはいません。今日の最初に、知盛が平家の武士を鼓舞した一節を紹介しましたが、その言葉に、いかなる名将・勇士たりとも、「運命尽きぬれば、力及ばず」という一言があります。それは、教経に向けられたものでもあったわけです。

ところで、この教経について、従来、大問題がございました。「教経、一の谷討ち死にの実否」とした資料⑤をご覧ください。教経は、実際には一の谷で死んでいて、以後の戦場での活躍はすべて『平家物語』の虚構だとする説があるのです。『平家』のなぞの一つとまで言われてきました。しかし私は、最近、結論が見えてきたような気がしていますので、そのお話をいたします。

まず、一の谷での討ち死にを記録する『吾妻鏡』から、見ていきましょう。合戦当日の二月七日条に、能登守教経の名が、

【資料⑤】 教経、一の谷討ち死にの実否

（ア）吾妻鏡、寿永三年（一一八四）二月七日条

但馬前司経正・能登守教経・備中守師盛は、遠江守義定《よしさだ》これを獲《え》たりと云々。

同十三日条、――義経邸に集められた首の中に「教経」

同十五日条、――経正・師盛・教経（已上《いじやう》三人、遠江守義定これを討ち取る）。

（イ）醍醐寺雑事記《ぞうじき》（一一八六年以前執筆）

去る三月二十四日、長門国に於いて、平家、源氏と合戦、平家、打たれ了《をは》んぬ。……

自害　　中納言教盛　中納言知盛　能登守教経

（ウ）玉葉・寿永三年二月十九日条

伝へ聞く、平氏、讃岐の八島《やしま》に帰住す、其の勢、三千騎許《ばか》りと云々。渡さるる首の中、教経においては一定《いちぢやう》現存と云々。又、維盛卿、三十艘許《ばか》り相卒して南海を指し去り了んぬと云々。

「現存」使用例

＊吾妻鏡、建久元年八月十六日条

件《くだん》の男、斬罪《ざんざい》に行ふべき由、下知畢《をは》んぬ。

今に現存、奇異の事也。

＊玉葉、治承四年十月八日条

「遠江守義定《とほたふみのかみよしさだ》これを獲《え》たり」とする三人のうちに見えます。十三日条にいきますと、都の義経邸に集められた首の中に「教経」。十五日条では、「経正・師盛・教経（已上《いじやう》三人、遠江守義定これを討ち取る）」と記す。計三回です。

それと完全に矛盾する記録が、『醍醐寺雑事記《ざうじき》』。壇の浦の翌年には書かれたと言われております。そこに、「去る三月二十四日」——壇の浦合戦の日ですね、「長門国に於いて、平家、源氏と合戦、平家、打たれ了《をは》んぬ」とあって、自害したひとりとして「能登守教経」と記されています。最後まで生きていたことになるわけです。

もう一つの資料が、『玉葉』の、一の谷合戦から十二日後の二月十九日条です。「伝へ聞く、平氏、讃岐の八島《やしま》に帰住す」——帰り住んでいるということ。「其の勢、三千騎許《ばか》りと云々。渡さるる首の中、教経においては一定《いちぢやう》現存と云々。又、維盛卿、三十艘許《ばか》り相卒して南海を指し去り了んぬと云々」——屋島の平家勢は三千騎ほどで、維盛は別行動をとって出て行ったという。そして、教経ついては「現存」とあります。この言葉が問題で、二つの相対立する解釈が今まで示されてきました。「渡さるる首」は、都で首渡しされた首、その中に教経の首が「一定」、すなわち間違いなく、「現存」——あった、と解釈する説が一つ。これは、『吾妻鏡』と一致することになりますね。もう一つの解釈は、渡された首の中に教経の首はあったことはあったんだけれども、教経は屋島で生きている、渡された首は別人のものだったとするものです。この言葉をどう受け取るかによって、一の谷におけ

夜に入りて伝へ聞く、高倉宮、必定《ひつじやう》現存、
*同十九日条、元暦二年七月十四日条、同二十三日条

る生死の説が分かれていたわけです。

そこで、「現存」という言葉の使用例をちょっと調べてみました。資料として、それをあげてあります。『吾妻鏡』の例を見ていただきますと、これは頼朝の言葉なんですが、件《くだん》の男は、首を刎《は》ねよと下知しておいたのに、「今に現存」している、奇異の事だ、と言っています。「現存」は、明らかに生きている意味で使われています。次に『玉葉』の四例は、すべて以仁王の生存説を伝えるものです。ご存じのように、以仁王は宇治で討たれたのちも、長く生存のうわさが絶えませんでした。そのうわさを記すのに「現存」の語を使っているわけです。本文紹介は一例のみとしましたが、お読みくだされば、充分お分かりいただけるでしょう。ということで、この単語は、生存の意味で解釈すべきものだったのです。

あらためて『玉葉』の二月十九日条の内容を検討してみましょう。記事内容は三つですね。第一は、平氏が屋島に帰り住み、勢力は三千騎ばかりらしいということ。第二が教経に関すること。第三は、維盛が三十艘ほどの船を引き連れ、屋島を去っていったらしいとするもの。彼はこの後、那智の沖で入水してしまうんですね。さて、お気づきでしょうか。すべて屋島情報なんです。第一と第三は言わずもがな、そうですよね。そうすると、仮に、第二の記事を、渡された首の中に間違いなく教経のものがあったと解するとすれば、それは都の情報になります。まん中にのみ全く出どころの違う情報を書き込むなんてことを、記録者はするでしょうか。やはり、ここは三つとも屋島情報で、彼の屋島における生存を伝える記事と考えるべきだったのです。

『玉葉』の記事は、一方で、教経の首と称されるものが渡された事実も、伝えていました。それが『吾妻鏡』の記述と関連してきます。同書によれば、教経を討ったのは「遠江守義定」。正当な源氏の血をひく人物です。資料に「甲斐源氏、安田三郎義定」として、簡単な系図と生涯を紹介しておきました。八幡太郎義家の弟義光のひ孫に当たりますね。彼は、頼朝が旗揚げをした当初から、頼朝と通じていました。富士川の合戦の時には、甲斐国から南下して富士川に大軍を進め、そのことが平家側に戦意を失わせて、有名な敗走を引き起こさせたと言われています。戦功の第一人者だったと、言っていいのかも知れません。さらに、義仲に続き、甲斐から東海道を進んで都に入りました。遠江守になったのは、その功績によってです。教経殺害は、それ相応の武士があげた手柄、たとえ間違いと分かっても、帳消しにすることができたかどうか……。

しかも、彼は自己主張の強い男でございました。遠江国といえば、大変収入がいい国。その守になって、彼は喜んでいたのですが、戦乱が終わった後、下総《しもうさ》国の国守に移されました。すると、彼は憤慨し、頼朝に直談判をするんです。その結果なのでしょう、また遠江守に返り咲いています。そんな男でありますから、疑いもかかります。謀反の嫌疑をかけられ、結局、息子ともども処刑されてしまいました。『吾妻鏡』から知られる、これが義定の人物像です。いったん彼の勲功が認定され、恩賞

【資料⑥】甲斐源氏、安田三郎義定

新羅三郎義光（義家弟）――義清（武田信義弟）――清光――義定

＊頼朝の挙兵に呼応、富士川の合戦を勝利に導く。

＊義仲に続き東海道より入京、遠江守となる。

＊建久元年（一一九〇）下総守への遷任に強硬に抗議、還任を果たす。従五位上。

＊同四年、謀反の嫌疑で処刑さる。

も下賜《かし》されていたとすれば、彼の性格から考えても、それを取り消すことなどできなかったに違いありません。東国社会では、結局、教経を討ち取った安田義定の功績が、そのまま生き続け、『吾妻鏡』に記載されることになったものと思われるのです。

『平家物語』が創られた都に視点を移してみましょう。宮廷社会の内部事情、思い出していただけますか。教盛の娘の教子が、順徳帝の祖母でした。僧の忠快は、比叡山延暦寺の横川長吏《よかわちょうり》という高い地位に昇り、ふたりとも承久の乱後まで生きていました。以前にお配りした人脈図を、見てみてください（155頁）。教経は彼らの兄弟、天皇家にまで血はつながっていきます。そうした人物について、一の谷で死んだのに、壇の浦まで生きていたことにするといった虚構を、はたして都の社会が許したでしょうか。関東ではできても、都ではできないことがあるのです。教経は、やはり壇の浦まで生きていた、それが私のたどりついた結論です。

4 戦乱の終結

物語本文《ほんもん》にもどりまして、壇の浦の最後の場面を読むことにしましょう。

教経の活躍を見届けた知盛の言葉から始まります。「新中納言「見るべき程の事は見つ。今は自害せん」とて、乳母子の伊賀平内左衛門家長《いがのへいないいえなが》を召して「いかに、約束はたがふまじきか」とのたまへば、「子細にや及び候ふ」と」短く答えて、主君に鎧を二領着せ、我が身も二領着て、「手に手を取り組んで」、ふたりは海へ入っていったのでした。「見るべき程の事は見つ」――心に響いてくる言葉です。ある歴史家の方は、彼が見たのは、変動する歴史と、そこに浮き沈みする人間の姿、最終的には全体を支配する運命の存在であったろう、と言っています（石母田正）。彼は都落ちでも、運命を口にし、最後の決戦に臨んで発した檄《げき》の中にもありました。個人の力ではいかんともしがたい運命とは、時代の変動する歴史的必然性と言い換えてもいいのでしょう。それを知盛は見たというのです。

確かに知盛の目は、宗盛と違っていました。ふたりの性格は、ここまでみごとに描き分けられてきました。この壇の浦で、戦いの結末を見とり、戦乱に幕を引く人物としては、彼以外になかったでしょう。勝者ではなく、歴史の犠牲になった敗者の側に視点を置く限り……。ともに海に入った乳母子の家長は、宗盛の決めた都落ちをいさぎよしとせずに東国へ落ちた平貞能の弟、彼とて、宗盛よりは主君知盛を敬慕していたはず、そんな想像が働きます。その家長に向かって言った言葉が、「いかに、約束はたがふまじきか」でありました。この一言は、以前から、ふたりが「死なば一所で死なん」といった契りを交わしていたことを、ものがたっています。

ここで、知盛は、あの息子を見殺しにして逃げた父親であったということを、思い出さなければなりません。息子とも、「死なば一所で死なん」と思っていたであろう知盛です。その苦しい主君の体験を、家長は身近に知っていたに違いない存在でした。「いかに、約束はたがふまじきか」という念を押したような問いかけは、人の心の弱さを知ってしまった知盛ゆえのもの、主君の心中が痛いほど分かる家長は、ただ短く、「子細にや及び候ふ」、もちろんです、と答えるだけ。ふたりの言葉少ないやりとりは、背後に深い苦悩を引きずって、必然的に組み立てられているように見えます。こう言うしかなかったであろうと……。

ふたりの入水を見て、二十余人の侍どもがあとを追い、彼らも「手に手をとりくんで、一所に沈みけり」と、語られています。先に申しましたように、彼らは「一所」に沈むことで、あの世における栄華の再現を共同幻想として夢想しつつ、死んでいったのではなかったでしょうか。もっとも知盛には、そんなものは見えなかったかも知れませんね。

物語の文面は、単純に抒情に流れることをいたしません。この壇の浦からも逃げ延びた、したたかな平家武士のことを、一文、書き添える。全部で四人。「越中次郎兵衛」と記されているのは、一の谷で東国武士に丸め込まれて討たれた盛俊の子、盛嗣《もりつぐ》。「上総五郎兵衛・悪七兵衛」とあるのは忠光《ただみつ》と景清《かげきよ》のことで、伝説の多い景清については、知っている方が多いでしょう。ふたりは兄弟で、第二回目の「橋合戦」に登場し、『玉葉』にも名前が見えた伊勢国出身の忠清《ただきよ》の子です。最後の「飛騨四郎兵衛」は、おそらく、あの宗盛の乳母子「飛騨三郎左衛門景経《かげつね》」の弟。となれば、忠清の弟の景家《かげいえ》の子となります。景家も、『玉葉』の「橋合戦」相当記事に名があった人物。いずれも平家代々の郎等、彼らが逃げ延びたことで、まだ一波乱あることを、物語は暗示するわけです。

海上には、平家の赤旗や、鎧につけていた目印《めじるし》の赤い布が浮かんでいます。「なげ捨て」「かなぐり捨て」たとありますから、先ほどまで平家側についていた連中のしたことです。続く抒情的一文が、平家一門の滅亡を、主《ぬし》なき船に象徴して表現していきます。「主《ぬし》もなきむなしき舟は、塩にひかれ、風に従って、いづくをさすともなく、ゆられゆくこそ悲しけれ」——。

最後に、生け捕りになった人々の名が列挙されております。初めに公卿・殿上人、次に僧侶、続いて武士、そこまでで総数三十八人。女房たちは四十三人にのぼったという。宗盛の次に名のある「平《へい》大納言時忠」は、平家にあらずんば「皆、人非人《にんぴにん》なるべし」と豪語した人物、能登国へ流されてそこで亡くなります。「八歳になり給ふ若公《わかぎみ》」は、宗盛の子で、清宗とは腹違いの弟。母親が出産と同時に世を去ったため、宗盛は憐れんで、副将という幼名をつけて溺愛しておりました。都で殺害されてしまいますが、鎌倉へ連行される直前の宗盛が武士に懇願し、最後の逢瀬《おうせ》を果たした話が、やがてつづられていきます。彼は、子煩悩な父親なのです。

僧では、忠快に何度か触れてまいりました。彼は伊豆へ流されますが、仏法に帰依していた三浦氏に招かれて三浦の地へ赴き、その後、三代将軍実朝の信任を得て、鎌倉でも種々の法会《ほうえ》を営んでおります（『吾妻鏡』）。武士の最初に名のある源季貞《すえさだ》は、『千載和歌集』にも歌が採られるほどの歌詠みでした。宗盛に同行して鎌倉に下りますが、息子が父の安否を気遣い、あとを追って下向、矢作りの達人なることが認められ、御家人《ごけにん》に取り立てられます（同）。息子の尽力が実ったものか、父は出家して、一二〇四年、都で没したことが、後世の記録に見えます（『仲資王記《なかすけおう》』）。生け捕りに含まれている阿波民部重能は、卑怯な裏切りを非難され、火によるあぶり殺しにあったと、延慶本は記します。このののちも、それぞれ、さまざまな人生が待っていたのでした。

女性たちのうち、「女院《にようゐん》」とあるのが徳子で、この時、三十一歳でした。「北の政所」は、摂政基通の妻で清盛の娘の完子。夫の基通は、都落ちの際、途中から引き返しておりました。「廊《ろう》の御方《おんかた》」は、源義朝の元の妻で、義経の母たる常葉《ときわ》（盤）と清盛との間にできた女性です。恐らくは二十五、六歳。「大納言佐殿《だいなごんのすけ》」は、重衡の北の方。夫が二十九歳でしたから、多分二十代だったでしょう。「帥《そつ》のすけ殿」、これは時忠の妻。この「大納言佐（典侍）」と「帥のすけ（同）」の両人は、ともに安徳天皇の乳母でした。最後は「治部卿局《ぢぶきやうのつぼね》」、知盛の北の方、三十四歳でしたね。

彼女は、当初、平時子に仕えて「執権」と言われる立場にありましたが、知盛が求愛して妻としたのだそうです（『明月記』）。その後、後高倉院と後鳥羽院の母に当たる七条院に仕え、治部卿局を名乗ります。後高倉院こと守貞親王が生まれますと、即日、知盛夫婦のもとでの養育が決定されました（『山槐記』）。彼女が壇の浦から連れ帰った親王の寄寓先は、以前にお話したとおり、親王のもう一人の乳母、平頼盛の娘の嫁ぎ先であった持明院《じみょういん》基家邸でしたが、実はそこが後白河院の姉の上西門院《じょうさいもんいん》の住まいともなっていました。女院が七歳の親王の面倒を見ることになったのでしょう、知盛の妻は、女院の意向を取り次ぐ「宣旨」と呼ばれる女房職に就きます（『明月記』）。そして、承久の乱後、後高倉院政が開始されるや、再び「執権」に返り咲き、八十歳で世を去る（同）。波乱の人生、複雑な思いが胸中にはあったことでしょう。彼女が人との交流の多い場にいつづけたことは、問わず語りに、その体験が世に伝わっていったことを想像させます。

物語はこのあと、「元暦二年の春の暮れ、いかなる年月にて……」と、哀調を込めた文脈に転じていきますが、それは省略して、先へ進みましょう。

5　処刑される親子――宗盛父子

壇の浦は三月二十四日、宗盛父子が鎌倉に護送されたのは、五月七日でした。宗盛は、護送役の義経に命乞いをするなど、哀れな姿が描かれていきます。鎌倉に到着しても、頼朝の言葉を伝える武士に対してまで、居住まいを正す卑屈な態度が、人々の不評を買います。

義経と頼朝との関係は、すでに修復不可能、頼朝は弟に会おうとしませんでした。物語は、合戦方法をめぐり対立のあった梶原景時が、前もって頼朝に讒訴《ざんそ》していたからだとします。義経は、腰越《こしごえ》という鎌倉に入る一歩手前の所で足止めされ、書状をしたためて、側近の大江広元《ひろもと》に泣訴《きゅうそ》しますが、結局うまくいかず、再び宗盛父子の身柄を預けられて、都へ帰ることになります。鎌倉を出たのは六月九日だったと、物語は伝えます。では、「大臣殿被斬《おほいどのきられ》」の章段。

宗盛は、鎌倉で殺されるものと思っていましたから、そうはならずに「いますこしも日数《ひかず》ののぶるを、うれしき事に思はれ」たとありますね。道中でも、どこで殺されるのかとびくびくしながら、旅を続けます。尾張国の内海《うつみ》まで来ました。知多半島の先端です。そこは頼朝の父義朝の暗殺された土地、「これにてぞ一定《いちじやう》」とお思いになったのですが、何事もなく通過したので、「さては命の生きんずるやらん」と口になさったのは「はかなけれ」、むなしいことであったという。息子の清宗の方が冷静でした。すでに夏、暑い季節だから、首がいたまぬよう、都近くなってから切るのだろうと思ったのですが、父の不安そうなようすがかわいそうなので、黙って「ただ念仏をのみ」唱えていたのでした。親子の違いが、鮮明に写し出されます。

それにしても、作者や、それから物語を聞いた人たちも、内海がどこにあるか、知らなかったのでしょうか。鎌倉から都へのぼる一行が、知多半島の先端まで迂回《うかい》するなんてこと、とうてい考えられませんね。でも、たとえ知っていたところで、やはり内海の地名を、どうしても出したかったのかも知れません。因縁の土地なわけですから。平治の乱で清盛に敗れた義朝は、ここまで落ち延びますが、乳母子の舅《しゅうと》に当たる一族にだまされ、風呂場で殺されたと伝わります。源氏の怨念がこもった土地、頼朝が恨みを晴らす場所としては誰しも納得するところ、作者はそれを利用して、宗盛の不安と恐怖心を語ろうとしたのでしょう。

やがて、近江国篠原《しのはら》に着きます。ここが最後の場。判官は「情け深き」人でしたので、前もってお坊さんを「善知識《ぜんちしき》」として呼んでいたとあります。「善知識」は、仏道に人を導いてくれる指導者を主にいいますが、仏道と結ばれる機縁となった、「もの」や「こと」も、含まれます。呼び寄せられていたのは、大原に住む湛豪《たんごう》。この人は、後白河院崩御の際にも善知識を勤め、徳子が出家する時には、戒師になっています。信用のある人物でした。

その朝から、親子は別々のところに置かれます。自らの死をさとった宗盛、涙を流して言う、「そもそも右衛門督《うゑもんのかみ》はいづくに候ふやらん。手を取り組んでも終はり、たとひ頸は落つとも、むくろはひとつ席《むしろ》に臥さんとこそ思ひつるに、生きながら別れぬる事こそかなしけれ」――気になるのは我が子の所在、どこにいるのか。壇の浦で、死ぬならば手を取り合ってと思い、首を切られるにしても同じむしろの上でと願っていたのに、今、命あるうちに別れようとは、というのです。清宗は十七歳、この十七年の間、そばから離すことはなかったのにと口説き、「海底に沈までうき名を流すも、あれゆゑなり」と、心中を吐露する。「あれゆゑ」の一言が強く響きます。彼は、自分が生を選んだ結果、汚名を世に流す羽目になったことを、充分に承知していました。しかし、世の評判などは二の次。我が子と共にあることこそが、宝でした。

それを聞きました聖《ひじり》、哀れに思いますが、自分すら心弱くてなってはならぬと考え、涙を隠して説き始める。今、この場に臨んで、あれこれお考えになってはいけません。息子さんの「最後の御ありさまを御覧ぜむにつけても、たがひの御心《おん》のうち悲しかるべし」――あなたは我が子に会いたいと言うが、今生《こんじょう》の別れに顔を合わせれば、かえってお互いの心中、つらく悲しくなるばかりなはず。だから、会わない方がいいんですと、まずは相手の感情の高ぶりを抑えようといたします。それから、自分の生涯を振り返らせる。

あなたはご生誕以来、「たのしみさかえ」、帝の外戚として大臣にまでのぼり、「今生の御栄花」をすべて体験なさった身、今、このような目に会うのも、「先世《せんぜ》の宿業」と考え、「世をも人をも」お恨みになってはいけない。この世の命は、はかないもの。あなたが三十九年を過ごしてきたのも、「わづかに一時《いっし》の間」、誰も不老不死の薬を飲んだ者はいない。「生《しやう》あるものは、必ず滅す」、お釈迦様だって、結局は「栴檀《せんだん》の煙」――お釈迦様は栴檀の木で遺体を焼かれたそうで、その自らを焼く栴檀の煙から、まぬかれることはおできにならなかった。「楽しみ尽きて悲しみ来る」と聞いているのは、この世の真理。心の迷いを払い、善も悪も空だと観ずるのが、仏様の教えにかなうこと。阿弥陀様は、長い間お考えになり、衆生済度《しゅじょうさいど》の尊い願を立てられた。その願におすがりしないのは、もったいない。往生を願って、「ゆめゆめ余念をおぼしめすべからず」――決して阿弥陀様以外のことを、心に浮かべてはならない、それは妄念、あの世で救われる妨げになる、と、聖は説きます。

宗盛は、「しかるべき善知識かな」――お導き下さるありがたいよいお言葉、いいお教えを受けたと思い、「忽《たちま》ちに妄念翻《ひるが》へして、西に向かひ、手をあはせ、高声《かうしやう》に念仏し給ふ」。それにあわせて、橘《きつ》右馬允公長《うまのじょうきんなが》という切り手が、太刀を身構え、左の方から後ろに回り、首を打ち落とそうとしたその瞬間、念仏をとめ、「右衛門督もすでにか」と、声を発する、と同時に、首は前に落ちたのでした。やはり心の中から、我が子のことをぬぐい去ることはできなかったのです。ひたすら念仏に意識を集中していこうとするなかで、はっと思い出したのでしょう、どちらが先なのか、聞いていなかったことを。哀れでありました。

聖は涙にむせび、「たけきもののふ」たちも同情を禁じえませんでした。しかも、切り手の公長は、平家に代々仕えてきた家人《けにん》、「新中納言のもとに朝夕祗候《しこう》の侍《さぶらひ》なり」とあります。いくら世間にこびるのが人の常とは言っても、「無下《むげ》に情けなかりけるものかな」と、人々は「慚愧《ざんき》」したという。「慚愧」は仏教語で、心に深く恥じ思うこと。彼のしたことは一種の罪、世に従うは常の習いとはいえ、恥ずかしいことをしたものだと、皆が思ったというのです。こうした表現の裏には、深層心理として、自分もそうしかねないことへのおそれ、が、含まれているのではないでしょうか。上司から命じられれば、かつて恩義を受けた人をもないがしろにしてしまう、今日でもあることです。それが人間のさが。そのさがを、公長の行為でもろに見せつけられ、人々は同類の人間として恥ずかしく思ったというのでしょう。

また、ここには、別のメッセージが込められている気がしなくもありません。彼の元の主君「新中納言」が、ほかならぬ知盛だからです。公長には、宗盛を恨む思いがあったのではないか。もし我が主君が総大将であれば、平家が勝ったに違いなく、自分とて裏切らなくてすんだものを、というような思いが彼の胸中にはなかったか、と推測してみたくなるのです。作者がそこまで計算していたかどうかは分かりませんが、相反する兄弟の描かれ方の延長線上にこの場面を置いてみると、そうしたメッセージが見えてこなくはないのです。

天子摂関御影［宮内庁三の丸尚蔵館蔵］

宗盛処刑ののち、息子の右衛門督清宗も切られていきます。聖が作法どおり戒を授け、念仏をすすめる。清宗は父のことを尋ねます、

「いかが、おはしましつる」と。彼には処刑の順番も、気弱な父の性格も分かっていました。だから、どうだったのかと聞いたのです。聖は、立派なご最期でした、ご安心を、と答える。死にゆく者への、せめてもの思いやりの、偽りの言葉でした。それを聞き、「今は思ふ事なし。さらばとう」と言って、堂々と切られていきます。親子の首は都へ、「むくろ」は「公長が沙汰として」「ひとつ穴」に埋めてやる、「さしも罪ふかく」、我が子への妄念が晴れなかった宗盛のために。公長にも恥じる思いがあったのです。宗盛の妄念は妄念、とはいえ人として当然の情、「ひとつ穴」に埋め、思いを遂げさせてやることが、逆に妄念を晴らし、あの世で救われることになるかも知れないのでした。

六月二十三日に、首が都へ入ります。鴨川の河原で検非違使が受け取り、都大路を渡される。それが罪人を扱う際の決まりでした。そして、「左の獄門の樗《あふち》の木」に首を掛けたとあります。牢獄は、大内裏の東西に二つございました。東の方が、南に向かって左にありますので、左の獄と言いました。牢獄の門の際には、樗の木、すなわちお釈迦様の遺体を焼いたと言われる梅檀の木が、立っておりました。その木の枝に、罪人の首をつり下げるのが、当時のさらし首でした。公卿たる者の首が獄門にさらされるのは、わが国では初めてのこと、壇の浦から帰って生きながら都大路を引き回され、死んでからは首をさらされる、「生きての恥、死んでの恥、いづれもおとらざりけり」と結ばれます。なお、梅檀の木は、匂いが良く香木に使われ、紫の花をつけて暖かい地方に多い木ですね。大内裏の中にも、植えられたりしていました。

歌人の西行が、宗盛親子のことを聞き、歌に残しています。詞書に、宗盛が鎌倉へ送られ、また都

へ送り返されたことを記したのち、「武士の母のことはさることにて、右衛門督のことを思ふにぞと
て、泣き給ひけると聞きて」とし、歌は「夜の鶴の都のうちを出でであれな　この思ひにはまどはざらまし」とあります（『西行上人集』）。宗盛が息子のことを思って泣いたというのは、よく知られたことだったのでしょう。武士の母が戦争で息子を亡くして泣くのはよく分かるが、父親まで、と聞いて、西行は心動かされたのでした。「夜の鶴」は、子を思って夜に鳴くかごの中の親鶴のことで、都にいたままで殺されていれば、まだそんなに心惑わされなかっただろうに、というのです。人々の同情を誘った死でした。そして物語作者は、彼を凡人として描ききりました。私たちと同じような……。

　資料に目を通していただきましょう。⑦の『玉葉』六月二十二日条は、筆者の九条兼実が、院から囚人の扱いについて意見を求められた記事。伝えられた院宣の主旨は、宗盛父子と重衡とを、義経が連れ入洛《じゅらく》の予定であるが、生きたまま都に入れるのは具合が悪いので、近江で首を切る、が、それを検非違使庁の役人に渡すべきか、あるいはそのまま放置しておくのか、院の意向に従えと頼朝から命じられたと義経が言ってきている、お前の意見は、と聞くものでした。兼実は、院の御一存で、と返事をしています。その結果、物語にあったとおりの処置がと

【資料⑦】玉葉・元暦二年（一一八五）六月二十二日条

　院宣を伝へて云はく、前内府、並びに其の息清宗、三位中将重衡等、義経の相具して参洛する所也。生きながらの入洛《じゅらく》、無骨《ぶこつ》、近江辺にて其の首を梟首《けうしゅ》すべし、使庁に渡すべきや、はたまた棄て置くべきや、院宣に随うべき由、頼朝卿の申さしむる旨、義経、申す所也。計らひ申すべきてへり。

同二十三日条

　伝へ聞く、重衡の首、泉の木津辺にて切り、奈良坂に懸けしむと云々。前内府父子においては、晩に及び使庁に渡し了んぬ。院、御見物ありと云々。

られたわけです。

翌二十三日条には、重衡が木津川で切られ、奈良坂に首が掛けられたことと、都では宗盛父子の首が夕方に大路を渡され、後白河院も見物したこととが書かれていますね。後白河さんは物見高い、好奇心旺盛な人だったみたいです。

実際に首の授受を六条河原まで出向いて見た記録が、⑧の『吉記』です。夜に宗盛の首が渡されるというので、私は「弊車《へいしゃ》に駕し」、つまり、身分が分からなぬよう、わざと破れ車に乗って見に行った。夕方、六条河原で「廷尉《ていい》」、検非違使庁の役人が、首を受け取る。桶《おけ》の中に収めてあったのを、武士はそのまま役人に渡したが、その場で、鉾《ほこ》につけるべきか否かで論争があり、結局、鉾につけて渡した——首渡しは、鉾の先にぶら下げてしたんですね。『平治物語絵巻』では、長刀の先にぶら下げており、そうした場合もありましたが、本来は鉾です。まず最初は、首謀者たる宗盛卿の首。大臣の首渡しは、恵美《えみ》大臣藤原仲麻呂の例によるか、誠に珍事、と書いてありますね。次に清宗の首、道順は六条を西へ、東洞院《ひがしのとういん》で北に曲がり、

【資料⑧】吉記・同二十三日条

夜に入り前内大臣宗盛の首、渡さるべきの由、風聞、奇代《きたい》の事たるに依り、弊車《へいしや》に駕《が》し、……黄昏《くわうこん》、六条河原にて廷尉《ていゐ》等、請け取る。（左右無く桶に納めながら、武士、廷尉に渡し了んぬ。桙《ほこ》にするの由、執し論ず。遂に桙に付けて渡す。……）。先ず魁首《くわいしゆ》宗盛卿の首、（大臣の首、渡さるる、恵美《えみ》大臣の例か。誠に希代《きたい》珍事也……）……次に前右衛門督清宗の首、……其の路、六条を西行して東洞院に至り、北行して中御門に至り、西行して西洞院に至り、北行して獄門に至ると云々。

前三位中将重衡卿、蔵人大夫頼兼《よりかね》、右衛門尉有綱《ありつな》等、南京に向はれ了んぬ。

【資料⑨】橘公長

吾妻鏡・治承四年（一一八〇）十二月十九日条

右馬允橘公長、鎌倉に参着、子息橘太《きつた》公忠《きんただ》・橘次《きつじ》公成《きみなり》を相具す。是、左兵衛督知盛卿家人也。去る二日、蔵人頭重衡朝臣、東国を襲はん為、進発の間、……而るに公長、つらつら平家の体たらくを見るに、佳運已《すで》に傾かんと欲す。〈かつて、頼朝の祖父為義に恩を受けたことがあり〉彼の恩化を忘れず、志、偏《ひとへ》に源家に在り。……

中御門《なかのみかど》で再び西へ、西洞院《にしのとういん》で北に曲がり獄門に至るという、ジグザグのコースだったと分かります。

それから、重衡の身柄は、蔵人大夫頼兼《よりかね》と右衛門尉有綱《ありつな》に預けられ、奈良に送られたとあります。頼兼は源三位頼政の子で、宗盛に馬を奪われた仲綱の弟。有綱はその仲綱の子。ふたりは叔父と甥《おい》の関係にあるわけです。重衡のお話で、また触れることになります。

⑨は公長について。『吾妻鏡』によれば、彼は息子二人を連れ、富士川の合戦後の時点で早々に頼朝のもとに参じていますね。実際に知盛の家人であったらしい。重衡軍に属して出陣したものの、平家の劣勢を見て、頼朝の祖父為義から受けた恩義に報いようと、鎌倉にやってきたといいます。以来、平頼盛の鎌倉下向の際には、その宴席に列席し、宗盛を確かに篠原で処刑したようです。そして、父と共に鎌倉に来た次男の公成《きみなり》が、けっこう長生きする。承久の乱に参戦し、薩摩守・下野守になる。一二三六年には、知行していた伊予国宇和郡を西園寺公経《きんつね》に譲渡させられており、そのころまでは生きていたことになります。昔の戦いの話題を、後世に提供しうるひとりでした。

公成と『平家物語』の表現とを結びつけるものは、何も見えてきませんが、彼のような体験者の生存を土壌として、作品は形成されたのだということに、もう一度思いを馳せていただければと思います。

＊元暦元年六月一日条、――鎌倉で平頼盛接待の宴に列席。
＊同二年六月二十一日条、――宗盛を篠原にて処刑。
＊次男公成（業）、承久の乱参戦。一二二七年、薩摩守。一二三〇年、下野守（明月記）。一二三六年、「先祖代々知行」の伊予国宇和郡を西園寺公経に譲渡させられる（吾妻鏡）。

6　不条理への問いかけ——犯した罪を背負う重衡

宗盛と、おそらく一日違いで、重衡は処刑されました。その「重衡被斬《きられ》」に読み進みましょう。記録類から明らかなように、彼は兄親子と鎌倉から同道しておりましたが、物語では必ずしもそうは読めません。それぞれ独立性の強い話として、まとめられているからでしょう。

一の谷で生け捕られた重衡は、関東へ下されて頼朝と対面させられたのち、狩野宗茂《かのむねもち》に預けられ、その本拠地、伊豆国におりました。が、南都の大衆《だいしゅ》がしきりに請うたので、「さらばわたせ」ということで、「源三位入道頼政の孫、伊豆蔵人大夫頼兼」に命じて、奈良へ送ることになります。先ほど紹介しましたように、頼兼は正しくは頼政の子です。

奈良へ向かうのには、都に入らず、大津から山科《やましな》へぬけ、醍醐路を通って行く道が選ばれました。その方が近いからです。その道筋に日野《ひの》があります。醍醐寺より少し南に下ったところ、鴨長明の隠棲《いんせい》地として有名ですね。実はその日野に、壇の浦で生け捕られた彼の北の方が住んでおりました。物語は「鳥飼《とりかひ》の中納言惟実《これざね》のむすめ」としますが、これは誤り。清盛の朋友《ほうゆう》であった大納言藤原邦綱《くにつな》の実の娘です。安徳帝の乳母で、呼び名は大納言佐（典侍《すけ》）でした。日野にいたのは、そこに住むお姉さんの大夫三位《だいぶのさんみ》のもとに身を寄せていたからで、彼女は夫の命がまだあると聞き、もう一度会いたいという思いをつのらせ、涙の日々を送っていたのです。

重衡も、妻が日野にいると聞いておりましたので、護送の武士に会うことの許しを請います。その言葉、このところ、何かにつけて優しくしてくださるお心遣い、うれしく思っておりますが、最後のお情けにあずかりたいことがある、自分は子のない身ゆえ、この世に思い残すことはないけれど、長年連れ添った女房が日野にいると聞く、「いま一度対面して、後生《ごしやう》の事を申しおかばや」――来世の自分のために供養してほしいと言い置きたい、わずかな時間でもいいからと、申し出る。武士たちも人の身、涙を流して、何の差しさわりがありましょう、と言って、許します。

喜んで日野に出向いた重衡、人を介して自分の来たことを告げます。北の方は、「聞きもあへず、「いづらや、いづら」とて、はしり出て」まいります。御簾《みす》を通して彼女の目に映ったのは、「藍摺《あいずり》の直垂《ひたたれ》に、折烏帽子《をりえぼし》着たる男の、やせくろみたる」姿。縁に座っておりました。藍摺りの直垂は囚人用のもの、やせて黒ずんだ顔は憔悴《しょうすい》そのものを現している。北の方は御簾の際まで近寄り、「いかに、夢かや、うつつか。これへ入り給へ」と声をかける。その声を聞いただけで、重衡、まず先だつものは涙でありました。大納言佐は、気が動顚《どうてん》して次の言葉もありません。

重衡は、「御簾うちかづいて」――妻に招かれても、部屋の中に入るわけにはいきません、囚人ですから。御簾の中に上半身だけ入れて、涙ながらに話す。去年の春、一の谷で死ぬべきであったのに、「せめての罪のむくひにや、生きながら捕らはれて」――東大寺・興福寺、さらには大仏までも焼いてしまった、そのあまりに重い罪の報いゆえか、生け捕られて、「大路をわたされ、京・鎌倉」で「恥をさらすだに口惜し」いのに、最後は「奈良の大衆《だいしゆ》の手へわたされて」切られることになり、今、そちらに参るところ、何とか「今一度」お姿を見たいと思ってきたが、もう思い残すことはない、出家して形見に髪をあげようと思うが、それすらも許されぬゆえ、致し方ない、と言って、額にかかっている髪の毛を少し口で食い切り、「これをかたみに」と差し出す。

彼の心に重くのしかかっているのは、南都炎上《えんしょう》の罪。今ある自分のすべての源はそれ、と思っている。出家は二度にわたって願い出ていました。最初に願いを聞いた後白河院は、頼朝に気兼ねをして許さず、次の頼朝は、朝敵となった人を私の一存では決められぬと言って断る。考えてみれば、彼は仏を焼いた仏敵《ぶってき》、出家が許されるはずはなかったでしょう。最後の望みすらかなえられなかった重衡、その重衡が、会うことはありえないと思いつつ、会うことを願い続けてきた妻に会えたのです。この世で、彼に与えられた唯一の慰めとなったでありましょう。あとで資料を見ますが、夫婦は確かに日野で会っているのです。

髪の毛を口で食い切ったようす、目に浮かぶようですね。それを受け取った北の方も、悲しい思いを口にします。お別れしてからは、「越前三位《ゑちぜんのさんみ》のうへ」、通盛の妻の小宰相様のように、海に身を沈めるべきでしたが、まちがいなくあなた様が死んだともお聞きしなかったので、「もし不思議にて今一度」、元気なお姿に会えるかと思って、つらさに耐えて生きてきましたのに、「今日を限り」でいらっしゃるのが悲しい、今まで事が延びてきて、もしかしたら助かるかもという希望もありましたものを、と言うにつけても、「ただ尽きせぬものは涙」でした。せっかく会えたのに、これが最後とは……。待ち続けてきた思いをいくら口にしてみても、もはやむなしい。いとしい人の命は、もう数刻しかないのですから。

気を取り直した彼女、夫の着物を取り替えてやります。裏つきの小袖に浄衣《じょうえ》、浄衣は清浄を意味する白い着物、死に装束でした。重衡は、もとの着物を、形見に、と言って床に置く。北の方は、それもうれしいことながら、一筆書いたものこそ、のちのちまでの形見、そう申しまして硯《すずり》を差し出す。彼は、歌を書きます。「せきかねて涙のかかるから衣　のちの形見にぬぎぞかへぬる」――止められぬ涙でぬれた「から衣」、囚人の着る藍摺りの直垂ですから唐衣とは似ても似つかぬもの、ここは、着ていた主の身体がない、空の衣の意でしょう、それを形見に脱ぎ置きます、という歌。北の方が答えます。「ぬぎかふる衣も今はなにかせん　今日をかぎりの形見と思へば」――いただいても何になりましょうか、お会いする最後の時の形見と思えば悲しくて。

重衡は時のたったのに気づき、旅立とうとします。「契りあらば、後の世にては必ず生まれあひ奉らん」――前世からの縁が確かなものであったなら、あの世で必ずお会いしましょう、あなたも極楽の同じ蓮台《れんだい》の上に生まれるよう、お祈りしなさい、「日もたけぬ。奈良へも遠う候ふ。武士の待つも心なし」と、言って立ち上がる。日も盛りを過ぎたし、奈良への道のりはまだ遠く、武士が待っているのに、いつまでも時を過ごすのは申しわけない、というのです。自分の方がはるかにつらい立場にあるにもかかわらず、任務として待っている武士の難儀《なんぎ》を思いやる、逆境にありながらも、他者の立場を思いやる、そういう男として描かれています。そこに、いわば悲壮な理性が、描き出されていると言えるでしょう。

大納言佐は袖にすがり、もう少し、もう少し、と引きとどめる。重衡は、「心のうちをば、ただおしはかり給ふべし」――言葉にはできぬ心中、ただ推量していただきたいと言い、しかし結局、死から逃れられないのが人の身、来世で再び、と別れを告げて出る。彼の心中、「後の世にては必ず」と言い、「一つ蓮《はちす》に」と口にしたところで、後世再会を頼みにできるはずはありませんでした。犯してしまった罪の重さを、十二分に知っているからです。「契りあらば」の一言が、その複雑な思いをものがたっています。

外に出てきたものの、この世ではこれが最後と思うと、もう一度立ち帰って会いたい気持ちになるのを、「心弱くては、かなはじ」、うまくいくはずがない、と意を決して、そこをあとにする。北の方の泣き叫ぶ声が門の外まで聞こえてきて、新たにあふれる涙で、行く先も見えない。「なかなかなりける見参かな」――かえって会わない方がよかった、こんなに悲しくなるとはと、「今はくやしう」、思われたのだったという。大納言佐の方は、そのまま夫のあと追いかけたい衝動に駆られたのですが、それもできるはずはなく、ただ泣き崩れるばかりでした。

重衡の身柄を受け取った南都の大衆、ここで切るべきだという意見もありましたが、僧侶の身としていかがかというので、武士の手へ彼は返されまして、木津川《こづ》、今は「きづ」と言いますが、当時は「こづ」、その木津川の河原で切られることになります。

その刑場に駆けつけた男がおりました。かつて重衡に仕えていた木工右馬允知時《むくうまのじょうともとき》。彼は、重衡の昔の恋人、作品中では「内裏女房」と呼ばれていますが、その女性のもとへ、囚人となったかつての主君の手紙を届け、ふたりが再会を果たす契機を作ってやった男です。重衡は、都落ちに際し、彼女に何も言わないで落ちたことを気にかけておりました。そこに知時が現れたものですから、仲介を頼んだのでした。昔の恋人に文《ふみ》を送り、また会おうとしたのは、死を覚悟している重衡にとって、生の清算を意味していたんでしょうね。少しでもこの世での借りを返して、あの世に旅立つための……。その内裏女房には、都落ちする前、奈良を焼いたのは、「我が心に起こって」焼いたのではなく、ことの成り行きでそうなったが、それは「われ一人が罪」として、背負わなければならなくなろうと言っていたと、いいます。早くから罪の自覚があったと、語られているのです。

刑が執行されようとする寸前に馳せつけた知時、人々をかき分けかき分け、重衡の前へ出ます。その知時に向かって、重衡は、「仏を拝み奉って」切られたいと思うが、「あまりに罪ふかう」思われるので、と言う。遠慮がちな頼みでした。武士とも相談し、探し出してきた仏は、幸いに阿弥陀仏でありました。知時は、狩衣の袖のひもを抜き取り、仏様の御手《みて》にかけ、もう一方を重衡に持たせる。それが極楽往生を願う作法でした。

重衡は、仏に向かって言います。伝え聞くところによると、お釈迦様をないがしろにした、いとこの調達《ちょうだつ》は、さんざん悪さをしたけれども、結局は来世で救われるという予言にあずかったという。作った罪業がどんなに深かろうと、「聖教《しやうげう》に値遇《ちぐ》せし」、立派なお釈迦様の教えにこの世で出会った、「逆縁くちずして」——逆縁は、逆らう縁の意で、仏の教えに素直に従う場合を順縁と言うのに対し、反逆する場合を言います。が、順縁も逆縁も縁があるという一点においては同じなわけで、その逆縁は消滅することなく、「かへって得道の因となる」、すなわち悟りを開く因となると聞いている、というのです。大仏を焼いたことは、まさに逆縁ながら、今、仏にすがろうとしている自分、どうか救っていただきたいと願うのです。

「いま重衡が逆罪をおかす事、まったく愚意の発起《ほっき》にあらず」と、彼は続ける。罪を犯したのは、決して自分の意思からではない、ということの言葉、実はここで、四回目になります。先ほど話しましたように、内裏女房に向かっても言っておりました。彼は出家を許されぬため、法然上人に会って、在家のまま戒を授けてもらいますが、その法然に対しても、「不慮に伽藍《がらん》の滅亡に及び候ひしこと、力及ばぬ次第」と語っております。鎌倉では、頼朝から、父の命による所業か、ご自身の考えによるかと問われ、「重衡が愚意の発起にもあらず」とも、「不慮に伽藍の滅亡に及び候ひしこと」とも、答えています。そしてここで四回目。実際の合戦場面では、彼の弁明に照応するように、夜の戦いで味方の同士討ちを避けるための民家への放火が、北風にあおられて寺院に及んだと書いてあります。物語は、犯す意思なくして犯した罪を背負う重衡の姿を、強調して語るのです。

重衡にとって、これは不条理以外の何物でもないでしょう。仏を冒瀆《ぼうとく》する意思も、由緒ある寺院を破滅させるつもりも毛頭ありませんでした。にもかかわらず、結果責任を取らされる。南都攻撃の大将軍であったことは確か、最高責任者であることも分かっている。しかし、仏を敬う気持ちは持っており、それゆえ罪を謝罪したく、出家も願い出た。どうして自分は、こんなみじめな思いをして殺されなければならないのか。内面には、納得できないしこりが残っている。

彼には、もう一つのしこりがありました。頼朝から尋問を受けた際、重衡はこうも言うんです。そもそも朝敵を平らげた者は、「七代まで朝恩うせず」と言われていることは、「きはめたるひが事にて候ひけり」――朝廷が七代までその一族を庇護するというのは、とんでもないうそだと分かったと。こういう場合の「けり」は、発見を表す「けり」と申します。故入道清盛は、「君の御ために」「命を失はんとすること度々に」及んだが、ただ一代、朝恩を受けたのみで、どうして我々子孫は滅びなければならないのか――当然、保元の乱、平治の乱での活躍を言っていますね。「七代」までとは、まっかなうそと分かったというわけです。ただし、功ある者、必ずしも報われず、中国でも名君が牢獄に囚われた例があるから致し方ない、さっさと切れ、と言います。

「七代」云々《うんぬん》と言う言葉は、清盛も二度、口にしています。最初は、鹿の谷事件発覚の際に後白河院幽閉を企てた時、二度目はクーデターを起こした際、その理由を語る中で、です。その趣旨は、重衡の場合とまったく同じ。なぜ一代だけなのか、約束が違うではないか、その告発を三回にわたって登場人物にさせている。ということは、作中に意図的に設定されたもの。この告発も、不条理を突いたものではないでしょうか。結局、重衡は、頼朝と対座した時に、二つの不条理を弁じたことになりますが、興味深いのは、『吾妻鏡』に両者のやりとりがそっくり載っていながら、この二つの条だけがないのです。『平家物語』が、彼をどう描こうとしたかは、それではっきりしてきます。

そうしたことを踏まえて、彼の言葉にもどってみましょう。自分は命令に従ったまで、「理非仏陀の照覧にあり」、道理にかなっているか否かは、仏様がお見通しのはず、心にやましいものはない。前世の罪の報いにより、運命が今尽きるところ、「後悔千万、悲しんでも余りあり」、悔いる思いは数知れず、嘆きは尽きない。とはいえ、御《み》仏の心の境地は、慈悲を根本とし、人を救う道筋はさまざま。完全無欠な、円い玉のごとき教えによれば、「逆即《そく》是《ぜ》順」――逆縁すなわち、これ順縁で、同じこと。この一言に、彼は今、全生命をかける。――ひとたび阿弥陀様を念ずれば、無限の罪が直ちに消えるよし、「願はくは、逆縁をもって順縁とし、ただ今の最後の念仏によつて、九品託生《くほんたくしやう》をとぐべし」、九品は、九つの世界に分かれている浄土のこと。願うことならば、極楽浄土に生まれさせて欲しいと祈って、「高声《かうしやう》に十念となへつつ、頸をのべて」切られていったのでした。

重衡は、はたして救われたかどうか……。最期のありさまを見て、人々はみな涙を流したという。その首は、かつて陣頭指揮を執った因縁の場所、般若寺の鳥居の前に釘《くぎ》付けにされました。奈良坂の途中で、そこに立ちますと、東大寺の南大門《なんだいもん》が見えます。

また、資料を見てまいりましょう。⑩は『愚管抄』。物語にあったとおり、重衡の身柄を、頼兼が預かり、醍醐路を通って奈良に向かい、北の方にも会っていますね。会った場所は、日野と醍醐との間で、「泣く泣く小袖着替へ」たというのも、物語のとおりです。「積悪《しやくあく》の盛りはこれを憎めども、又、

【資料⑩】愚管抄・巻五

重衡をば、頼政入道が子にて頼兼と云ふ者をその使ひに沙汰しのぼせて、東大寺へ具してゆきて切りてけり。大津より醍醐通り、樋《ひつ》河へ出でて宇治橋わたりて奈良へ行きけるに、重衡は、邦綱がおとむすめに大納言典侍とて高倉院に侯ひしが、安徳天皇の御乳母なりしに婿とりたるが、姉の大夫三位が日野と醍醐とのあはひに家作りて有りしに相具して居たりける、この本の妻のもとに便路《びんろ》を喜びて下《お》りて、只今死なんずる身にて、泣く泣く小袖着替へなどして過ぎけるをば、頼兼も許して着せさせけり。大方、積悪《しやくあく》の盛りはこれを憎めども、又、かかる時に臨みては、聞く人、悲しみの涙におぼ（ほ）ゆる事なり。

かかる時に臨みては、聞く人、悲しみの涙におぼほゆる事なり」と、伝え聞いた人は涙にむせんだ、とも書いてございます。

⑪の『醍醐寺雑事記《ぞうじき》』からは、宗盛の切り手が「橘馬允《きつうまのじょう》公長」だったと証明されますし、重衡の切り手は、「伊豆右衛門尉」こと、例の仲綱の子の有綱と分かります。重衡の「妻御前」が、「延行寺の住房」を借りて住んでおり、そこで最後の逢瀬《おうせ》を果たし、「見物の者、哀嘆す」とありますから、やはり、同情の涙を誘ったのです。延行寺については、残念ながらよく分かりません。

⑫には、重衡を預かっていた伊豆国の武士、章段の冒頭に出ておりました狩野宗茂《むねもち》の、『吾妻鏡』で確認できる最後の事績をあげておきました。この人もけっこう長生きしていたのですね。都から迎えられた藤原将軍頼経《よりつね》は、二代将軍源頼家の娘と結婚することになるんですが、宗茂は、彼女の邸宅、竹御所《たけのごしょ》を作る奉行を一二二六年十月に務めているのです。戦乱体験者で長生きしていた人物、都だけではなく、東国にも当然いたわけで、そのひとりです。

重衡と頼朝との面談場面が、『吾妻鏡』と『平家物語』で共通しながら、内実がまったく違っていると申しました。千手《せんじゅ》の前という女性と重衡とが恋仲になっていくお話でも、同じことが言えます。重衡を慰める酒宴を催したのが、この狩野宗茂。

【資料 ⑪】醍醐寺雑事記

六月二十二日……内大臣の頸の切り手、橘馬允公長。重衡の頸の切り手、伊豆右衛門尉。中将の妻御前は、五条大納言邦綱の女《むすめ》也。延行寺主の住房を借り改め、此の月来、住まる所也。中将に相逢はん為、西辻（海カ）より還りて彼の房に入らる。見物の者、哀嘆す。

【資料 ⑫】狩野宗茂の最終事績

一二二六年十月、将軍藤原頼経の妻、竹御所（源頼家の娘）の邸宅造営の奉行をつとむ（吾妻鏡）。

物語では、酒を口にしようとしない重衡を見た宗茂が、千手の前に何か歌うよう求める。歌ったのは、吟ずればその人の命を天神が守ってくれると言われていた菅原道真《みちざね》の漢詩。その心が分かった重衡が、あの世で救われるような歌だったらと言うので、今度は阿弥陀を賛嘆する今様《いまよう》をうたう。その時はじめて、盃を傾け、やがて千手が琴を、重衡は琵琶を演奏し、ふたりの心が通じ合っていくと、語られていきます。

ところが『吾妻鏡』では、重衡は、はじめから酒宴を喜んで受け入れ、自らすすんで千手の琵琶に合わせて横笛を吹き、冗談を言うなど、明るく振る舞っております。千手が帰ろうとすると押しとどめ、盃を与えて、自分を項羽《こうう》に、相手をその妻の虞氏《ぐし》にたとえて、漢詩を朗詠します。その朗詠は、『平家物語』も取り込んでいますが、重衡という同一人物の与えるイメージがまったく違います。こちらは、はるかに積極的、そんなに暗くはありません。物語は、凝り固まっていた重衡の心が、やさしい千手の心遣いでしだいに解きほぐされていく過程を、みごとに描いているのです。その凝り固まった心中を、どのようなものとして想像するよう、物語の側が求めているかは、今までお話ししてきたところで、お察しいただけるのではないでしょうか。

『吾妻鏡』の記事は、狩野宗茂あたりが後世に伝えたものに、そのまま拠《よ》っている可能性があります。『平家』は、それに手を加え、独自の重衡像を創りあげるのに利用しました。彼の訴える二つの不条理のうちの一つは、本人自身のかかえるものですが、もう一つは、平家一門全体の問題。いずれにしても、歴史の非情さへの問いかけとなっているでしょう。現実は決して公平ではなく、不平等そのもの。なぜ、ひとりの人間にあれほどの不幸が訪れたのか、一族の栄華はどうして二十年余でついえさり、悲劇の終幕となったのか、その必然性はどこにあるのか。いわば闇の中にある歴史の力へのそうした問いかけは、この作品全体のものでもあるように見えます。

7　鎮魂の祈り――建礼門院の死去

最後に、物語を締めくくる「女院《にょうゐん》死去」の章を読んで終わることにいたしましょう。この前に、大原の寂光院にこもる建礼門院を後白河院が訪問する「大原御幸《ごかう》」という、お能にもなっていて有名な章段がありますが、その流れを受けて、文面は展開しております。

承安五節絵［早稲田大学図書館蔵］（模本）

最初に紹介した資料①の『閑居の友』を、また見てください。院の大原御幸を伝えるもので、物語と筋がほぼ同じだと申しましたね。文治二年とありますのは、壇の浦の翌年。後白河院が寂光院を訪ねますと、年老いた尼が出てきます。女院はどこにと聞けば、裏の山で花摘みをしているという。世を捨てた身とはいえ、自らそんなことを、と言うと、尼は、出家したからには当然のこと、来世で仏国土に生まれようとすれば、いいかげんなことではすまされない、前世の行いが不充分だったから、このような目にあっている、と答える。物語では、この老尼を阿波《あわ》の内侍《ないし》と伝えますが、よくは分かりません。

住まいのようす、ひと間には阿弥陀三尊を安置し、ひと間は、寝る所らしく、粗末な御衣《おんぞ》などが見える。障子にはお経の大切な文言《もんごん》が書かれ、机の上には読みさしの経典、地獄絵も掛けられてある。宝物に取り囲まれていた昔とは、まるで違う生活ぶり、院も悲しく思ったのでした。そのうちに、尼ふたりが山から下りて来るのが見えます。「一人は花籠《はなこ》を持ち、一人は爪木《つまぎ》を拾ひ持ちたり」とあります。花を持っているのは女院、もうひとりを、『平家物語』は、大納言佐、つまり重衡の妻としています。『閑居の友』は、「昔近く召し使はせ給ひける人」としか書いていませんね。もしかすると、重罪人の妻をここに配したのは、物語の考えぬかれた作為なのかも知れません。

院がさまざまに慰めの言葉をかけますと、女院は今の生活を肯定し、仏道に導いてくれるすばらしい「善知識」、よい機縁となっていると答え、都落ちしてから壇の浦でのありさままでを話します。壇の浦の箇所は、物語の記述ともよく合っていましたね。そして最後に、今日まで生きていられるとは思ってもみなかったけれど、人々の後世《ごせ》を祈るため、身命を捨てた生活をしているゆえ、仏様も願いを聞き入れてくださるはず、だから今の生活が私にとっては「善知識」、と言うのです。この部分、『平家』は、「六道之沙汰」という一章段にして、女院が、自分の生涯を、地獄・餓鬼・畜生・修羅・

人間・天上の六道になぞらえて語るかたちに創っております。

こうして見ると、『閑居の友』の話の方が、伝えられた原話に近く、物語がそれを飛躍させていることは明らかでしょう。重衡に関する『吾妻鏡』と『平家物語』との差も、思い出して下さい。実話として伝えられたものに、物語的肉付けと作品内における新たな意味とが付与され、再創造されていく過程が、具体的にご理解いただけるのではないでしょうか。

では、物語本文を見ていきましょう。院が大原の里をあとにする場面からです。寂光院の鐘の音が、一日の終わりを告げて聞こえてまいります。院は涙をこらえながら、還御《かんぎょ》なさる。女院は昔のことをあらためて思い出し、あふれる涙と共にいつまでも見送ったのち、御本尊の阿弥陀如来に向かい、「先帝聖霊《しやうりやう》、一門亡魂、成等正覚《じやうとうしやうがく》、頓証菩提《とんせうぼだい》」と、泣く泣く唱えます。先帝とは安徳天皇のことですね。その御霊《みたま》と一門の亡魂とが、「成等正覚」——悟りを得た人と等しく、「頓証菩提」——速やかに悟りを得られますように、と祈ったのでした。天子の長寿を神々に祈念した昔とちがい、今は、「過去聖霊《しやうりやう》、一仏浄土へ」と願うのみ。

女院の我が子への思いは、ここに至る前に五回も語られます。出家の際に僧への布施として差し出した先帝の着物を、いつまでも「御《おん》身をはなたじ」と思っていたとあるのをはじめ、海に沈んだありさまが、「いかならん世までも忘れがたく」とか、「先帝の御《おん》面影ひしと御身にそひて」、「忘れんとすれども忘られず、しのばんとすれどもしのばれず」——こらえようとしても、こらえられないと、繰り返されているのです。また、壁には「先帝の御影《みえい》」、つまり絵姿が掛けられてもいました。かつては皇后、今は出家の身とはいえ、我が子のことが忘れられない、煩悩を抱くひとりの母でした。それは宗盛に通じ、出家して熊野の沖に身を投じた維盛にも通じます。都落ちの時の苦悩が語られていた維盛は、最後の最後まで妻子への思いに悩む姿が描かれるのです。

仏教では、「煩悩《ぼんのう》即菩提《ぼだい》」と説き、煩悩は完全否定されるものではありません。煩悩は菩提、つまり悟りの種にほかなりませんし、両方を具有するのが人間の真実。道元《どうげん》は、悟りを得た聖人は常に聖人かといえば、それはありえず、凡人は常に凡人かといえば、それもありえないと説いています。悟りの境地も凡俗の心もともに無常で、転変するもの、「仏性《ぶっしょう》」を持つあらゆる存在がそうなのだという。仏性即無常。女院の心のありようは、仏教に照らして非難されるべきようなものではなく、むしろ私たちに親近感を与えるべく、物語の中に描き込まれているのでした。

そもそも、安徳帝は、あの世でどこに行ったのでしょうか。入水《じゅすい》する際、時子は、極楽浄土へと言っていましたね。でも、建礼門院の夢に見えたのは、竜宮城にいる一門の人々の姿でした。そこに苦はないのか、と、問うと、『竜畜経《りゅうちくきょう》』に書いてあるから、よくよく自分たちの後世を弔って欲しいと、時子が答えたとあります。『竜畜経』という経典は見つかっておりませんが、『長阿含経《ちょうあごんきょう》』に、竜には三熱あるいは三患《かん》の苦しみがあると見えます。第一は、熱風熱砂《ねっさ》に身体が皮膚から骨の髄まで焼かれる苦しみ、第二は、暴風に宝で飾られた衣服が奪われる苦しみ、第三は、宮殿で楽しんでいる時に金《こん》翅鳥《じちょう》という鳥に襲われ、食われてしまう苦しみ。宮殿は、竜宮城にイメージがつながりますね。要するに、安徳帝も一門の人々も、あの世で救われてはいなかったのです。彼女が祈りの日々を続けなければならぬ理由は、そこにありました。

物語には、障子に書かれてあった女院の歌二首が、続けて紹介されております。一首は、「このごろはいつならひてか我が心　大宮人の恋ひしかるらん」という、昔の宮中を懐かしむもの。もう一首は、「いにしへも夢になりにしことなれば　柴《しば》の編戸《あみど》も久しからじな」という、無常の世を歌ったものです。それから、院のお供をしてきた左大臣の柱に書きつけた歌、「いにしへは月にたとへし君なれど」、ここは、その月の光すらささない、「その光なき深山辺《みやまべ》の里」だ、という歌が添えられています。おりしもホトトギスの声が聞こえてきました。女院は歌をしたためる。ホトトギスは、黄泉路《よみじ》の道の案内鳥、死者を送る鳥と言われ、血を吐くように鳴く。その鳥と「いざさらば涙くらべん」、「われも憂き世に音《ね》をのみぞなく」――私も泣き声ばかり漏らしているのですから、という歌です。四首の歌を並べることで、悲しみの世界ができあがっていると言えるでしょう。

左大臣の歌は、女院を月にたとえておりましたが、それは『建礼門院右京大夫集』によった可能性があります。資料の⑬を見てください。二首目の歌「あふぎ見し」と、三首目の歌の詞書冒頭部を読んでいただければ、右京大夫が女院を月になぞらえていたことが、お分かりいただけるでしょう。この引用箇所は、彼女が大原を訪ねてた時の記録となっています。行きづらい場所ではありましたが、「深き心をしるべ」にして、訪ね行きますと、まわりの景色からすまいのようすまで、目に触れるものすべて、涙を誘わぬものはない。かつては自分も含め六十余人もお仕えしていたのに、今は「墨染めの姿して、わづか三四人ばかり」。お互いに顔を見合わせ、「さてもや」と言っただけで涙にくれ、言葉も続けられなかったとあります。物語に言うふたりより多かったにしても、三四人とは、やはりさびしい生活だったに違いありません。

彼女は、恋人の平資盛を戦乱で亡くしておりましたね。この『右京大夫集』は、『新勅撰和歌集』の編纂に着手していた藤原定家の求めに応じて、提出されたものです。それが一二三三年ごろのことで、八十歳前後の高齢に達していました。女房としての呼称も変わっていたので、定家がどの呼び名を使うか尋ねたところ、忘れがたい「昔の名こそ」と答えたために、建礼門院の名を冠した名前が後世に残ったのでした。定家は一二四一年に八十歳で死んでいますが、頼朝の旗揚げした時が十九歳、ふたりとも戦争体験者でありました。彼らの「昔の名こそ」という言葉に象徴される思いが、『平家物語』成立の底辺にはあったのです。

さて、物語は全体を閉じる文面へと入っていきます。壇の浦で生け捕られた人々も、処刑されたり流されたりで、平頼盛以外、無事な人は誰もいなかった、とあります。しかし、「四十

【資料⑬】建礼門院右京大夫集

女院、大原におはしますとばかりは聞きまゐらすれど、さるべき人に知られでは参るべきやうもなかりしを、深き心をしるべにて、わりなく訪ね参るに、やうやう近づくままに、山道のけしきより、まづ涙は先立ちて言ふかたなきに、御庵のさま、御住まひ、ことがら、すべて目もあてられず。昔の御ありさま見まゐらせざらむだに、おほかたの事柄、いかが事もなのめならん。まして、夢うつつとも言ふかたなし。……都は春の錦をたち重ねてさぶらひし人々、六十余人ありしかど、見忘るるさまに衰へたる墨染めの姿して、わづか三四人ばかりぞ、さぶらはるる。その人々にも、「さてもや」とばかりぞ、われも人も言ひ出でたりし、むせぶ涙におぼほれて、言《こと》もつづけられず。

今や夢昔や夢とまよはれて
　いかに思へどうつつとぞなき

あふぎ見し昔の雲の上の月
　かかる深山《みやま》のかげぞかなしき

花のにほひ、月の光にたとへても、ひと方にはあかざりし御面影、あらぬかとの

余人の女房達」には特別な沙汰もなく、親類縁者のもとに寄宿する身となる。「枕を並べし妹背《いもせ》も、雲居《ゐ》のよそにぞなりはつる」以下は、彼女たちの置かれた状況を語るもの。「雲居のよそ」になったのは、流された夫のことでしょう。「養ひたてし親子も、ゆきがた知らず別れけり」の「親子」は、自分の夫と男の子、あるいは祖母の立場から、我が子と孫のことを言っているのでしょうか、いずれにしても、女性が、戦いで身内の男性たちを失ったことを伝える一文です。

　それを受けて、「しのぶ思ひは尽きせねども、嘆きながらさてこそ過ごされけれ」と、彼女たちの心境とその後の生活が語られる。昔を懐かしむ思いは尽きぬものの、嘆きながらも、何とか日々を送っていたという。第一回目に、「生き身なれば、嘆きながらも過ごさんずらん」という言葉を取りあげ、人間が本来持っている生命力を、「生き身」と表現したのだろうと申しました。今、ここの「嘆きながら」という言葉の上にも、「生き身なれば」という言葉を補ってみたら、いかがでしょう。しっくり収まる感じがして、もともと、この言葉を含みこんでいる文脈のごとく見えます。そして、ひどい目にあったけれど、でも、不思議な命の力のおかげで、何とか生きていけたという、ほのかな希望を与えてくれている文脈のようにも見えます。

　このように、作品の最後の紙面で、戦争被害者だった女性たちに焦点を当てていることは軽視できません。物語は、不幸に見舞われた女性を通して戦いの悲惨さを伝えようとしたのです。その淵源は、

みたどらるるに、かかる御事を見ながら、
　何の思ひ出なき都へとて、されば何とて
　帰るらんと、うとましく心うし。
山深くとどめおきつるわが心
　やがてすむべきしるべとをなれ

清盛の勝手気ままな振る舞いにあったと文面は続きます。「父祖の罪業は子孫にむくふといふ事、疑ひなしとぞ見えたりける」というのが、物語の示す結論でした。

いつしか年月は流れ、女院が臨終の時を迎えます。阿弥陀如来の御手《みて》に掛けた五色の糸をにぎり、必ず極楽浄土へお導きをと願って、念仏をなさる。大納言佐と阿波内侍が左右にひかえ、今生《こんじょう》の別れの悲しさに、声をあげて嘆き悲しむ。やがて、御念仏の声がだんだん弱ってまいりますと、「西に紫《し》雲《うん》たなびき、異香《ゐきやう》、室《しつ》にみち、音楽、空に聞こゆ」――来迎《らいごう》の瑞相《ずいそう》があらわれたのであります。物語の中では、何人もの人が念仏を唱えて死にますが、来迎の相が描かれるのは、ここのみ。彼女のためにだけ、物語はとっておいたのでした。この瑞相は、建礼門院があの世で救われたことを明瞭にものがたろうとするもの、と同時に、彼女の祈りが受け入れられ、安徳帝と一門の人々も救済されたであろうことを、暗示しようとしたものでもあったでしょう。その同じ祈りに、物語を聞き終えた人々をも、いざなおうとしているかのようです。

亡くなったのは、「建久二年きさらぎの中旬」とあります。壇の浦から六年後。正しければ、三十七歳。しかし、死亡年は諸説があり、確定できません。二月中旬というのは、お釈迦様の亡くなったのが二月十五日ですから、それに合わせているのかも知れません。ふたりの女房たちは、女院のお后《きさき》時代からそば近く仕えてきた身、別れ路に臨み、身も世もあられぬありさまでした。また時が流れ、ふたりは、寄る辺なき身ながらも、節目節目の仏事を営み、自らの死を迎えます。「竜女《りゆうによ》が正覚《しやうがく》の跡を追ひ」と書いてございますが、「竜女」は、八歳で男子に生まれ変わって悟りを開いたと言われる存在、次の「韋提希夫人《いだいけぶにん》の如くに」というその女性は、子の阿闍世《あじゃせ》太子の手で幽閉されていましたが、釈迦の教えで悟りを開いたと説かれている女性です。いずれも女性でありながら、成仏《じょうぶつ》した人たち、その例にならって、「みな往生の素懐《そくわい》をとげけるとぞ聞こえし」――もとよりの願いであった往生の目的を果たしたということです、と語られて、全巻は閉じられます。

女性の祈りとともに、いくさの物語が閉じられていることの意味を、あらためて考えてみなければならないでしょう。延慶本は、頼朝の果報のめでたき事を祝福して終わっていますし、私たちが読んだ覚一本以前に、琵琶で語られていたと思われるテキスト群は、維盛の遺児の六代が切られたことで、平家の子孫は絶え果てたとする一句を、結び句としています。勝者と敗者とが、対照的に作品の最後の紙面に持ってこられているわけです。しかし、物語の内実は、勝者もまた、不幸であることをものがたっていました。敗者も一方的に同情されたり、非難されたりする対象でないことは明らかです。戦いは、ないに越したことはなかったのです。それは、生き残った人たちの多くに共通する思いではなかったでしょうか。

『平家物語』は、そうした思いがまだ社会にある中で芽吹きました。人と人のきずなを絶つのが戦争。そのつらい現実を、受身的に受け入れざるを得なかったのが女性たちです。覚一本が、女性たちに焦点を絞り込み、戦争の犠牲者への鎮魂を彼女たちに託したのは、勝ち負けの視点を超え、戦いのもたらした不幸そのものに目を向ける視点を、最後に示したかったからに他ならないでしょう。その視点は、作品の誕生時からあり続けたものでした。それを明示して物語を結ぶこのありかたは、必然的な流れにそって、時間をかけ、凝縮されてできあがった形に見えます。根底にあるのは、戦いが再びあってはならない、安寧の世が続いてほしいという思い。それが物語のなかで、作品の命として語りつがれてきたものではないでしょうか。その心を見誤ってはならないと、思うのです。

最後になりました。長い間、お聞きいただきまして、ありがとうございました。戦前、軍記物語は、日本人の国民性に幻想を抱かせ、国威を発揚する教材とされました。二度とそのようなことが許されてはなりません。作品それ自体が、そのようなことを望んではいないのですから。そのことが、この講座を通じてご理解いただけたとすれば、大変うれしく存じます。

付録 『平家物語』関連歴史年表

保元元年（一一五六）	7.	保元の乱（崇徳院、讃岐国配流《はいる》。左大臣藤原頼長、戦死。源為義・平忠正、死刑）。
平治元年（一一五九）	12.	平治の乱（藤原信西、自害。同信頼、死刑。源義朝、謀殺。同頼朝、流罪）。
仁安二年（一一六七）	2.	平清盛、太政大臣となる。
同三年（一一六八）	2.	清盛、出家。高倉帝、即位。
嘉応二年（一一七〇）	7.	摂政基房の随人、平資盛一行に暴力をふるう。
	10.	基房一行、襲撃さる。
承安元年（一一七一）	1.	高倉帝、元服。
	10.	後白河院、建春門院平滋子と福原に御幸。
	12.	平徳子、入内。
同三年（一一七三）	5.	神護寺の僧文覚、伊豆配流。
同四年（一一七四）	3.	後白河院と建春門院、厳島に御幸。
安元二年（一一七六）	7.	建春門院、崩御。
治承元年（一一七七）	4.	大火、内裏炎上。
	6.	鹿の谷事件、発覚。
	7.	藤原成親、備前国で暗殺さる。
同二年（一一七八）	11.	言仁《ときひと》親王（安徳帝）誕生。
	12.	言仁、皇太子となる。
同三年（一一七九）	6.	故摂政基実の室、平盛子、死去。
	7.	平重盛、死去。
	11.	清盛、太政大臣ら四十三人を解任。関白を配流、後白河院を鳥羽殿に幽閉。
同四年（一一八〇）	2.	安徳帝、即位。

5. 以仁王事件、勃発。源頼政、敗死。
6. 福原へ遷都。
8. 頼朝、挙兵。
9. 木曾義仲、挙兵。
10. 富士川の合戦で平氏敗走。
11. 京へ還都。
12. 平重衡、東大寺・興福寺を焼く。

養和元年（一一八一）

1. 高倉院、崩御。
閏2. 清盛、死去。
3. 墨俣《すのまた》川の合戦で平氏勝利。
4. 餓死者、道に満つ。
6. 越後の平氏、義仲に大敗（横田河原合戦）。
11. 徳子、建礼門院を称す。

寿永元年（一一八二）

2. 平氏、義仲追討軍を派遣。この年飢饉拡大。

同二年（一一八三）

4. 義仲追討に平氏の大軍、出陣。
5. 倶利伽羅《くりから》峠の合戦で平氏大敗。
6. 四万余騎の平氏軍、わずか四、五騎で帰洛。
7. 平氏一門、都落ち。源行家・義仲、入京。
8. 後鳥羽帝、即位。
閏10. 義仲、備中国で敗北。
11. 義仲軍、後白河院御所の法住寺殿を襲撃。

元暦元年（一一八四）

1. 源範頼・義経、義仲を追討。
2. 一の谷の合戦で平氏大敗。

文治元年（一一八五）	2．義経、屋島を攻略。
	3．平氏、壇の浦で滅亡。
	5．大地震。
	6．平宗盛・重衡、処刑。
	9．東大寺大仏開眼《かいげん》。
	11．義経、都落ち。
文治三年（一一八七）	9．『千載和歌集』成立。
文治五年（一一八九）	閏4．義経、平泉で討たる。
	9．頼朝、奥州を征圧。
建久元年（一一九〇）	11．頼朝、上洛。右大将となる。
同三年（一一九二）	3．後白河院、崩御。
	7．頼朝、征夷大将軍となる。
同四年（一一九三）	8．頼朝、弟範頼を討つ。
同六年（一一九五）	3．頼朝、東大寺供養に上洛。
同七年（一一九六）	6．平知盛の息知忠を擁した謀反発覚。
同九年（一一九八）	2．平維盛の息六代、処刑（『鎌倉年代記』裏書）。
正治元年（一一九九）	1．頼朝、死去。
同二年（一二〇〇）	1．梶原景時一族、追討さる。
建仁元年（一二〇一）	1．越後平氏の城長茂《ながもち》、反旗を翻すも討たる。
同三年（一二〇三）	6．義経の実兄全成《ぜんじょう》、討たる。
	9．比企能員《よしかず》一族、追討さる。
元久元年（一二〇四）	3．伊賀・伊勢の平氏、挙兵。
	7．前将軍頼家、討たる。

同二年（一二〇五）	3.『新古今和歌集』成立。
	6. 畠山重忠一族、追討さる。
建保元年（一二一三）	5. 和田義盛一族、追討さる。
同六年（一二一八）	1. 伊勢平氏の重正、追討さる。
承久元年（一二一九）	1. 将軍実朝、討たる。
	7. 源頼政の孫の頼茂、謀反を疑われ、内裏に放火し自害。
承久三年（一二二一）	5. 承久の乱〔後鳥羽・土御門・順徳三上皇、配流〕。
	7. 後高倉院、院政開始。平頼盛の曾孫の後堀河帝、即位。
貞応二〜三年（一二二三〜四）	『六代勝事記《しょうじき》』成立、その影響下に『保元物語』成る。
安貞元年（一二二七）	4. 大内裏、炎上。
寛喜二年（一二三〇）	6. 降雪、大飢饉となる。
貞永元年（一二三二）	8. 幕府、『貞永式目』を制定。
嘉禎元年（一二三五）	3.『新勅撰和歌集』成立。
暦仁元年（一二三八）	3. 鎌倉の大仏、築造開始。
	6. 都に夜警のかがり屋、設置。
仁治元年（一二四〇）	『治承物語』六巻、別名「平家」の存在、初見。この年以前に『承久記』成立。
同三年（一二四二）	前内大臣源定通ら村上源氏、後嵯峨帝を擁立。
寛元四年（一二四六）	閏4.『平治物語』本文の断片、初見。
宝治元年（一二四七）	6. 三浦泰村一族、追討さる（宝治合戦）。
正元元年（一二五九）	9. これ以前に『平家物語』八帖（本《もと》六帖、後《のち》二帖）存在。
永仁五年（一二九七）	『普通唱導集』より、『保元』『平治』『平家』三物語を琵琶法師がそらんじていたこと判明。
元亨元年（一三二一）	4. 後伏見院・花園院・中園准后《なかぞのじゅごう》ら、琵琶法師の語る『平治』『平家』を聞く（『花園天皇宸記《しんき》』）。
応安四年（一三七一）	6. 琵琶法師覚一、死去（七十余歳）。

◆皇室系図

- 鳥羽天皇[74]
  - 崇徳天皇[75]
  - 上西門院
  - 後白河天皇[77]
    - 二条天皇[78]
      - 六条天皇[79]
    - 式子内親王
    - 守覚法親王
    - 以仁王
    - 高倉天皇[80]
      - 安徳天皇[81]
      - 後高倉院
        - 後堀河天皇[86]
          - 四条天皇[87]
      - 後鳥羽天皇[82]
        - 土御門天皇[83]
          - 後嵯峨天皇[88]
        - 順徳天皇[84]
          - 仲恭天皇[85]
  - 覚性法親王
  - 八条院
  - 近衛天皇[76]

◆平氏系図

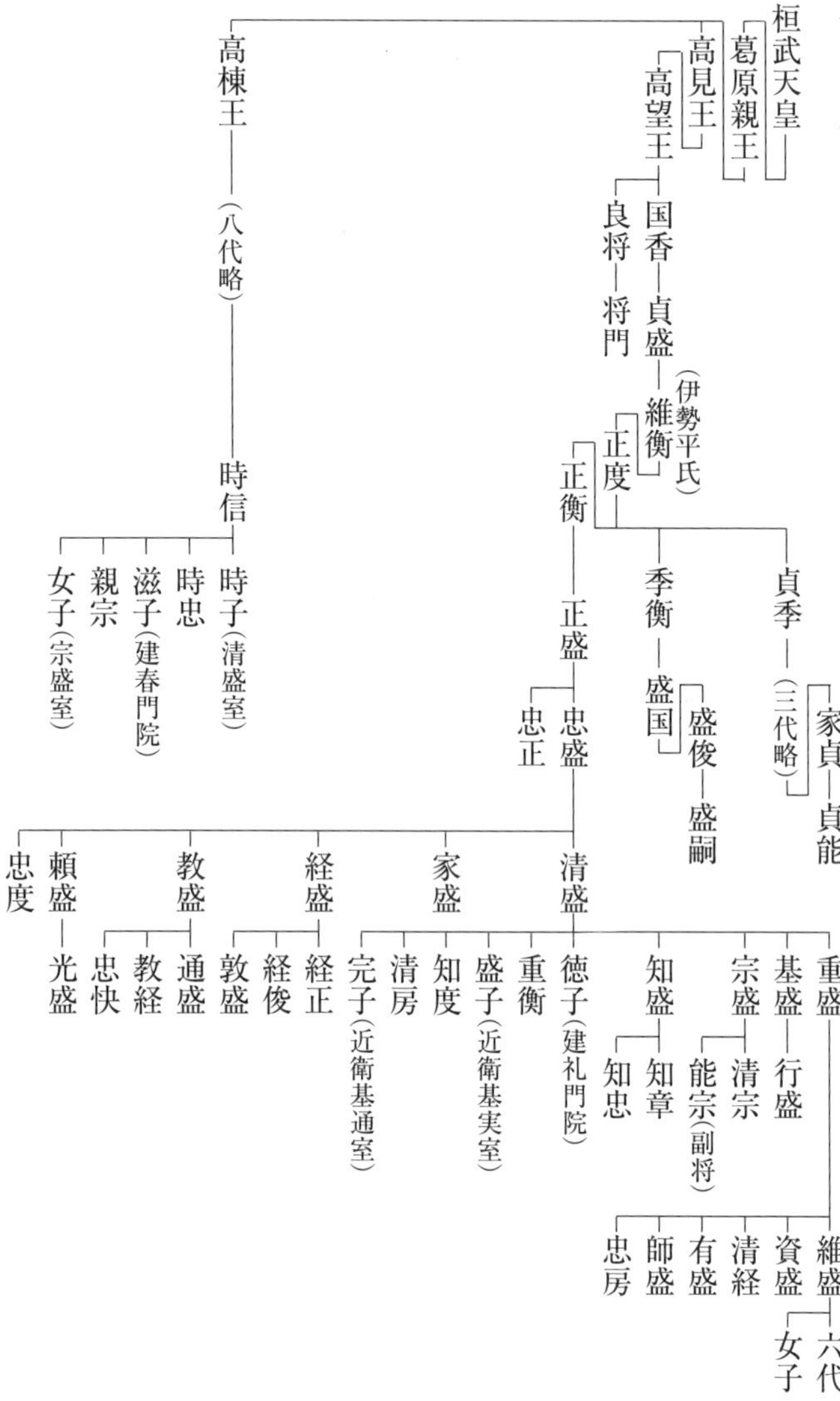
桓武天皇
葛原親王
高見王
高望王
国香
貞盛
維衡
（伊勢平氏）
正度
貞季
（三代略）
家貞
貞能
季衡
盛国
盛俊
盛嗣
正衡
正盛
忠盛
忠正
清盛
重盛
維盛
六代
女子
資盛
清経
有盛
師盛
忠房
基盛
行盛
宗盛
清宗
能宗（副将）
知盛
知章
知忠
徳子（建礼門院）
重衡
盛子（近衛基実室）
知度
清房
完子（近衛基通室）
家盛
経盛
経正
経俊
敦盛
教盛
通盛
教経
忠快
頼盛
光盛
忠度
良将
将門
高棟王
（八代略）
時信
時子（清盛室）
時忠
滋子（建春門院）
親宗
女子（宗盛室）

◆源氏系図

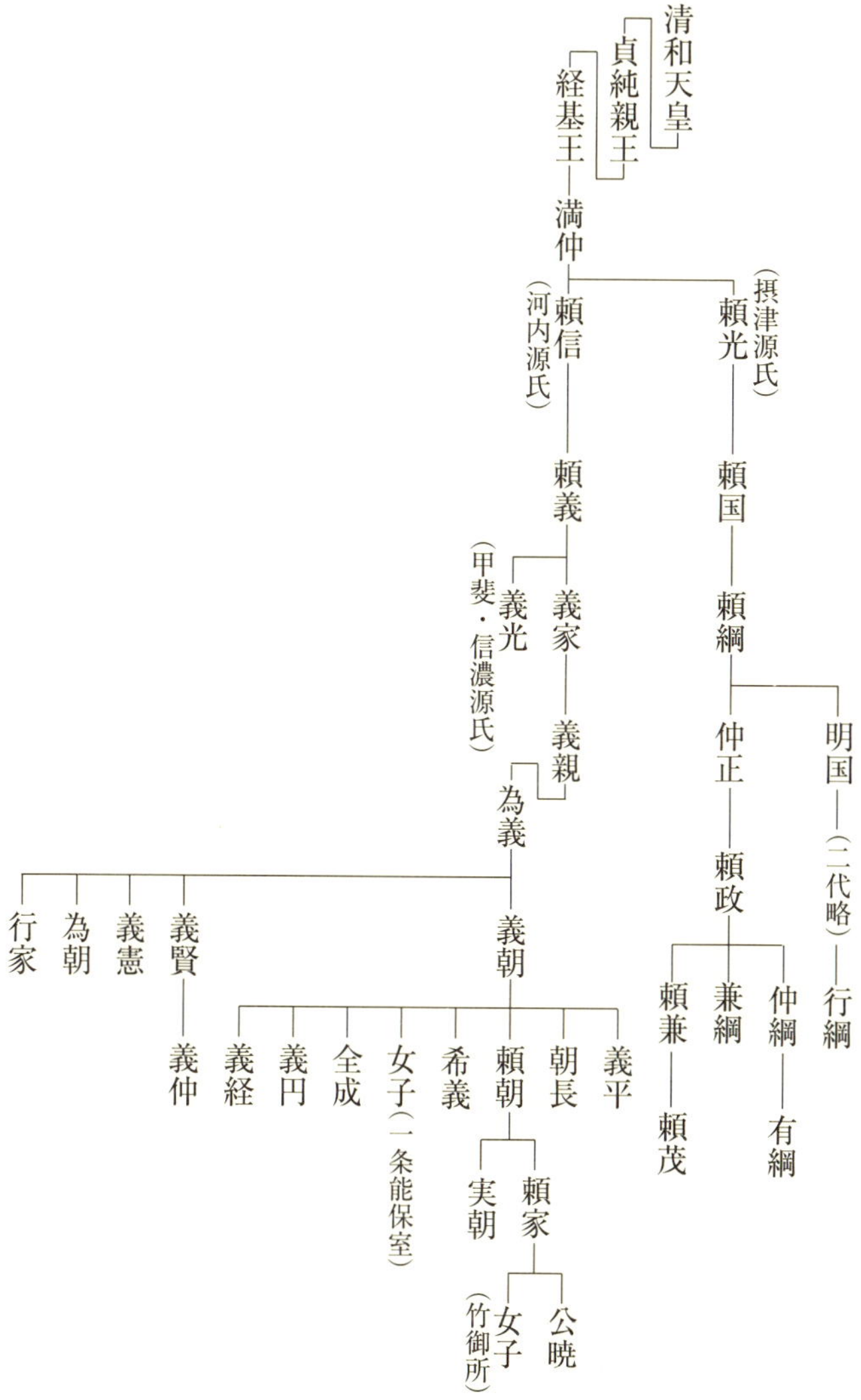
清和天皇
貞純親王
経基王
満仲
頼光
（摂津源氏）
頼国
頼綱
明国
（二代略）
行綱
仲正
頼政
仲綱
有綱
兼綱
頼兼
頼茂
頼信
（河内源氏）
頼義
義家
義光
（甲斐・信濃源氏）
義親
為義
義朝
義賢
義仲
義憲
為朝
行家
義平
朝長
頼朝
希義
女子
（一条能保室）
全成
義円
義経
頼家
実朝
公暁
女子
（竹御所）

【参考文献】

『平家物語』（岩波新書）　石母田正著　岩波書店・一九五七年刊
『平家物語全注釈　上巻・中巻・下巻㈠㈡』
　冨倉徳次郎著　角川書店・一九六六〜六八年刊
『平家物語研究事典』　市古貞次編　明治書院・一九七八年刊
『平家物語後抄――落日後の平家――』
　角田文衛著　朝日新聞社・一九七八年刊（講談社学術文庫に収録）
『延慶本平家物語論考』　水原　一著　加藤中道館・一九七九年刊
『平家物語　上・中・下』（新潮日本古典集成）
　水原　一校注　新潮社・一九七九〜八一年刊
『延慶本平家物語　本文編　上・下』『同　索引編　上・下』
　北原保雄・小川栄一編　勉誠社・一九九〇〜九六年刊
『平家物語　上・下』（新日本古典文学大系）
　梶原正昭・山下宏明校注　岩波書店・一九九一〜九三年刊（岩波文庫に収録）
『平家物語の生成』（軍記文学研究叢書5）
　山下宏明編　汲古書院・一九九七年刊
『平家物語　主題・構想・表現』（同6）
　梶原正昭編　同・一九九八年刊
『平家物語　批評と文化史』（同7）
　山下宏明編　同・同年刊
『平家物語の誕生』　日下　力著　岩波書店・二〇〇一年刊

著者紹介

日下　力（くさか　つとむ）

1945年、佐渡に生まる。早稲田大学大学院修了。岩手大学教育学部助教授を経て、現在、早稲田大学文学学術院教授。

主著：『新日本古典文学大系　保元物語　平治物語　承久記』（共著、岩波書店）。『岩波セミナーブックス・平治物語』（岩波書店）。『平治物語の成立と展開』（汲古書院）。『平家物語の誕生』（岩波書店）。『かわさき市民アカデミー講座ブックレット・「平家物語」誕生の時代』（シーエーピー出版）。『平家物語を知る事典』（共著、東京堂出版）。

平家物語《へいけものがたり》 転読《てんどく》　何を語り継ごうとしたのか　　古典ルネッサンス

2006年4月10日　初版第1刷発行

著　者　日　下　　力

発行者　池田つや子

発行所　有限会社 笠間書院

東京都千代田区猿楽町2-2-5［〒101-0064］

電話　03-3295-1331　　Fax　03-3294-0996

NDC分類：913.436　　装　幀　笠間書院装幀室

ISBN4-305-00274-4 © KUSAKA 2006　　印刷・製本　モリモト印刷（本文用紙・中性紙使用）

乱丁・落丁本はお取替えいたします。

出版目録は上記住所または下記まで。

http://www.kasamashoin.co.jp